書下ろし

殺戮《さつりく》の残香

傭兵代理店

渡辺裕之

目次

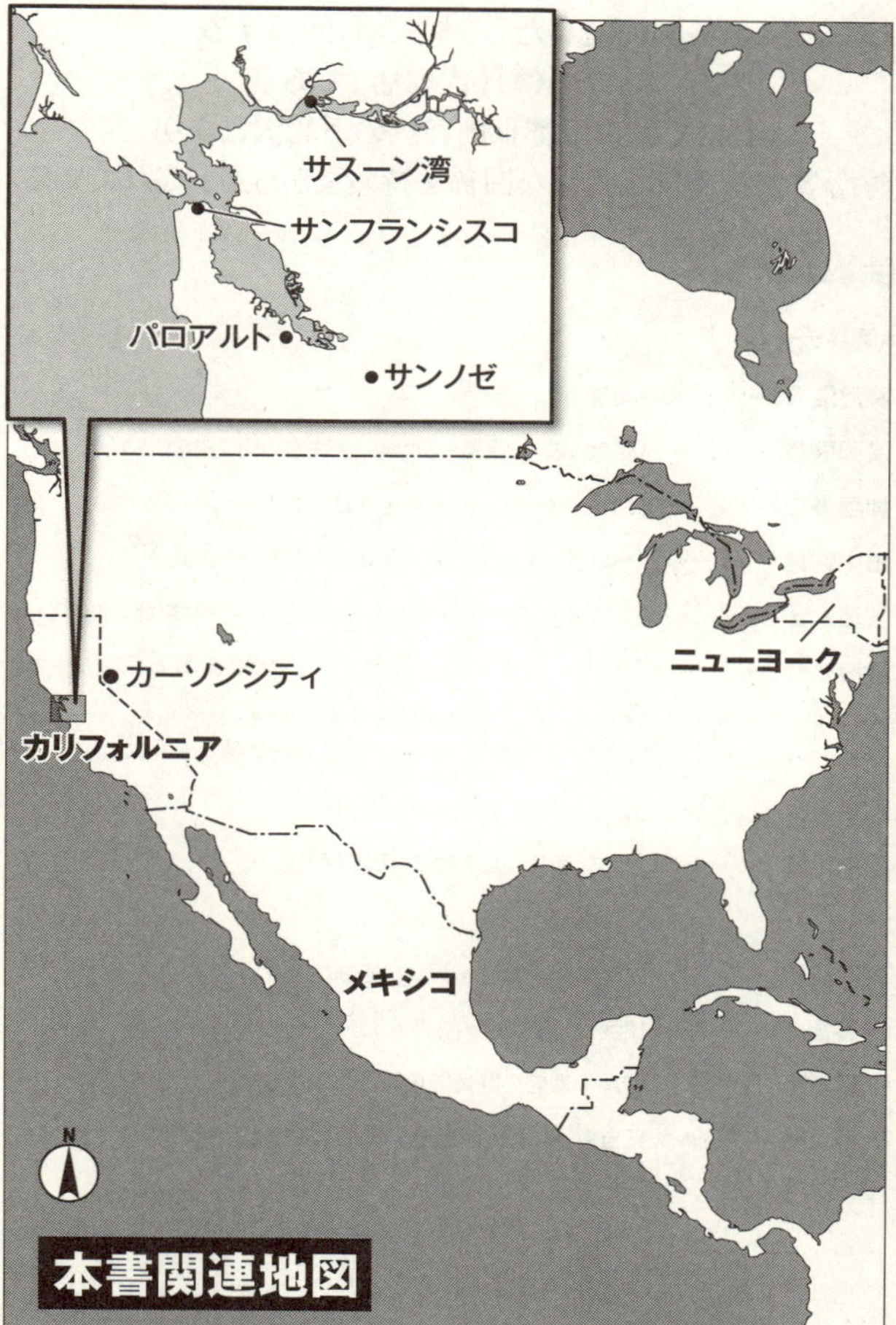
サスーン湾
サンフランシスコ
パロアルト
サンノゼ
カーソンシティ
ニューヨーク
カリフォルニア
メキシコ
N
本書関連地図

各国の傭兵たちを陰でサポートする。
それが「傭兵代理店」である。
日本では東京都世田谷区の下北沢にあり、
防衛省情報本部と密接な関係を持ちながら運営されている。

【主な登場人物】

■傭兵チーム

藤堂浩志《とうどうこうじ》……………………「復讐者《リベンジャー》」。元刑事の傭兵。

浅岡辰也《あさおかたつや》……………………「爆弾グマ」。爆薬を扱わせたら右に出るものはいない。

加藤豪二《かとうごうじ》……………………「トレーサーマン」。追跡を得意とする。

田中俊信《たなかとしのぶ》……………………「ヘリボーイ」。乗り物ならば何でも乗りこなす。

宮坂大伍《みやさかだいご》……………………「針の穴」。針の穴を通すかのような正確な射撃能力を持つ。

寺脇京介《てらわききょうすけ》……………………「クレイジーモンキー」。Aランクに昇級した向上心旺盛な傭兵。

ヘンリー・ワット………「ピッカリ」。元米陸軍犯罪捜査司令部(CID)中佐。浩志たちと行動を共にしたことがあり、それが縁で傭兵チームに加入。

瀬川里見《せがわさとみ》……………………「コマンド1」。自衛隊空挺部隊所属。

黒川《くろかわ》　章《あきら》……………………「コマンド2」。自衛隊空挺部隊所属。

森《もり》　美香《みか》……………………内閣情報調査室情報員。藤堂の恋人。

池谷悟郎《いけたにごろう》……………………傭兵代理店社長。防衛省出身。

土屋友恵《つちやともえ》……………………傭兵代理店の社員で凄腕のプログラマー。

一色《いつしき》　徹《とおる》……………………元自衛隊特戦軍指揮官。現在は米国大使館の駐在武官として赴任中。

予感

一

　カリフォルニア州パシフィカ、ロックアウェイビーチの高台から望む水平線に日が落ちようとしていた。緑の絨毯《じゆうたん》を敷いたような丘から、大きな岩が波に洗われる海岸線の雄大な景色が見渡せる。

　抜けるような青空はいつの間にか美しい赤みを帯《お》びたグラデーションを作り出し、無数の赤い光の小片が波間に漂《ただよ》っている。

　朝方は冷えたものの温かな日差しに恵まれた五月最後の日曜日は、残照に別れを告げて夜を迎えようとしていた。

「このままここで横になって星空を眺めていたいわ」

　森美香《もりみか》は野草の上に敷いたろうけつ染めのバティックに座り、あきることもなく海を見つめていた。

「だめ?」

子供のように美香は耳元で囁《ささや》いてきた。そろそろ帰らなければいけないと思ってはいるようだ。

「ホテルのプールサイドから食事をしながら見るのもいいんじゃないか」

藤堂浩志《とうどうこうじ》はできるだけ彼女の希望を叶《かな》えたいと思っているが、少し肌寒くなってきた。彼女の身体にいいとは言えない。ホテルはパロアルトのシェラトンに予約を入れてある。ハイウェイを飛ばせば四十分ほどで着くはずだ。

「そうね。お腹もすいちゃったわ」

美香は残念そうな顔をした。

「またつれて来てやる」

夕日を名残《なご》り惜《お》しそうに見る美香を抱きかかえ、左手でバティックを引っ張り上げながら立ち上がった。彼女の体重がまた少し軽くなったような気がする。

「今が一番幸せ」

まるで子猫のように美香は頰を擦《す》り寄せてきた。

「そんなものか」

「あなたとずっと一緒にいられるんだもん」

「……」

二人でいることを悪いとは思っていない。彼女の下半身が不随《ふずい》のままでなければだが。浩志と美香は治療《ちりょう》を受けるためにカリフォルニアにやって来た。サンフランシスコ空港に昼近くに到着したが、病院に近いパロアルトのシェラトンにすぐにチェックインをしてもつまらないので、西海岸の絶景を求めてドライブを楽しむことにしたのだ。クアラルンプールの病院から美香を連《つ》れ出し、米国に渡ってニューヨークを経由して五日間を二人だけで過ごしている。浩志にとっても一年近くチベットの山奥で反政府組織と一緒に質素な生活を送っていただけに新鮮だった。

一年前、浩志は爆発する中国人民軍の爆撃機からチベット上空に脱出したものの、後頭部に受けた怪我《けが》がもとで記憶喪失《そうしつ》になっていた。チベット僧に助けられ、なんとか一命を取り留めたものの、ＣＩＡの二重スパイに利用され、チベットの反政府組織と行動を共にしていた。

一方、行方《ゆくえ》不明になった浩志を探すべく、美香は単独でチベットの奥地に入った。消息をえられぬまま一年近く経《た》ち、新たな情報を元に浩志の仲間とともに美香は反政府組織の基地に潜入した。そこで皮肉なことに記憶のない浩志が指揮する武装集団と銃撃戦になり、流れ弾で彼女は負傷し下半身不随となった。

仲間と再会し記憶を取り戻した浩志は、中国で起きた謀略事件を解決し傷ついた美香を迎えに行った。先に中国を脱出していた彼女はクアラルンプールにある病院で手術にのぞんだが、脊髄《せきずい》が損傷していることが分かり、治療を断念せざるを得なかった。

浩志は諦《あきら》めなかった。米国の最先端の治療を求めて美香をマレーシアからすぐさま連れ出した。知り合いを通じて様々なネットワークを駆使《くし》し、可能性を模索《もさく》した。まだ臨《りん》床《しょう》試験の段階であるが、米バイオテクノロジー企業ジェロン社の胚性《はいせい》幹細胞（ES細胞）を使った再生治療にも働きかけたが、美香が米国人でないために対象にはならなかった。もともと受精卵を破壊する工程をともなうために被験者の枠《わく》も狭かったようだ。

米国での治療は臨床試験ということもあり、どこの研究施設も外国人への対応がなされてはいないらしい。同じくこの分野で先進国である日本は薬事法など様々な障害があり、臨床試験となると米国よりも遅れている。絶望的と思えたが、昨日傭兵代理店の社長である池谷悟郎《いけたにごろう》からスタンフォード大学の研究チームから治療が受けられるという連絡を受けた。iPS細胞（新型万能細胞）を経《へ》ずに、神経細胞への変化を促《うなが》す遺伝子を導入するという最新の技術だ。皮膚《ひふ》細胞にiPS細胞を作る際に使う四つの遺伝子を注入し、神経幹細胞に必要なタンパク質を加えることで神経幹細胞に直接変化させる〝ダイレクト・リプログラミング〟と呼ばれ、iPS細胞を介さないため、がん化の危険もないようだ。

スタンフォード大学には二つのチームがあり、東南《とうなん》大学の山本豊《やまもとゆたか》教授とランス・ヒューズ教授の共同研究チームが臨床試験ではあるが美香の治療に応じてくれた。脊髄を損傷して三週間以内という被験者の条件を彼女がクリアしていることも幸いしたが、東南大出身の山本豊教授の友人が池谷の知り合いで、その友人を通じて緊急に被験者のリストに加えてもらったのだ。

池谷は普段は下北沢《しもきたざわ》にある質屋のしがないオヤジだが、馬面《うまづら》の外見と違い裏稼業の傭兵代理店の社長であり、防衛省情報本部隷下《れいか》の特務機関の局長であった。そのため、政財界に幅広い知人がいた。美香が負傷した直後から各方面に打診《だしん》していたらしい。

「重い？」

美香が首に絡《から》めている腕に力を入れて尋《たず》ねてきた。

「五十手前のおやじにとってはな」

ロックアウェイビーチを通りかかったら、彼女がふいに海を見たいと言い出した。抱きかかえて気の向くまま丘を歩き回り、絶好のビューポイントを見つけた。来た時と違い帰りはまっすぐ車に戻るだけだが、足下《あしもと》が悪い雑草だらけの斜面を三百メートルほど歩かなければならなかった。

人気《ひとけ》のない道路に駐車しておいたジープ・ラングラーに乗る前に美香を道ばたの石の上に座らせ、浩志は車の点検をした。人目につかない場所に置かれた車に不用意に乗ることほど危険なことはない。三年前、浩志は傭兵仲間のミハエル・グスタフを車に仕掛けられた爆弾で亡くしている。以来長時間駐車した後の点検は当たり前となった。

点検を終えて、鼻歌交《ま》じりに座っていた美香を抱きかかえて助手席に座らせた。陽気に振る舞う彼女を見るにつけ、その将来を考えると不安を覚《おぼ》える。

「どうしたの？　難しい顔をして」

「何でもない」

傭兵が心を読まれるようでは失格である。浩志は苦笑を漏《も》らし、運転席に乗り込むと、エンジンをかけた。

サンフランシスコ空港のハーツレンタカーでセダンやスポーツカーに目もくれずにジープを選んだ時には美香に笑われてしまった。長年軍用車ばかり乗って来た習慣だ。だが、結果的に座席の位置が低い乗用車よりも、彼女を乗せるには都合《つごう》がいいことが分かり借りることにした。ジープでもあいにくスポーツタイプしかなくフリーダムトップだったが、後部座席を倒して荷台にすれば、車椅子《くるまいす》を載《の》せるにも便利だ。

「明日からつまらなくなるな」

美香は走り出した助手席の窓から夕日を見つめながら言った。

明日にはパロアルトにある〝ヘリテージ・メディカルセンター〟という病院に入院することになっている。大学のメディカルセンターを使わないのは、臨床試験の正式な手続きを踏《ふ》まないで手術をするためらしい。入院手続きは池谷が済ませてくれたが、煩雑な検査や手術前の準備があるため、すぐに入院しなければならないようだ。ただし、最初の入院は三日で、実際の手術は三、四週間先になると聞いている。

「ちゃんと毎日来てくれる？」

浩志の顔色を窺《うかが》うように美香は尋ねてきた。

チベットの山奥の街に一人で住み、公安警察すら手なずけてしまうほどの内閣情報調査室きっての敏腕《びんわん》特別捜査官としての面影《おもかげ》はない。下半身不随となり、不安に打ちひしがれた彼女は一人のか弱い女になっていた。

「もちろんだ」

手術は大掛かりなものではないようだ。事前に美香から採取した皮膚細胞に特殊な四種類の遺伝子を注入して、神経細胞になるまで培養《ばいよう》し、それを痛めている脊髄に移植するだけらしい。この過程はiPS細胞を使った場合は数ヶ月かかるが、〝ダイレクト・リプログラミング〟ならわずか三週間から一ヶ月ほどだという。手術まで期間を要するのはこのためだ。

だが作製した神経細胞を移植し、痛めた脊髄に皮膜のように馴染《なじ》むまでにはさらに一月以上は経過を見るようだ。移植手術後の入院は長期に亘《わた》ることが予想された。また、機能が回復するにつれリハビリが必要になる。浩志は何度も怪我《けが》をした経験があるので、なまやさしいものではないことは分かっていた。

これまで政府や軍の要請《ようせい》で危険な任務に就《つ》いて来たが、美香が回復するまでは仕事は一切請《う》けるつもりはない。浩志が指揮する特殊部隊の傭兵仲間にもそう伝えてある。もっとも彼らからは当たり前だと逆に言われてしまった。

「久しぶりにお寿司を食べない？　サンフランシスコにいいお店があるの」

美香が明るい声で言った。彼女なりに気を使っているのだろう。

「いいね」

浩志はアクセルを踏んでパシフィック・コースト・ハイウェイを北に向かった。

二

サンタクララ郡のパロアルト市はサンフランシスコ湾の西側、いわゆる〝サンフランシスコ・ベイエリア地域〟に位置する。スタンフォード大学に隣接し、シリコンバレーの北側にあるためにハイテク企業の本拠地となっているが、人口六万人弱と静かで緑豊かな街である。パロアルトはベイエリアでも昔から高級住宅街とされ、治安もいい。それに有名なレストランやショッピングモールもあり、おしゃれな美香には受けがいいようだ。その分、浩志にとってはいささか居心地が悪いとも言える。

翌日浩志と美香は朝食をホテル一階のプールが見えるレストラン〝プールサイドグリル〟で済ませた。浩志は食後のコーヒーを飲む彼女を残し、チェックアウトのためにフロントに向かった。

美香の入院が少なくとも一ヶ月以上かかるとなると、リゾートタイプのホテル暮らしをするわけにもいかない。彼女を病院に送ったら、安いホテルかアパートを探そうと思っている。昨日の夜、美香が眠ってからパソコンを使いインターネットでいくつか候補を挙げておいた。今回の病院探しにはさすがに衛星携帯だけでは動きがとれないので、ノートブックタイプのパソコンを持参している。

フロントにサングラスをかけたスキンヘッドの厳《いか》つい男が立っていた。周囲の客が拘《かかわ》らないように遠巻きにしている。浩志は苦笑を漏らしながら右手を軽く上げた。

男は浩志に気が付くと笑顔で応え、手を振って来た。男の名はヘンリー・ワット、米国最強の特殊部隊〝デルタフォース〟の元中佐で、今は日本の米軍基地で特殊部隊のアドバイザーをしている。だが、裏稼業は傭兵として浩志が指揮するチーム、〝リベンジャーズ〟の一員だ。

「病院が決まったと聞いて見舞いに来たんだ」

ワットはグローブのような手を差し出した。

「誰に聞いたんだ?」

浩志はワットの手を固く握りしめた。知っているのは傭兵代理店の池谷と美香が経営する渋谷《しぶや》のスナックの関係者だけのはずだ。仲間には特に知らせてなかった。

「決まったら、知らせるように瀬川《せがわ》に頼んでおいたんだ」

瀬川里見《さとみ》は傭兵代理店のコマンドスタッフだけに池谷から聞いたのだろう。

ワットは美香が負傷したのは自分の責任だと思っている。そのため押しかけて来たに違いない。〝リベンジャーズ〟がチベットの反政府組織の訓練基地に潜入《せんにゆう》した際に、彼は浩志を敵兵と思って銃で狙いを定めた。それを察知した美香はワットの銃の前に立った。銃撃戦のさなかに身を投じた彼女は流れ弾に当たったのだ。

「それにしても、米国にまだいたのか」

ワットが浩志らよりも先に米国に来ていたことを知っていた。

「田舎《いなか》のカーソンシティーにいたんだ。ハイウェイを飛ばせば四時間で来られる」

カーソンシティーはカリフォルニア州と隣接するネバダ州の地方都市だ。とはいえ、午前九時という時間だ、夜明け前に出発したに違いない。

「ニューヨークにいたことは聞いていたが、タイガーを始末したのか？」

CIAの国家秘密本部に属するエージェントでタイガーというコードネームを持つブライアン・リーが記憶喪失の浩志を利用し、中国の高官から金をもらっていた。ワットは、二重スパイとなり不正を働いたリーを追って米国に来ていたのだ。

「俺は暗殺者じゃない。やつを思いっきり殴《なぐ》って鼻の骨を折ってやりたかっただけだ。だが、やつは組織に消されていた」

　ワットは短い首を竦《すく》めてみせた。組織とはもちろんＣＩＡのことだ。

「おまえがそう仕向けたんだろう」

　浩志は鼻で笑った。

「結果的にそうなっただけだ。やつの不正を許せなかったからな」

　ワットはリーの行動を記録した資料を、ＣＩＡの友人に渡していた。

「美香はどこだ？」

「プールサイドでコーヒーを飲んでいる。俺はチェックアウトを済ませる」

〝プールサイドグリル〟ではスターバックスのコーヒーが飲める。

「それじゃ、俺もコーヒーでも飲んでくるとするか」

「そうしてくれ」

　浩志はフロントでチェックアウトをするとレストランに戻った。プールサイドに設《もう》けられた赤いパラソルの下のテーブル席で美香とワットが談笑している。ワットは人を笑わせることにかけては天才だ。美香が腹を抱えて笑っている。すでに彼の術中にはまっているようだ。

「浩志、いきなりピッカリさんが来てびっくりしちゃった」

　そう言うと美香はまた笑い出した。

　ピッカリとは〝リベンジャーズ〟におけるワットのコードネームだ。傭兵仲間の浅岡辰《あさおかたつ》也《や》がスキンヘッドのワットを見て冗談《じょうだん》で付けたのだが、辰也からピッカリは日本語で勇者を意味すると嘘を教えられたらしく本人も気に入っているようだ。

「聞いてくれ、俺は最近片言《かたこと》だが日本語が話せるようになったんだ。ようやく俺のコードネームの意味が分かったよ。ピッカリというのはハゲと同じだって言うじゃないか。まったく辰也には一杯喰わされた。それを美香に話したら、この通りだ。しかもコードネームは絶対変えるなって言うんだぜ」

ワットは両手で頭を触りウインクしてみせた。入院前に美香がブルーにならないように気を使っているようだ。彼女は食事中も言葉少なだった。

「変えないで、私、すごく気に入っているんだもん」

「そうかい。それじゃ、変えないようにするよ。俺も〝江戸っ子〟だからね」

ワットがまた変な日本語を使った。

「江戸っ子?」

「辰也にこの間、衛星携帯で連絡を取った時に文句を言ってやったんだ。そしたら、男らしい米国人のことを日本語で〝江戸っ子〟と言うんだと教えてもらったんだ」

真剣な顔でワットが答えた。この男はどこまで冗談なのか分からなくなる時がある。

「止めて! お腹がよじれちゃう」

案《あん》の定《じょう》、美香が受けてまた笑い出した。周囲の客が何事かと思って怪訝《けげん》な顔をしている。

「そろそろ行くか？」

病院には午前九時半までに入ることになっている。時間にゆとりはあったが、浩志はなるべく早く着きたかった。

ワットは大振りなカップに入ったカフェラテを一気に飲み干すと、美香の車椅子のハンドルを握った。

「俺に押させてくれ」

「ありがとう。ワットさん」

美香が笑顔で一礼するとワットは車椅子を押してプールサイドからロビーに出られるドアに向かった。

二人を先に送り出し、ワットの支払いも済ませた浩志はレストランを出ようとした。

「うん？」

ふと足を止めて鼻を動かした。グッチの香水、〝エンヴィ〟の気高く控《ひか》えめな香りが鼻《び》腔《こう》を刺激したのだ。〝エンヴィ〟は美香も愛用しているが、中国では目立つことを嫌い一度も使わなかったらしい。出国してからも闘病生活をしているため、香水を身につけてはいないようだ。

かつて渋谷のスナック〝ミスティック〟のオーナー主人の顔を持ちながら、腕利きの内調の特別捜査官だった美香をイメージさせる懐かしい残り香に思わず立ち止まってしまった。周囲を見渡したが、それらしき女はいない。

浩志は苦笑を漏らし、美香たちの後を追った。

三

美香が入院する〝ヘリテージ・メディカルセンター〟はシェラトンホテルと一キロほどしか離れてはおらず、車で二、三分の距離だ。だが、ユニバーシティ・アベニューに右折した途端《とたん》、けたたましいサイレンを鳴らす二台のパトカーに道を譲《ゆず》った。

ユニバーシティ・アベニューは、様々な種類のおしゃれな店が入った低層ビルが建ち並んでいる。通りは片側二車線あるが、一車線は駐車スペースになっているために、パトカーをやり過ごすために走行中の車は慌《あわ》てて近くの空いている駐車スペースに移動した。

「この街は治安がいいと聞いていたけど、やっぱりアメリカね」

助手席の美香は窓の外の風景を見ながら気がない様子で言った。入院する不安を紛《まぎ》らわすために話をしているという感じだ。

「同じパロアルトでもイーストは犯罪が頻発《ひんぱつ》しているらしい。そこに比べればここは天国だと池谷から聞いている」

わずか五キロほど北東のカリフォルニア半島を東西に走るハイウェイ一〇一の東側にイースト・パロアルトがある。十年以上前は全米でも屈指《くっし》の治安が悪い地域だったらしい。最近ではかなり改善されたが、それでもパトカーが出動する事件は頻発しているようだ。

「確かにイーストサンノゼと同じぐらい治安が悪いらしいわね。カリフォルニアは、サンフランシスコ以外はあまり知らないけど」

美香は学生の頃から世界中を旅していたらしく、どこにいってもツアーガイドのようによく知っている。浩志も海外生活は長いが大半が戦地だったために米国本土に来るのははじめてのことだった。

「受付を済ませたら、すぐ検査がはじまる。病室に戻るのは午後らしいから、夕方になったら顔を出す」

彼女の検査中はすることがない。その間、宿泊場所を確保するつもりだ。

「ごめんね、付き合わせちゃって。もし、仕事が入ったらいつでも出かけてね。病院は完全看護だから、一人でも大丈夫よ」

やせ我慢《がまん》だということは浮かない表情ですぐ分かる。

「傭兵の仕事は三ヶ月先まで入れるつもりはない。そのかわり俺もオーバーホールのつもりでこの街のジムに通うつもりだ。これまで休みなく働いてきた。俺にも長期の休暇《きゅうか》があってもおかしくはないだろう。くだらない心配はするな」

「嘘でもそう言ってくれたらうれしいわ」

左肩に美香の頭が載せられた。心地よい重さだ。

「嘘を言ってもはじまらないだろう」

手術が成功し、リハビリも入れれば少なくとも三ヶ月は必要になるはずだ。その間働かなくても困らないだけの貯金はある。それにチベットの高地で一年近く過ごして鍛《きた》え上げられた身体が、この一週間ほどの運動不足で早くも不調を訴《うった》えている。オーバーホールと言ったのはあながち嘘ではなかった。

「でもあなたの力は必ず必要とされるわ。あなたのチームは世界でトップクラスの特殊部隊なのよ」

真剣な顔で美香は言った。

浩志が率いる傭兵チーム〝リベンジャーズ〟の作戦行動は常に極秘に行われる。だが、その活躍《かつやく》は世界各地にある傭兵代理店のネットワークで瞬《また》く間に世界中に知れ渡った。それに傭兵代理店で浩志の評価はスペシャルAである3Aに分類され、仲間もすべてAの上ランクのためいやが上にも注目を集める。

「買いかぶり過ぎだ。俺は傭兵として、もはやロートルだ」

今まで何度も傭兵を辞めようと思ってきたが、真剣にそろそろ潮時《しおどき》だと思っている。それに今回ばかりは、世界中の首脳が頭を下げてきたところで仕事を引き受けるつもりはなかった。

「うん？」

　2ブロック先に病院があるのだが、玄関先にさきほど追い越して行ったと思われるパトカーが二台停《と》まっている。

　浩志はパトカーの脇から病院の駐車場に入り、車を停めた。すぐ後ろについてきたワットも自慢の愛車フォード〝F一五〇〟を隣に停車させた。カーソンシティーの家に置きっぱなしにしてあったそうだ。さすがに五四〇〇CCのピックアップトラックだけに、浩志が借りている四〇〇〇CCのジープ・ラングラーがかわいらしく見える。

「浩志、何があったか、俺が確かめてくる。待っていてくれ」

　ワットは運転席から降りると小走りに病院に入って行った。

　美香がいるので彼に素直《すなお》に従った。何が起きてもすぐに対応できるようにエンジンは切らずに運転席に座ったまま待った。日本ならまだしも、こんな時手元に銃がないのは心細く感じる。やはり米国に長期滞在するのなら銃は必需品《ひつじゅひん》だろう。

　銃社会である米国では市民権がない外国人でも銃は購入できる。法律も度々《たびたび》変わり、州によって多少違うので一概《いちがい》には言えないが、十八歳以上（ハンドガンは二十一歳以上）で観光ビザでないパスポートを持ち、その上三ヶ月以上の滞在期間が最低限必要とされる。特例として外交官や米国の狩猟《しゅりょう》許可証などを持っていれば、購入できるようだ。

浩志は海外に出かける時は日本政府が極秘に発行した神崎健《かんざきけん》という就労ビザ付きのパスポートを使っているが、滞在期間が短いためガンショップで買うことはできない。もっとも買うとなれば、サンフランシスコに傭兵代理店があると聞いているので、そこで購入するつもりだ。浩志なら世界中の代理店で好きな銃が闇で手に入れられる。

しばらくするとワットが渋い表情で駐車場に戻ってきた。

「新館病棟にある事務室が荒らされていたようだ」

美香は新館病棟に入院することになっている。

「泥棒《どろぼう》か?」

「まだ捜査中で分かっていない。だが、ポリスに聞いたら、最近市内のあちこちで事件が頻発しているらしい。ピリピリしていたぜ」

筋肉で盛り上がった肩を竦めてワットは答えた。

「現場検証をしているのか。入っても大丈夫か?」

「会議室に使えるパソコンを移して、臨時に受付をはじめたようだ。危険はない」

そう言うとワットはジープの後ろから美香の車椅子を軽々と取り出し、助手席のすぐ下に拡《ひろ》げてくれた。

「浩志、お姫様を馬車に乗せてくれ」

「サンキュー」

浩志は美香を抱きかかえて車椅子に座らせた。

「ご苦労、召使《めしつか》いは下がってよろしい」

ワットは浩志を追い払う仕草《しぐさ》をして車椅子を押して行った。

浩志は笑いながらも辺《あた》りに注意を払った。傭兵の本能は警戒モードに入っていた。

四

美香を病院に送った浩志は、昨夜調べたホテルを順番に回ることにした。検査と神経組織を作るための皮膚細胞を彼女から摘出《てきしゅつ》する手術で三日間入院するそうだが、それまでは安ホテルを利用し、その後の宿泊先は美香が退院してから決めようと思っている。三週間ほど手術まで期間が空《あ》くが、車椅子を使う彼女のことを考えるとバリアフリーの環境が望ましいからだ。

ワットは夕方には家に戻るようだが、美香の検査が終わるまで待合室で待っていると言う。病院で事件があったので警戒《けいかい》してくれているのだ。ワットがいなければ浩志が残るつもりだった。

スタンフォード大学の敷地《しきち》を通り、地元では〝エル・カミノ〟と呼ばれる八二号線の六キロほど西の道路沿いに〝リンデンパーク〟という小さなホテルがある。まがりなりにもプールとジムもあり、近くにはコインランドリーやメキシカンレストランもあった。駐車場に朝食も無料でシングル一泊五千円からという値段の安さと、何と言っても病院から車で十分とかからない立地条件が気に入った。数軒の候補を挙げてきたが、他を回る必要はないようだ。

チェックインは午後二時からなので、浩志はフロントで長期滞在する旨《むね》を告《つ》げて予約をし、サンフランシスコに向けて車を走らせた。

ハイウェイ一〇一を北に四十五キロ走れば、サンフランシスコに四十分とかからず到着する。一〇一を下りてヴァン・ネス・アベニューに入り、シビック・センターの中心を抜けて行く。シンフォニーホールやシティーホール(市議会)など荘厳《そうごん》な建築物が建ち並んでいる美しい街並だ。

シティーホールから数ブロック進み、エディー・ストリートへ右折した。レンガの古い低層ビルやペンキを塗《ぬ》り直した古い建物が目につく。この辺りはサンフランシスコでも治安が悪いとされるテンダーロイン地区になるらしい。おそらく裏通りはそれなりに危ないところもあるのだろうが、見たところ危険はなさそうだ。

4ブロック進むと、六階建ての赤いレンガ造りのビルがあった。浩志はビルの前の路上コインパーキングに車を停めた。クラシックなビルの一階に〝マディソン・ホテル〟という看板が出ている。エントランスはガラスのドアではなく鉄製の飾《かざ》り門のような頑丈《がんじょう》な扉になっていた。クラシックなイメージだが、治安対策も兼《か》ねているのだろう。

鉄の扉を開けて中に入ると質素なシャンデリアの光に照らされた赤いカーペットのロビーがあった。漆喰《しっくい》の壁にモノトーンの写真が飾ってある。まるで西部の開拓時代を思わせる古い造りだ。ラウンジの擦《す》り切れた革のソファーでヨーロッパ人らしきバックパッカーが新聞を読んでいる。宿泊費も安いのだろう。

「いらっしゃいませ」

フロントの白髪の白人が声をかけてきた。七十歳過ぎと思えるが身長は一八〇センチ半《なか》ば、胸板も厚い。営業スマイルすら見せずに鋭《するど》い視線を投げかけて来た。治安が悪い地域のホテルだけにただ者ではないようだ。もっとも日本では商売にはならない。

「予約した健、神崎だ」

「承っております。五階へどうぞ。鍵はエレベーターでお使いください」

浩志が名乗るとフロントは右眉を一瞬釣《つ》り上げた後、口元に笑みを浮かべた。

ロビーの突き当たりにある手動ドアの古風なエレベーターに乗り、五階のボタンのすぐ横にある鍵孔《かぎあな》に差し込み、点滅した五階のボタンを押した。エレベーターはガタンと大きな音を立てて動き出した。

このホテルは四階までが客室で、五、六階が傭兵代理店になっているらしい。五階に到着すると、浩志は鍵を引き抜き、エレベーターを下りた。

「ほお」

　エレベーター前は観葉植物とソファーセットが配置され、奥にはバーカウンターとグランドピアノが置かれている。八十平米ほどの広さがあるだろう。天井からはシャンデリアがぶら下がり、壁は間接照明で照らされて落ち着いた雰囲気を出している。一流ホテルのラウンジのようだ。一階が質素な造りだっただけにそのギャップに驚かされる。

　奥のドアが開き、身長一八〇センチほどの男が現れた。

「いらっしゃいませ、ミスター・藤堂。マット・エルバードです。お目にかかれて光栄です」

　マットは大きな手を差し出してきた。歳は四十代前半、締《し》まった身体をしている。

「マット？　マイクと聞いていたが？」

　握手《あくしゅ》をしながら浩志は首を捻《ひね》った。サンフランシスコの傭兵代理店の社長はマイク・エルバードだと池谷から紹介を受けていたのだ。

「それは親父《おやじ》です。去年引退して今は一階のフロントで働いています。ここ数年でこの辺りも治安がよくなり、バックパッカーでホテルも儲《もう》かるようになりました。親父は、老後の暇《ひま》つぶしと思っていたらしいのですが忙しくなり、当てが外れたと文句を言っています」

　ソファーを勧《すす》められて座ると、マットも正面に座った。

「なるほど」

目付きが鋭いフロントがただ者ではないと思っていたが、納得させられた。どこの国でも傭兵代理店の社長は一癖《ひとくせ》ある人間ばかりだ。

「日本の池谷から連絡を受けていますが、あなたのような有名人がどういったご用件でいらっしゃいましたか？」

「しばらく私的な用事でパロアルトに滞在するつもりだ。ハンドガンが欲しい」

「護身用ですか、それはそれは。来米されて三ヶ月以上経ちましたか？」

「いや、まだ一週間も経っていない」

「そうですか……」

途端にマットの表情が厳しくなった。

「最近、銃の取り締まりが厳しくなりまして、お売りするのは構いませんが、ポリスに見つかると面倒なことになります」

「ガンショップで買えないからここに来たんだ。これまでどこの代理店でも問題なく購入できたぞ」

マットの糞《くそ》まじめな答えに浩志は苛《いら》立《だ》ちを覚えた。

「ここはカリフォルニアです。任務でご入用なら偽《にせ》の銃の許可証と一緒にお売りしますが、プライベートでの利用はご遠慮《えんりょ》ください。あなたは3Aで特別な存在です。その辺の兵隊崩《くず》れとは違います。つまらないことでポリスに捕まって欲しくないのです。三ヶ月以上在米期間があれば、どんな銃でもお売りできますが」

闇の仕事なら売れるが、プライベートでは売れないという妙なことになってしまった。

もっとも浩志の身を案じての良心的な忠告だけに無下《むげ》にもできない。それにカリフォルニア州自体、米国の他の州よりも厳しいらしい。

気まずい沈黙は背後のエレベーターが開く音で途切れた。振り返るとフロントにいたマットの父親であるマイクが立っていた。

「ご挨拶《あいさつ》に来ましたが、なにやら難しい話でしたか?」

マイクは浩志と握手を交《か》わすと息子に事情を尋ねた。

「なるほど、そういうことですか。息子の杞憂《きゆう》も理解できます。ミスター・藤堂はそれほど我々にとって重要な人物だということです。米国では傭兵代理店は違法ではありませんが、正直言って法に触れる仕事もしております。それでも犯したくないこともあるのです。少しお待ちください」

マイクは後ろのドアを開けて中に消えた。

しばらくして戻ってきた彼の手には木製の箱が握られていた。

「これは私の自慢《じまん》のコレクションの一つです」

そう言ってマイクは木箱の蓋《ふた》を開けた。

「おお！」

思わず浩志は感嘆《かんたん》の声を上げた。木箱にはビロードの台にシングル・アクションのコルトが収められていた。しかもグリップが象牙《ぞうげ》で出来ており、みごとな細工《さいく》が入っている。西部の開拓時代というほど古くはないだろうが、武器というより美術品だ。

「美しいでしょう。これは記念モデルの五・五インチの〝アーティラリー〟です。ご存知とは思われますが、〝ピースメーカー〟には三つのバリエーションがあり、それぞれ愛称が違います。私は〝アーティラリー〟が一番好きなのです。この銃を五百ドルでお譲《ゆず》りしましょう」

〝ピースメーカー〟とは、コルト・シングル・アクション・アーミーの通称である。シングル・アクションとは、トリガーを引いて銃を撃つという単体動作を意味し、撃ち下ろされたハンマーは手動で起こさなければならない。これに対してハンマーが自動的に起き上がって撃てる状態になる銃をダブル・アクションという。

「いや、しかし……」

確かにこの銃に五百ドルは破格値だろうが、カウボーイじゃあるまいし、時代遅れの銃を買いに来たわけではない。

「米国ではブラック・パウダーを使うシングル・アクションには許可証は要《い》りません。ブラック・パウダーの弾はサービスします。殺傷力がありますので携帯はできませんが、護身用として充分使えます。威力は保証しますよ」

ブラック・パウダーとは一世代前の黒色火薬のことだ。要は美術工芸品の部類に入るからだろう。だが、弾を込めて携帯すれば普通の銃と同じと認識され、改造しようものなら重い罪に問われるようだ。

「分かった。これをもらおう」

気休め程度かもしれないが、ベッドの下に隠しておくには問題ないだろう。

「お役に立ててうれしいです。もし、三ヶ月後もご滞在されていたら、お好きなハンドガンに交換いたしますよ」

マイクは皺《しわ》だらけの顔を綻《ほころ》ばせながら言った。なかなか商売上手だ。なんとなく貸しを作った気になってしまう。

「助かる。それからパロアルトで何か怪しい情報が入ったら、連絡してくれ」

「誰かに追われているのですか？」

「臆病《おくびょう》なだけだ」

冗談で言ったつもりはないが、マイクとマットの親子は二人揃《そろ》って吹き出した。傭兵として長年生きて来られたのも人一倍臆病だったからだが、一般人には理解できるとは思わない。

五

サンフランシスコの傭兵代理店に寄っていたため、時間を食ってしまった。時刻は午後の二時を過ぎている。それでも美香が病室に戻る四時には時間があった。

浩志が予約をしたホテル〝リンデンパーク〟から二百メートルサンフランシスコ寄りに〝ターゲット〟という巨大なショッピングセンターがある。その敷地内に〝ジョバンニ・ピザ〟の看板を見つけたので、左折してパーキングに停めた。

ショーケースからリコッタとモッツァレラチーズが載せられたピザとグリルチキンにガーリックが利《き》いたカットピザを注文した。かなり大きめのアメリカンサイズなので、二枚も食べれば充分だろう。コーラと一緒に紙皿に盛られたピザをトレーに載せて壁を背に駐車場の車が見えるテーブル席に座った。

焼きたてではないが、リコッタとモッツァレラチーズのピザはなかなかうまい。

「うん？」

表の八二号線をパトカーがけたたましいサイレンを鳴らしながらスタンフォード大学方面に向かって通り過ぎて行った。不安に駆《か》られた浩志は店の外に出ると、病院にいるワットに電話をした。

「ワットか。俺だ。何か変わったことはないか？」

——朝の事件以来、何も異常はない。だが、病院の看護師から嫌なことを聞いた。

「嫌なこと？」

——病院から2ブロック北にある住宅で殺人事件があったそうだ。

「いつのことだ？」

——発見されたのは三時間ほど前だそうだが、犯行は昨夜だったらしい。

「夜中の強盗殺人なら、珍《めずら》しくもないだろう」

パロアルトが高級住宅街で治安がいいと言っても、所詮銃社会の米国では殺人事件は珍しくもないはずだ。

——この街では殺人事件はめったに起こらない。しかも一家五人を全員殺害するという凶悪な手口だ。

「五人、皆殺しか……」

一家というからには夫婦だけでなく子供か老人も含まれているのだろう。凶悪な事件に慣れた米国人でさえ、眉を顰《ひそ》めるに違いない。

浩志はジープに飛び乗り、病院に向かった。

午後三時五十分、予定より十分はやく美香は看護師に車椅子を押されて戻ってきた。顔色が優《すぐ》れない。

「大丈夫か？」

「沢山《たくさん》検査があったから疲れちゃった。それに皮膚細胞を取る時に射たれた部分麻酔がまだ効《き》いているみたい。とても眠いわ」

美香はベッドに横になると、ほどなくして眠ってしまった。

ドアをノックしてワットが入って来た。浩志が病院に現れたので気を利かして外に出ていたようだ。

「あれっ、お姫様はもう眠っちまったのか。ずいぶん疲れた顔をしているな」

「検査と皮膚細胞の摘出で疲れたらしい」

「浩志、本当にこんなことになってすまないと思う」

ワットは美香の顔を溜息《ためいき》混じりに見た後、暗い表情で言った。この男はデルタフォースの中佐にまで上り詰めた輝かしい軍人としてのキャリアを持っているにも拘らず、人間的に優し過ぎる面を持っていた。アフリカでの作戦で多くの部下を失い、責任を取って軍を退官した。もっとも何物にも縛《しば》られない浩志の生き方に共感し、一緒に働きたかったことも大きな理由だったようだ。

「おまえに何の責任があるというんだ。責任があるのは、この俺だ。俺さえ記憶喪失にならずに日本に帰っていれば、何も問題はなかった」

「それは不可抗力だろう」

「おまえの場合も同じだ。暗闇の戦闘で敵側にいた俺を判別することは不可能だ」

すべての責めは自分にあった。他人に負《お》わせるものではない。

「同じようなことを彼女からも言われたことがある。互いに愛し合っている証拠だな。俺は若い頃から軍隊で過ごすことに明け暮れていた。本気で女と付き合ったことがないから分からないがな」

「そんなんじゃない。外の空気を吸ってくるか」

愛し合っていると言われると、浩志自身よく理解できない。それに傭兵にとって一番不似合いな言葉だけに気恥ずかしさも覚える。浩志は気分転換にワットを外に誘った。

病院の北側は閑静《かんせい》な住宅街が続き、すぐ近くにヘリテージ公園があり、パロアルトの市役所や図書館もある。大学に近いために自転車に乗った学生をよく見かける。二百メートルほど南に歩いて行くと小さなカフェテリアがあった。

サングラスをかけた二人が店に入って行くと、コーヒーを飲みながらテーブルにノートや本を拡げていた学生たちがぎょっとした顔になり、浩志たちをじろじろと見ている。スキンヘッドでマフィアも寄せ付けないような外見のワットのせいだと思っているが、浩志もかなり厳つい。お互い様だろう。

「俺は、アイスコーヒーに、チェリーパイとアイスクリーム」

席に着くなり、ワットは隣の席の女子学生が食べていたパイを見て注文した。

「俺はコーヒーだけでいい」

数分後、テーブルに運ばれたカットピザほどの大きさがあるチェリーパイにワットはアイスクリームを載せて食べはじめた。浩志は見ているだけで気持ちが悪くなった。隣の席の女子学生も笑っている。

「おまえ、身体に悪いぞ」

「俺は子供の頃からスイーツが大好きなんだ。だが、軍隊に入っていつも食べられなくなると、余計拍車《はくしゃ》がかかってしまった。だから、休暇をとって基地の外に出ると、スイーツをまとめ食いするんだ。ここんとこご無沙汰《ぶさた》していたからな、いいだろう」

そういうとワットはフォークに刺したアイスクリーム付きパイを口に放り込んだ。

「今日帰るのか？」

「迷っているんだ。浩志と美香の顔を見たら帰るつもりだった。だが、二人の仲を邪魔するのは気が引けるが、何やら街が騒がしくなっている。そうかと言って、完全看護の病院だけに美香の身辺警護をするわけにもいかないがな」

ワットも頻発する事件を気にしているようだ。

「俺はサンフランシスコの傭兵代理店で銃を買ってきた。もっとも役に立つか分からないがな」

「大丈夫か。ポリスに見つかったら逮捕されるぞ」

ワットはパイを突き刺したフォークを口元で止めて言った。

「同じことを代理店でも言われた。おかげで〝ピースメーカー〟を買わされたよ」

「〝ピースメーカー〟か、なるほど、ブラック・パウダーの銃なら、ガンショップや骨董《こっとう》品《ひん》屋で誰でも買えるからな。物は何だ?」

「〝アーティラリー〟だ。象牙の細工がしてあった」

興味がないため、さりげなく答えた。

「何、象牙細工の〝アーティラリー〟だって? それは多分限定モデルだ。ことによると一万ドル以上するかもしれないぞ。俺にも見せてくれ」

ワットは詳しいらしく興奮した様子で席を立った。

会計を済ませているワットを残し、浩志は店の外に出た。

「うん?」

微《かす》かにグッチの香水、〝エンヴィ〟の香りがしたような気がした。浩志の嗅覚は衰《おとろ》えを知らない。勘違いはないはずだが、近くに人影はなかった。だが朝方シェラトンのプールサイドでも同じ香りを感じた。偶然とは思えない。

「行くか」

ワットが店から出てきた。

浩志は辺りを警戒しながら歩いた。やがてヘリテージ公園が見えてきた。病院に帰るには公園の歩道を通るのが一番近い。

「伏せろ！」

浩志はワットの肩を鷲摑《わしづか》みにして引き下げ、近くに停めてある車の陰に隠れた。

「どうした？」

しばらくしてワットが尋ねてきた。

「公園の反対側で光る物を見た。狙撃銃のスコープかもしれない」

公園の対角線上の百二十メートルほど離れた北側の茂《しげ》みに、一瞬反射するものがあった。場所から言っても不自然な光だった。

「気にし過ぎだろう。いくらなんでもこんな日が高いうちから狙撃《そげき》するとは思えない」

「そうかもしれないが、気をつけたほうがいい」

狙撃手を見たわけではないので、確信は持てない。だが、店の外で嗅《か》いだ〝エンヴィ〟の香りが気になった。さすがにそのことはワットには言えなかった。浩志も美香が身につけていたからこそ嗅ぎ分けられるだけで、他の香水を知っているわけではない。

自転車に乗った二人の大学生が、車の陰で座り込んでいる二人を奇異な目で見ながら通り過ぎていった。

「俺もやっぱり残ることにするか。あとでシェラトンにチェックインするよ」

「そうか」

二人は慌てて立ち上がり、その場を離れた。

六

八二号線の夜は米国が車社会であることを改めて見せつける。渋滞するわけではない。ただ数えきれないほどの車種が行き交う。どの車も外観が良い。この地域に住む就労者の平均年収が高いことが分かる。

ホテル〝リンデンパーク〟のすぐ近くにあるスーパー〝ターゲット〟の平日の閉店時間は夜の十一時というから、それまでは交通量は減らないのだろう。

午後十時過ぎ、ホテルのジムで一時間ほど汗を流した浩志は部屋に戻り、シャワーを浴びた。バスタオルで身体を拭《ふ》きながら冷蔵庫から瓶《びん》のミラーを出して飲んだ。ベッドの上にスーツケースが無造作《むぞうさ》に置かれている。普段どこに行くにも、身軽にバックパック一つで移動していたが、今回は美香を連れての旅となり、パソコンも持っているためにハードタイプのスーツケースを使っている。

ビール片手にスーツケースから傭兵代理店で買った銃の木箱を取り出した。古めかしい蓋を開けると、コルト・シングル・アクション・アーミー、〝アーティラリー〟の銃身が鈍《にぶ》い光を放った。グリップは象牙で馬が精巧に彫《ほ》り込んである。病院の駐車場でワットに見せたところ、千ドルで売れとうるさかった。今は武器がこのクラシカルな銃だけなので、譲るわけにはいかない。

真新しい下着に着替えると、浩志はいつものようにジーパンを穿《は》いた。どんな時でも攻撃に即応でき、反撃あるいは逃走するにはいつでも服を着ていることだ。

マニアだったら怒るだろうが、浩志は〝アーティラリー〟を無造作に素手《すで》で箱から取り出した。ずっしりと重い。だが、五・五インチの銃身はバランスがいい。ベルトに差し込み、すばやく引き抜いてみたが、タイミングよく右の親指でハンマーを上げることができない。しばらく同じ動作を続けていると抜いた瞬間にハンマーを上げられるようになった。だが、連射となると右の親指だけでは無理だ。西部劇のガンマンのように左の掌《てのひら》を使うほかないようだ。さすがに連射の練習は苦情が来そうなので諦めた。

〝アーティラリー〟に四十五口径の弾を込めた。火薬はブラック・パウダーらしいが、至近距離でなくても殺傷力はある。シリンダーにすべて詰め込むと、浩志は枕の下では寝られそうにもないのでベッドの下に銃を置いた。

疲れ過ぎたせいか、夢うつつのまどろみの中でベッドサイドのフットライトが消えたことに気が付いて目を開けた。漆黒《しっこく》の闇が眼前に広がっている。窓の外も暗い。ホテル全体が停電になったようだ。

ベッドから抜け出すのと同時に部屋のドアが蹴破られた。

浩志はベッド下の〝アーティラリー〟のグリップを握りしめ、ハンマーを起こしながら転がるようにベッドから離れた。

パスンッ！　パスンッ！

アルミ缶を握りつぶすような破裂音《はれつおん》が襲って来た。サイレンサーで銃撃されているのだ。

〝アーティラリー〟を入り口に向かってトリガーを引いた。まるで対戦車ロケット弾でも撃ち込んだような派手な音が響いた。続けて左手でハンマーを起こし、夢中で撃った。敵の気配はあっと言う間になくなった。浩志は手探りで自分のスーツケースを開けてハンドライトを取り出し、部屋を照らした。

ベッドに数カ所、穴が開いている。のんきに寝ていたら確実に死んでいただろう。ドア付近の壁に浩志の撃った銃弾の痕《あと》が三発残っている。一発目は低い位置だが、二発、三発目は思ったより高い位置に着弾していた。ハンマーを起こす際に狙いが狂ったのだろう。血痕《けっこん》は見当たらない。残念ながら当たらなかったようだ。敵は浩志が銃を持っているとは思わなかったのだろう。思わぬ反撃に驚いたに違いない。骨董品《こっとうひん》が役に立った。それにしても鼻先も見えない暗闇で襲撃してきたところをみると、敵は暗視ゴーグルでも装着していたのかもしれない。

　パトカーのサイレンの音が近付いてきた。

　浩志は〝アーティラリー〟を床に置いて、ワットに衛星携帯で連絡をした。チェックイン時にパスポートの提示を求められているために逃げ隠れはできない。

　――どうした？　こんな夜中に。

　腕時計を見ると、午前一時過ぎだ。襲われたのは浩志だけだったようだ。

「襲撃された。反撃したが敵を逃がした。パトカーが近付いている」

　要点だけを言った。

「手を挙げろ！」

　ハンドライトを添えて銃を構えた二人の警察官が部屋に飛び込んできた。

　浩志は意外に警察官の到着が早いことに舌打ちをして両手を軽く上げた。凶悪事件が続いているために付近をパトロールしていたのだろう。

　――心配するな！

　ワットの声が携帯から聞こえた後、通話は切れた。

　警察官に携帯を取り上げられて、強引に後ろ向きにさせられた。

「俺は、被害者だ。襲撃されたんだ」

「床に銃が落ちているぞ！」

警察官の一人が〝アーティラリー〟を見つけて足で蹴って浩志から遠ざけた。

「どこにおまえ以外に犯人がいるというんだ」

「俺は襲われたんだ」

「こいつヤク中かもしれないぞ！」

説明しようとするとほかの警察官が騒ぎ立てた。

「おっ、おまえには黙秘権がある。手を後ろに！　跪《ひざまず》け！」

警察官は三人に増えていた。犯行現場に突入するのははじめてなのだろう。高い声で決まり文句《もんく》もちゃんと言えていない。

米国の警察官は麻薬中毒患者に対しては特にナーバスだ。常識では考えられない行動をとり、銃で撃たれても反撃してくるからだ。しばしば米国で犯人に数十発もの銃撃を加えるのも、彼らの恐怖心がそうさせるようだ。

「落ち着け！　俺は銃を持った賊《ぞく》に襲われたんだ」

言っても無駄だと思ったが、太腿《ふともも》を警棒で殴られて膝を折った。

犯人はサイレンサーを使用し、警察官が来る前に姿を消している。残ったのは四十五口径の銃と怪しい東洋人だけだ。黄色人種に偏見《へんけん》を持たなくても、夜中にホテルの部屋で三発もぶっ放せば頭がおかしいと思われても仕方がない。

「分かった！　言う通りにする」

浩志が両腕を真上に上げると手錠をかけられた。警察官の一人がベッドにかけられた毛布を持ち上げようとしている。別の武器か麻薬でも探しているのだろう。

「馬鹿野郎！　現場を荒らすな。証拠の価値がなくなる。後は鑑識に任せろ！」

思わず警察官を怒鳴《どな》っていた。無神経な警察官の態度は元警視庁敏腕刑事としては許せない行為《こうい》だ。だが、次の瞬間後頭部を警棒で殴られ、意識が混濁《こんだく》し床に崩れた。

強奪《ごうだつ》

一

パロアルト警察署はパロアルト市庁舎の敷地内にあり、庁舎の反対側にある。

浩志はホテルで襲撃され、直後に踏み込んできた警察官に後頭部を殴られて気絶してしまった。気が付いた時には留置室のベッドの上だった。

「痛っ！」

首の後ろを触ってみるとかなり腫《は》れている。犯人と思っている人間に怒鳴りつけられて警察官は感情的になったのだろう。あるいは浩志を凶暴な麻薬中毒患者だと誤認し、我を忘れてしまったのか。

元刑事だっただけに被害者であるにも拘らず、いつのまにか警察官に同情している自分に、思わず苦笑いをしてしまった。

浩志は立ち上がって背伸びをしてみた。太腿も殴られたが大した打撲《だぼく》ではない。ほかに異常がないところをみると、気絶してから暴行は受けなかったようだ。

六畳ほどの広さの留置室は通路を挟《はさ》んで片側に三つずつある。ほかの部屋に住人はいない。たまたま空いているのかもしれないが、やはりこの街は治安が良いのだろう。日本もそうだが、治安がいい街の警察官は退職するまで現場で銃を使うような場面にめったに遭遇しない。凶悪な事件の現場では訓練を受けた警察官でも興奮状態に陥《おちい》り、冷静に対処できないことも多々ある。

奥のドアが開いて、二人の警察官が入って来た。

「ケン、カンザキ、面会だ」

「取り調べもしないうちから、面会か？」

尋ねると警察官たちは憮然《ぶぜん》とした表情になった。現場をみれば襲撃を受けたことは素人《しろうと》でも分かる。不当逮捕《たいほ》で訴えられる可能性もあるので、彼らも自分たちが不利になるような発言をしないようにしているに違いない。

面会室ではなく、壁にマジックミラーがある取調室に案内された。部屋で待っていたのは、ワットだった。

「よう、兄弟。元気そうで安心したぜ」

ワットの陽気な挨拶にほっとさせられる。

「手間をかけたな。今何時だ？」

頭を殴られ、腕時計も取り上げられているので時間の感覚はなかった。

「朝の七時半だ。美香には教えていない。心配するからな」

六時間近く気絶していたようだ。

「警察は何か言っていたか？」

「何も聞かされていない。俺はもう軍人ではないが、陸軍から特殊部隊のアドバイザーと講師の身分証明書を発行されている。それを見せたら、面会のオーケーは出たが許されたのはついさっきだ」

特殊部隊のアドバイザーになるには元隊員でしかも上級指揮官だったことは誰にでも想像はつく。ワットがすぐに接触してきたために警察でも対処に困っていたのだろう。

「状況を説明してくれないか」

ワットは椅子に深く腰を掛け、足を組んでリラックスした姿勢になった。

浩志は停電してから警察官が踏み込んでくるまでの状況を詳しく話した。もちろん壁の向こうで警察官が聞いていると思ってのことだ。

「正当防衛だということは明らかだな。ただ困ったことに俺が手を回すと、軍のお偉方が出て来ることになる。それは最終手段にとっておきたい。ここがまともな警察署なら、今日中に釈放されるだろう。それから、日本の代理店には俺の方から連絡をしておいた。池谷に動いてもらった方がいいかもしれないと思ってな」

苦笑混じりにワットは言った。

「美香には午後から行くと、伝えておいてくれ」

「俺はとりあえず帰る。晩飯は出所パーティーでも開くか」

立ち上がってワットはウインクをしてみせた。

「うまいステーキが食いたいな」

浩志も笑って答えた。

ワットは警察官に付き添われて部屋を出て行った。浩志もすぐに留置室に帰されるかと思ったが、なかなかお出迎えが来ない。その間も鏡の向こうからの視線は感じた。

十分ほど待たされて、初老の警察官が現れた。髪は白く腹も出ているが肌に艶《つや》があり精力的に見える。身長は一七七、八センチ、五十代半ばだろうか。くたびれたスーツに歪《ゆが》んだネクタイからして刑事だと一目で分かる。ヘビースモーカーなのだろう、ヤニ臭く人差し指と中指の先が黄変《おうへん》している。

「私は刑事部の部長のザック・ブロクストンだ。あんた、一体何者だ。米軍の次は、大使館員が現れて、面会を求めてきた。しかもカリフォルニアの領事館じゃない。ワシントンD.C.の大使館から来たようだ。それに政府のお偉方から署長あてにマスコミには絶対公表しないように命令された」

男は刑事部のトップだった。とはいえ小さな街だ、刑事部といっても大所帯ではないだろう。かなり戸惑《とまど》っている様子だ。

「ほう」

浩志も驚いた。ワシントンD.C.のダレス国際空港からサンフランシスコ国際空港への最終便は午後十時台で終わってしまう。チャーター便を使ったのだろうが、ノンストップで五時間半はかかる。ワットから連絡を受けた池谷がすぐに政府に働きかけたのだろう。高級官僚を通じた裏のルートがあるに違いない。

浩志が肩を竦めると、ブロクストンは舌打ちをして部屋から出て行った。入れ違いに入って来た男は身長一八五、六センチ、グレーのスーツの上からでも鍛え上げたことが分かるほど、逞《たくま》しい身体をしていた。頑丈そうな顎《あご》を持っているだけに、右耳が不自然な形をしているのが気になる。整形手術を受けたようだ。

「藤堂さんお久しぶりです。その節はお世話になりました」

男は踵《かかと》を付けて足を揃えると、深く頭を下げた。

「一色《いっしき》……さん、だったね」

三等陸佐と呼ぼうとして、浩志は口ごもってしまった。一色は陸上自衛隊の特殊部隊である特戦群（特殊作戦群）の隊員だった。彼の存在はトップシークレットに属する。

三年前に陸自の要請で浩志が率《ひき》いる〝リベンジャーズ〟が、一色が指揮する特戦群の選抜チームと野戦訓練をしたことがある。その後一色はブラックナイトと呼ばれる国際犯罪組織の傭兵部隊にチームごと拉致《らち》され、彼は右耳をそぎ落とされた。彼らを救い出したのは浩志と〝リベンジャーズ〟だった。以来、一色は浩志を師と仰《あお》いでいるようだ。

「先月駐在官として大使館に赴任《ふにん》したばかりです。上層部からすぐにパロアルトに飛べと命令を受けてやってまいりました。藤堂さんと森美香さんがこちらに滞在されていると聞いておりましたので、驚きました」

敬礼こそしなかったが、一色の態度は昨日まで部隊にいましたという感じだ。

大使館に勤務し、外交官としての身分を持つ軍人を駐在武官、日本では防衛駐在官という。米軍との情報交換だけでなく、特殊な任務を帯《お》びている可能性もある。米国のような大国の場合、将補クラス（海外なら大佐以上）一名、一佐クラス（海外なら大佐）二名、二佐クラス（海外なら中佐）が三名派遣される。一色は三等陸佐から昇格したようだ。

「武官か……」

一色との再会はうれしいが、美香と一緒ということまで知られていることに少々不快感を覚えた。

「隣の部屋で見ている連中がいる。立ったままで話していてはおかしい。座ってくれ」

浩志の職業は傭兵だが、それは雇われていてはじめて成立する職業だ。仕事をしていない今は、無職ということになる。そんな人間に大使館員が立ったまま頭を下げているのだから、鏡の向こうでブロクストンが目を剝《む》いているに違いない。

「それでは失礼します」

一色はまた頭を下げて椅子に座り、拳《こぶし》を固めて膝の上に置いた。軍隊生活が長過ぎたのだろう。他国の武官は時に軍事情報を集めるためにスパイとして働くこともある。彼にはできそうにない。

「すでに藤堂さんの釈放は日米の次官クラスで進められています。現実的に被害者でありますので問題はありません。彼らが藤堂さんを拘留《こうりゅう》しているのは、襲撃されたことが鑑識の捜査ですぐ分かり、安全を図《はか》ったようです。また使用された銃の件は、米国政府が銃の特別許可証を発行することで解決できそうです。ただ、警察官が暴行したことに対し、訴訟《そしょう》しないという条件ですが、いかがでしょうか」

一色は背筋を伸ばして答えた。

「俺が訴えるわけないだろう。それにしても、政府に借りができちまったな」

浩志は政治がらみの仕事は引き受けたくはない。これまでも政府の恩恵《おんけい》に与《あずか》るようなことは避けてきた。

「何をおっしゃるんですか。藤堂さんの働きからすれば、当たり前のことです。逆に自分はお役に立ててうれしく思っております」

「分かった。いつ出られそうだ」

素直に受け取れないが、少なくとも一色に邪気はない。今は甘えるほかないだろう。

「領事館で書類を整え、別の大使館員がすでにこちらに向かっています。後二、三十分お待ちください」

一色の言葉通り、三十分後には浩志は〝アーティラリー〟とともに釈放された。

二

陸自の特殊部隊である特戦群の指揮官だった一色徹《とおる》は、米国大使館の駐在武官として先月から赴任しているようだ。浩志が知る限りでは三年前の一色は三等陸佐、諸外国の軍隊でいう少佐だった。年齢からすれば、エリート中のエリートに違いない。

特戦群は性格柄《がら》、部隊の詳細を公表されることはない。浩志もあえて一色の現在の階級や任務を聞くつもりはなかった。

釈放まで付き合ってくれた一色と領事館の車でワットがいるシェラトンに向かった。昨日宿泊した〝リンデンパーク〟には正当防衛とはいえ、銃撃事件を起こしてしまったために泊まるわけにはいかない。セキュリティーも考えてシェラトンに戻ることにしたのだ。荷物は警察に押収されていたので、取りに行く手間は省《はぶ》けた。車はワットがシェラトンに移動してくれていた。

パロアルト警察署からシェラトンまではわずか一・五キロ、車で三、四分の距離だ。

「一色、飯はまだだろう。奢《おご》るぞ」

午前八時四十分、ホテルの玄関で車を降りる際、浩志は尋ねた。

「いいんですか?」

「とりあえず朝飯だ」

「お言葉に甘えます」

一色はうれしそうな顔をして車を降りると、運転している大使館員に先に帰るように指示をした。

浩志がワットに連絡をすると、ちょうど一階のレストラン〝プールサイドグリル〟で食事をはじめたところだった。

ワットはプールエリアにあるテーブル席に一人で座っていたが、手つかずのサンドイッチやサラダなど様々な料理が何皿も置かれている。メニューからも選ぶことはできるが、ビュッフェ形式なので大食漢にとっては都合《つごう》がいい。

「ワット。大使館員の一色だ。彼のおかげで出られた」

浩志は一色を紹介してワットの隣に座り、空いている席に一色を座らせた。

「……ワット? ひょっとしてミスター・ヘンリー・ワットですか。お噂はかねがね聞いております。お会いできて光栄です。徹、一色です。よろしくお願いします」

一色は腰を浮かせて敬礼しかけたが、慌ててワットに右手を差し出した。一色は浩志と〝リベンジャーズ〟の活躍を知っているようだ。それだけ陸自でもセキュリティーレベルの高い位置にいることが分かる。

「俺のことを知っているのか。武官だな」

ワットは一色の右手を握りしめながら、浩志をちらりと見た。

「〝リベンジャーズ〟は一色のチームと対戦型の野戦訓練をしたことがあるんだ」

差し支《つか》えのない範囲で浩志はワットに説明した。

「藤堂さんには、ぜんぜん敵《かな》いませんでした。もう一度、〝リベンジャーズ〟と対戦したいと思っていましたが、残念ながら昨年の暮れに昇格したために現場から遠ざかりました」

一色は残念そうな顔をしてみせたが、階級が二等陸佐（中佐）に上がり、特戦群でもかなり上のポストになったために現場で指揮することはなくなったのだろう。

「同じような悩みを持つやつが日本にもいるもんだ。俺は思い切って辞めちまったがな」

ワットの言葉に一色は溜息《ためいき》をついた。戦時だろうと平和時であろうと軍人は厳しい訓練に明け暮れる。この一番辛い時期こそ、軍人にとって華《はな》だろう。銃を握らなくてもよくなった瞬間、途方に暮れる者もいる。一色は慣れない武官という仕事に戸惑っているのかもしれない。

「俺たちも取ってくるか」

浩志は一色の肩を叩いて、席を立った。

「米国駐在は長くなりそうなのか？」

皿の上にパンを載せながら尋ねた。

「長くはならないと思います。実は、北方領土の件で米軍と情報交換に来ました」

一色も皿にサンドイッチを載せながら、小声で答えてきた。

北方領土とは、ロシアに不法に占拠《せんきょ》された択捉《えとろふ》島、国後《くなしり》島、色丹《しこたん》島、歯舞《はぼまい》群島の北方四島を指す。

一九四五年八月六日に広島に原爆が投下され、まさに戦争が終わらんとしていた二日後にソ連は、日ソ中立条約を一方的に破棄《はき》した。同十一日、日本との国境を破ったソ連第二極東軍部隊は南樺太《からふと》に侵攻し、旧日本領を攻め落としながら南下した。

一九四六年一月、ＧＨＱ指令六七七号により、日本は沖縄や小笠原《おがさわら》、竹島《たけしま》、南樺太、千《ち》島《しま》列島などの行政権を一時的に停止させられると、ソ連は南樺太、千島列島を自国領と勝手に編入した。北方四島はこの時千島列島とともにソ連に奪われたのだ。

一九五一年のサンフランシスコ講和条約で日本は千島列島を放棄する。その後、米国はソ連の火事場泥棒的な進軍と野心に危機感を覚え、北方領土は日本固有の領土と主権を認めたものの、英仏の対日感情は悪く賛同は得られなかった。また一九五七年のソ連国境警備隊の貝殻《かいがら》島上陸に際しては、ソ連と対峙《たいじ》することを嫌った米国は日米安保条約を無視して、出動することはなかった。こうして北方領土はずるずるとソ連崩壊後も、ロシアの不法占拠状態は続いている。

「無力な政府を見かねて自衛隊独自で動いているのか」

浩志は鼻で笑った。

ロシアは近年日本との領土問題はないものとして、弱腰の日本政府を翻弄《ほんろう》している。

「詳しくは言えませんが、このままでは根室《ねむろ》半島の目の前にロシアの軍事基地が作られてしまいますので、防衛上まずいんですよ」

やはり防衛省でも制服組の判断で一色は動いているに違いない。

「米国は安保だとかいって相変わらず沖縄を基地で埋《う》め尽《つ》くしているくせに、北方領土に関しては何もしてこなかった。今さら米国と情報交換もないだろう」

「そうなんですよ。これまで北方領土問題があるうちは、米国も地域がグレーゾーンになっているために関心がなかったのですが、ここにいたってロシアの動きが活発になり、さすがに焦《あせ》っているようです。今さらという感じですがね」

一色は肩を竦めてみせた。派遣されてきたものの大して成果はないのだろう。

ロシアは東日本大震災で日本政府および国民が外部に目を向けられなくなっている間に、領土問題を一方的に決着させようとしている。またこの動きに中国や韓国も加わり、事態を複雑化させているのが現状だ。

「北方領土に関してはブッシュもオバマもクールだった。今さらロシアは敵じゃないと思っているからだろう。むしろ中国を押さえ込むためには、ロシアを手なずけておきたいはずだ。米国は自国領でない北方四島はなくなってもいいと思っているんじゃないのか」

半《なか》ば冗談で言った言葉に一色は表情を強《こわ》ばらせた。当たらずとも遠からずなのだろう。

「どうした。気難しい表情をして。腹が減り過ぎたのか？」

料理を両手に持って席へ戻ると、ワットが顔色の優れぬ一色を気遣《きづか》った。

「そうなんです」

一色はそう答えると、持って来た皿の料理を瞬く間に平《たい》らげてお代わりをするために席を立った。一色とワットは互いに競争するように五、六人分は平らげてやっと落ち着いたらしく、満足げにスターバックスのコーヒーを飲みはじめた。

「ところで、今回藤堂さんが襲撃された敵の正体は分かっているんですか？」

一色が唐突《とうとつ》に尋ねてきた。

「これまで闘った敵の数が多過ぎて見当《けんとう》もつかない」

ブラックナイトからは三年前から命を狙われているが、それ以外にもミャンマーや中国やロシア政府からも恨《うら》まれているかもしれない。ただ、米国マフィアなど地域の暴力組織とは縁《えん》がないので、この国とは関係がないということは言えるだろう。

「そうですか。実はワシントンからチャーター便に乗る際に、瀬川に連絡を取り、藤堂さんがなぜ米国に滞在されているのか、聞きました。私は外交特権で銃の取得ができます。休暇をとりますので、しばらく藤堂さんの護衛をさせてください」

浩志は危《あや》うくコーヒーを吹き出しそうになった。

「自分の身は自分で守る」

「三年前、軍艦島《ぐんかんじま》でブラックナイトの傭兵部隊に捕虜《ほりょ》にされ、藤堂さんとお仲間に助けていただかなければ、生きては帰れなかったでしょう。いつかご恩を返したいと思っておりました。お願いです。護衛をさせてください！」

一色はテーブルに両手をついて頭を下げてみせた。

周囲の客が何事かとざわめきはじめた。ワットも目を丸くしている。

「分かった。頭を上げろ」

浩志は首を横に振りながらも返事をした。

三

パロアルトは冬の雨期を除《のぞ》いて一年を通じて雨は少なく、乾燥した晴天が続くいわゆる地中海性気候である。

美香が入院して二日目、六月にしては珍しく朝から雨が降り、四階の病室からは雨に濡れる街路樹の濃厚な緑が見えた。

サンフランシスコでは一九八一年に発足したNPO団体による街路樹を植える運動が進められ、今や全米的なモデルになっている。そのため、同じカリフォルニア州のパロアルトでも一方通行の狭い道にも緑が生い茂っているようだ。

浩志はホテルで朝食を摂《と》った後、一人で美香の病室を訪《おとず》れた。ワットは銃を買いたいという一色に付き合って〝ベイエリア・ガンボールト〟というガンショップに行っている。浩志の身辺警護をするというのは本気らしい。

店はパロアルトの南東部に位置するマウンテンビューの八二号線沿いにあり、車で十五分もかからない距離にある。米国政府が発行する銃の特別許可証は今日中に届くと聞いているので、手に入り次第《しだい》浩志も銃を買いに行くつもりだ。もっともHSC（ハンドガン・セーフティー・サーティフィケイト）と呼ばれるハンドガンを購入する許可証のためライフルを買うことはできない。

これまで日本政府や米軍の要請で様々な作戦を遂行《すいこう》してきた。浩志は日米両政府にとっては特殊任務をこなせる傭兵という存在だけでなく、遂行して来た作戦はすべてトップシークレットに属する。外交官でもない浩志に対する特別な処遇は、これまでの功績に対する恩賞というよりは、飴《あめ》を与えて飼いならしておきたいという政治的な思惑《おもわく》があればこそだろう。もっとも幼い孫の誕生日にライフル銃を贈るような銃社会米国においてHSCは特別な書類ではないらしい。それほど恩義を感じる必要もなさそうだ。

「雨は嫌ね。憂鬱《ゆううつ》な気分になるわ」

美香は車椅子に座り、窓の外を見つめながら溜息をついた。

浩志はベッドの脇に置かれている椅子に座り、カリフォルニアのガイドブックとパロアルトの地図を見ていた。傭兵になってからの習慣《しゅうかん》で、自分の所在地と周辺の地形や地図を頭に叩き込むことにしている。地理情報に詳しいことが戦略的に優位に立てるからだが、平時においても災害や事故などのアクシデントにも役に立つ。

「外出許可は下りないのか？　昼飯を外で食べるぐらいいいだろう」

浩志は地図から目を離し、目頭を押さえながら尋ねた。情けない話だが、目が疲れやすくなった。

「気分転換に少し散歩に出たらって、看護師さんからも言われたけど、外食だなんて考えてもみなかった。そうね。身体はいたって健康だから、病院食を食べなくちゃいけないということもないわね」

美香の顔が明るくなった。

「何か食べたい物があるか？」

「パロアルトはおいしいお店がたくさんあるの。その中でもカリフォルニアで一番人気の

〃エビア〃という地中海レストランに行きたいな。待って、〃ダバー〃というインド料理店も良いらしいわよ。どうしよう。迷うな」

パロアルトに来て三日目、入院したのは昨日のことだ。さすがに内調の腕利き元特別捜査官だけに情報に長《た》けていると言いたいところだが、美香はいくつもレストランの候補を挙げて子供のように頭を悩ませている。

「再入院までは三週間ある。明日からはどこにでも行ける。それに雨も降っているから、近場のレストランにしてくれ。もう一つ、肩の凝《こ》らない場所がいい」

「そうか。時間はたっぷりあるわね。それじゃ、エマーソン通りの〃エビア〃にするわ。晴れていれば、歩いて行ける距離よ……あなたに車椅子を押してもらってね」

美香は慌てて言い直し、はにかんでみせた。

「雨で、残念だ」

浩志は気付かない振りをして彼女に近寄り、肩を抱き寄せ窓の外を見た。

病室のドアをノックする音が響いた。

ドアを開けると、ワットと一色が廊下に立っていた。

「入れよ」

声をかけたが入って来たのはワットだけだった。

「どうした？」

廊下に身を乗り出して尋ねた。

「私はここで結構です。護衛ですから」

一色はスーツのジャケットのボタンを開け、真新しいショルダーホルスターと銃をちらりと見せた。ホルスターにはグロック一九が収められていた。良い選択だ。軽量で堅牢《けんろう》、パーツが少なくメンテナンスも楽だ。マガジンも大容量で、多弾タイプのマガジンも使える。しかもポリマー製フレームのために錆《さび》に強い。浩志も買うのならグロック一九にしようと思っていたところだ。

浩志が銃を見て口元を緩《ゆる》ませると、一色は軽く頭を下げてドアに背を向けて立った。頑《がん》固《こ》な男だから聞きそうにない。浩志は何も言わずにドアを閉めた。

「外にまだ誰かいるの？」

美香が首を傾《かし》げてみせた。

「ひょんなことから、知り合いが護衛に付くことになったんだ」

街で一色と偶然出会ったことにして、病院に泥棒が入ったことを理由に護衛を受けることになったと苦しい説明をした。

「大袈裟《おおげさ》よ、護衛だなんて。一色という人、駐在武官なんでしょう。暇なの？」

「美香の元の職場は特別だ。その関係もあるんじゃないのか？」

誤魔化《ごまか》すつもりはないが、彼女の正体を知っているだけにありえない話ではない。

美香は内調に辞表を提出したらしいが、受理されたとは聞いていない。彼女ほどの特別捜査官、他国でいえば情報員は日本にはめったにいないだろう。簡単に組織が手放すとも思えない。国が彼女の身辺警護を出すという話があってもおかしくない。もっとも、それなら内調の捜査官をよこすだろうが。

「そうかな……？」

美香は、浩志の強引な話に首を傾げた。

ワットは二人の話を他人事のようにニヤニヤと笑いながら聞いている。彼自身も実は昨日帰るはずだったが、浩志が襲撃されたことを受けてパロアルトに滞在することにしたのだ。

午後十二時半、小雨《こさめ》降る中、浩志は美香の車椅子を押して病院を出た。ワットが傘をさして彼女が濡れないように気を使っている。一色は傘もささずに浩志らを先導するように前を歩いていた。

「藤堂さんの車は、ジープでしたね。安全を確認して来ますのでここでお待ちください」

駐車場に入ると、一色は駆け出して行った。

「やつは映画の見過ぎじゃないのか？」

車の下まで調べている一色を見てワットは笑った。もっとも浩志も仲間を亡くしてから目の届かない場所に置かれていた車の点検は必ずするようにしている。

一色は運転席の下を覗《のぞ》き込んだ途端、血相《けっそう》を変えて戻って来た。

「大変です。爆弾が仕掛けてあります」

「何！」

浩志らは急いで駐車場を離れた。

四

シリコンバレーで最も平和な街、パロアルトは異常な緊張感に包まれていた。

〝ヘリテージ・メディカルセンター〟の駐車場はパトカーで封鎖《ふうさ》され、米軍の爆弾処理部隊の到着を待っていた。爆弾に時限装置は付いていないが、振動か遠隔操作で爆発する可能性があるとワットが判断し、警察に連絡をした上で軍に要請していたのだ。

ワットは出動要請をした関係で病院を封鎖した警察に協力していた。また一色は相変わらず病室の外に立っている。

浩志は美香が病院の昼食を食べるのを横目で見ながら、窓の外を監視していた。

ワットは元デルタフォースの兵士だけに車に仕掛けられた爆弾の爆薬の量が少なく、運転手を爆死させるだけのものであることを見抜いていた。そのため、入院患者の外出は禁止されたが、避難《ひなん》命令は出されなかった。

「どうして、私たちが狙われているのかしら」

美香は外の騒ぎの割に落ち着いた様子だ。これまで幾多の修羅場《しゆらば》を経験して来ただけのことはある。

「ターゲットは俺だ。犯人の見当はつかない。だが、ここまで騒ぎが大きくなれば、手を出せなくなるだろう」

銃での襲撃に失敗したので爆弾を使ったのだろうが、それも発覚した。地元の警察も警戒態勢を強めるだろう。ことによればＦＢＩも捜査に乗り出すかもしれない。今度何か事件を起こせば足がつく可能性が高くなるだけだ。

「でも、昨日、病院が荒らされていたわ。あなたとは限らない」

美香は溜息をついて食事を終えた。

「あれは、別の犯人だろう。最近、近辺で凶悪な事件が起きているらしいからな。襲撃している連中は俺を殺そうとしていた」

浩志は昨夜襲撃されたことを正直に言った。

「それで一色さんは心配になって警護に就いてくれたのね。あの人のことを暇人扱いして悪いことをしちゃったわ」

美香はぺろりと舌を出してみせた。浩志が狙われていると聞いたものの、もう峠《とうげ》を越えたと彼女も思っているのだろう。

ドアが軽くノックされ、一色が顔をのぞかせた。

「藤堂さん、ちょっといいですか?」

申し訳なさそうに一色は頭を下げた。

部屋の外に出ると、パロアルト警察の刑事部長であるザック・ブロクストンが二人の部下を従《したが》えて廊下《ろうか》に立っていた。

「ミスター・神崎、話がしたい」

「被害者の俺を、また逮捕しに来たのか?」

「悪い冗談はやめてくれ。相談があるだけだ」

ブロクストンは苦笑いを浮かべて言ったが、目は笑っていない。

「病院の外には出るつもりはない」

「時間はとらせない。一階で話をしよう」

浩志は頷《うなず》き、一緒について来ようとする一色を制した。

「悪いが、美香の警護をしてくれ」

一瞬戸惑いの表情を見せた一色は頭を下げると、病室の前で仁王《におう》立ちになった。

ブロクストンはあらかじめ病院に申し入れをしてあったようで、一階に降りると会議室のような小部屋に入り、廊下に二人の部下を立たせた。

「もう君の身分を詮索《せんさく》するのはやめることにした。銃を持った大使館員を警護につけ、米軍の爆弾処理班を電話一本で呼びつけるような男と友人というだけで、ただの旅行者でないことは馬鹿でも分かるからな」

ブロクストンはつまらなそうな顔で言った。ひょっとすると浩志は日本政府関係者だと思われているのかもしれない。今さらしがない傭兵だと言っても信じてもらえないだろう。

「政府から拘るなと通告されているが、この街で事件が起きはじめたのは、あんたが来てからだ。だからできるだけ早く街を出て行って欲しい。頼む！」

ブロクストンは真剣な眼差《まなざ》しで言った。

パロアルトは治安がいいことで有名だ。特に隣接するスタンフォード大学では夜中に女子学生が一人でジョギングしている姿も見られると言う。ブロクストンにとっては全米屈《くっ》指《し》の安全な街を守っているという自負心もあるのだろう。

「俺には、ここにいなければいけない用がある。事件が多発しているそうだが、俺への襲撃事件以外は、関係ないだろう。捜査能力がないことを他人のせいにするな」

浩志は冷たく言い放った。

ブロクストンが病室まで来たこと自体、浩志は腹立たしく思っていた。部下に覆面《ふくめん》パトカーで警察署から尾行《びこう》させていたに違いない。それに監視している病院の駐車場の車に爆弾を仕掛けられたのだから、手落ちはむしろ彼らにあると思っている。

「何だと！」

ブロクストンは眉間《みけん》に皺を寄せた。

ヘリコプターの爆音が響いて来た。米軍の爆弾処理部隊が到着したのだろう。

「あんたがこの街を出るまで、監視するからそう思え」

「ありがたい。当分いるつもりだから、俺たちを守って、犯人を早く捕まえてくれ」

「くっ！」

ブロクストンは苦々しい表情となり、部屋を出て行った。

一旦病室に戻った浩志は、一色に部屋の前から絶対離れないように指示をしてから、病院内に異常がないか見て回った。周囲は警察官で溢《あふ》れているが、内部は逆に手薄になる可能性があるからだ。

一階の出入り口と裏口には銃を持った警備員がいる。浩志の顔を見ると彼らは緊張した面持ちで頷いてみせた。浩志の車に爆弾が仕掛けられたことを知っているだけに、彼らもただ者でないことは分かっているようだ。それに美香の病室の前に立っている一色はスーツ姿だけにSPだと思っているらしい。

病院内を一巡して病室に戻った。

「退院許可が下りたわ。病院もトラブルにこれ以上巻き込まれたくないみたい」

美香は肩を竦めて言った。退院が一日早くなった。浩志が留守の間に担当医から連絡を受けたようだ。

一時間後、浩志の車から爆弾は無事回収された。ワットの見立て通り、時限爆弾ではなかったが、遠隔操作の起爆装置を持ち、車体から外そうとすると爆発するように仕掛けてあったらしい。警察の爆弾処理班では処理できなかったに違いない。

「さて、出発するか」

陸軍の爆弾処理部隊を見送ったワットが、病室に迎えに来た。

「ちょっと待っていて、浩志、ハンドバッグを取ってくれる?」

浩志が車椅子を押そうとすると美香が慌てた様子で言った。

ハンドバッグは彼女のスーツケースの中に入れてあった。移動する際、彼女はいつも手元に置いていた。

「ありがとう」

手渡すと美香はにこりと笑って、中から小さなガラス瓶を取り出した。瓶の液体を彼女が手首と首筋に軽く塗ると、部屋に花が咲いたように優しい香りが広がった。美香が愛用する香水〝エンヴィ〟だ。自分が病人ではないということを主張したいのだろう。あるいは、退院するにあたり、普通の生活に戻るという意思の現れなのかもしれない。いずれにせよ、これまでにないポジティブな態度と言える。

「ほう」

浩志はにやりと笑い、車椅子を押した。

五

病院を追われるように退院した美香を連れて、浩志はシェラトンにチェックインした。パロアルトのシェラトンは大都市や大きな観光地にあるような高層ビルではなく、リゾート地にあるような低層構造でアットホームな感じがする。

美香が病室を出る際に香水を使ったのは、わけがあったようだ。担当医から移植手術の前段階である、彼女の皮膚細胞を神経細胞に変質させるための処置が無事終わったと連絡を受けていたからだそうだ。一度は絶望的な思いをしただけにお祝いをしたい気分だったのだろう。

がん細胞に変質するリスクを回避し、iPS細胞を経ずに皮膚から神経組織を作製する技術は近年様々な研究機関で進められている。日本でも慶應《けいおう》大学で成功したと二〇一一年六月にカナダで開催《かいさい》された国際幹細胞学会で発表された。

美香から摘出した皮膚細胞が傷ついた脊髄に移植できるだけの神経組織に変わるには、三、四週間ほどかかるらしい。それまでは体調を整《ととの》えていれば問題ないようだが、患部が悪化しないように無理な旅行や運動は慎《つつし》まなければならない。そうかといって何者かに狙われている以上、リゾート地でのんびり過ごすことも難しい。敵の狙いが浩志だけなら、美香と離れればいいのだが、現段階では断定できないので、彼女の警護を強化するほかないだろう。

部屋は二階のツインで、鯉《こい》が泳ぐ池を中心に鬱蒼《うっそう》とした緑が生い茂る庭園が見渡せるデッキがあった。ワットと一色の部屋も同じフロアーにある。

「雨に濡れる庭園も良いわね。病院の窓から見える街路樹とは比べものにならないわ」

デッキに車椅子を出して美香は単純に喜んでいる。浩志もしばらく雨に打たれる庭園を時が経つのも忘れて見ていたが、ジャケットのポケットに入れてある携帯の振動で我に返った。

――一色です。

「どうした？」

――藤堂さん、銃の許可証が届きました。すぐにお持ちしましょうか？

米国政府が発行する銃の許可証は一色を通じて受け取ることになっていた。

「頼む」

通話を切り、気温が少し低くなったことに気が付き、美香を部屋の中に入れた。待つこともなく一色は封筒に入った許可証を持って現れた。ホテルのフロント宛に届いていたようだ。

「ガンショップに行かれるのなら、私もお供しますよ」

「一人で行く。それよりワットと一緒に美香の警護を頼む」

「そうですか。了解しました」

一色は残念そうな顔をしているが、銃を買うのに子供じゃあるまいし、連れだって行くわけにはいかない。

「浩志、私の分も買って来て」

一色が出て行くと美香が真剣な表情で言った。

「許可証は持ってないだろう」

「あなたが銃の管理者になればいいのよ。州によって違うけど基本的に米国の銃の規制は、所有に対してで使うことを規制しているわけじゃないの。だから観光客が射撃場で銃を撃つことができるのよ。正当防衛のためにあなたの銃を私が使っても罪に問われることはないわ」

「なるほど」

美香の説明に思わず納得してしまった。

「私も自分の身は自分で守りたいの。グロック二六を買って来て」

まるでピザでも注文するように頼まれてしまった。グロック二六は美香が内調で働いていた時に使っていた銃だ。浩志が買おうとしているグロック一九よりも小型で、全長はわずか一八二ミリだが、パワーに問題はない。それに弾丸も共有でき、一九のカバー銃として買っておいても役に立つ。

美香をワットと一色の二人に任せて、浩志はジープに乗って八二号線をサンフランシスコとは反対方向のマウンテンビューに向かった。

わずか十数分で到着したガンショップ〝ベイエリア・ガンボールト〟は、美容室や東洋医学の治療院がテナントとして同居する平屋の建物に入っていた。ショーウインドーの前には赤い鋼鉄製の車止めが立ててあるほかは、ネオンサインがあるためにガンショップというといかめしいイメージはない。

店内も黒いラックに銃が陳列されているが、ガンショップの持つ独特な重厚さに欠けるので、いささか肩透《かたす》かしを喰らったような気になった。

店では最新の銃の他にカスタム銃や中古の銃も取り扱っている。セミオーダーのカスタム銃にしたいところだが、すぐに欲しいため、在庫の商品でグロック一九と脇の下に銃を下げられるショルダーホルスター、それに予備のマガジンと弾丸やガンオイルなどのメンテナンス資材もまとめて購入した。だが、美香の銃を購入することはできなかった。カリフォルニアはやはり銃規制が厳しく、ハンドガンは三十日に一丁しか購入できないらしい。また、十一発以上弾が装塡《そうてん》できるマガジンの購入もできない。また所有していても処罰されるそうだ。

もっとも通常なら、購入して十日間待たされ、その間に身元確認されたうえに、受け取る時は三ヶ月以上居住していることを証明するために電気ガスなどの領収書を提示しなければならないらしい。浩志はこれらの手続きをすべて省ける外交官と同じ扱いを受ける特別許可証が銃の許可証とは別に添付されていた。大したことはないと馬鹿にしていたが、案外大きな借りができてしまったようだ。

　店の前の駐車場に停めたジープに乗り込むとさっそく銃を取り出し、マガジンを装塡した。グロック一九はポリマーフレームのために軽く、グリップの馴染みも良い。納得すると浩志はさっそくホルスターを装着し、脇の下に銃を仕舞い麻のジャケットで隠した。

　ホテルに帰ると美香は銃が手に入るものと期待していたようで、カリフォルニアの銃規制法の説明をすると、納得したものの溜息をついて項垂《うなだ》れた。その様子を見ていたワットは、ズボンを捲《まく》り上げ、足首に巻かれてあるガンホルダーからS&W《スミス・アンド・ウエッソン》のリボルバーを取り出し、美香に渡した。

　ワットが普段携帯しているのは、グロック一七で、カバー銃として隠し持っていたリボルバーは小型のアルミフレーム製の三十八口径だ。ワットの実家があるネバダ州はカリフォルニア州と隣接するが、米国内でもっとも銃の規制が緩やかな州の一つらしい。登録証も必要がない郡もあるようで、銃をガンショップで買えばその場で持って帰れるそうだ。

　美香は大喜びで自分のハンドバッグに仕舞った。銃をもらって喜ぶのだから、やはり普通の女とは違う。おかげで寝るまで機嫌がよかった。

浩志もサンフランシスコの傭兵代理店から購入したクラシック銃である〝アーティラリー〟は木箱に戻し、グロック一九を枕元に置いて眠った。久しぶりにまともな銃を手にしたせいか横になった途端、夢の世界に引きずり込まれた。

六

闇の中で振動音と警告音が響く。

「……？」

頭をもたげると、ベッド脇のナイトテーブルの上に置いてある携帯が鳴り響いていた。

――夜分恐れ入りますが、藤堂さんですか？

横になったまま携帯を耳に当てると、見知らぬ男の声が聞こえた。しかも日本語を話している。

「そうだが？」

答えながら腕時計を見た。午前一時三十六分。確かに遅い。

――私は、山本豊です。池谷さんからあなたの携帯番号をうかがっていましたのでお電話しました。

会ったことはないが、スタンフォード大学でランス・ヒューズ教授と共同研究をしている人物で美香の主治医だ。

「……どうも」

浩志は急に胸騒ぎがしてきた。

——たった今、大学の研究所が何者かに荒らされました。私は泊まりがけで残務処理をしていたのですが、物音に気が付いて研究室へ行くと不審者は私を押しのけて出て行きました。今被害を調べています。警察にはこれから通報しますが、美香さんの治療は正式なものではないため、知らせません。何卒《なにとぞ》ご承知ください。

「被害状況は？」

——研究論文や資料は別の場所に保管してあるので無事でしたが、遺伝子を入れる培養液などが盗まれたようです。……それに患者から預かった皮膚細胞も育成保存する機械ごと盗まれました。

「何！」

——再度患者から皮膚細胞を採取しなければなりませんが、培養ができるまでには一ヶ月以上かかるでしょう。詳しくは後ほどお知らせします。

山本は忙しいらしく、すぐに電話を切られてしまった。

「どうしたの？」

心配げな顔で美香が尋ねてきた。

「スタンフォードの研究室で何かあったようだ。一色と確認してくる。ワットにこの部屋の警備をさせるから、着替えてくれ」

部屋を飛び出した浩志は一色を叩き起こし、ワットも呼び出すと美香の警護を頼んだ。二人ともジーパンにTシャツを着て寝ていたらしく、すぐに行動することができた。

「先に駐車場に行きます」

ホテルの外に出ると一色はハンドライトを持って駆け出した。ジープの車体を調べるつもりなのだろう。さすがに特殊部隊の指揮官をしていただけに気働きができる。

「異常ありません」

遅れて駐車場のジープまで走り寄ると、一色は敬礼してみせた。緊急時になると一般人の振りはできなくなるらしい。

運転席に座りエンジンをかけた浩志は、一色が助手席のドアを閉めるなりアクセルを踏み込んだ。

シェラトンホテルはスタンフォード大学の目の前にある。といっても大学の敷地に隣接しているというだけだ。全米屈指の面積を誇《ほこ》るスタンフォード大学は八千百八十エーカー、東京ドームの約二千五百四十個分の広さがある。山本らの研究所は大学内にあるメディカルセンターの奥にあると聞いている。シェラトンから距離にして二・五キロほどだ。

とりあえず研究室に行って山本から直接事情を聞くつもりだ。

ホテル前の道を右折し、ユニバーシティ・アベニューへ左折すると、パーム・ドライブという大学のキャンパスの中心部に続く道となる。

「むっ！」

パーム・ドライブに入った途端、前方の交差点で対向車線の車がタイヤを軋《きし》ませながら右折していった。しかも二台続けてだ。

浩志は咄嗟《とっさ》に交差点で左折し、車を追った。二台の車は側道から八二号線に入り、マウンテンビューの方角に向かっている。時速百四十キロは出しているだろう。

「どうしたんですか？」

大学に行くものと思っていたらしく一色は首を傾げた。

「前の車を追跡する」

「犯人ですか？」

「俺の勘ではクロだ」

先頭の車はジープタイプで二台目の車は黒いバンだった。二台はメディカルセンターの方角から来た。夜更けというタイミングからいってもおかしい。

「銃は持って来たか？」

部屋から顔を覗かせた時、一色はTシャツ姿だったが、出て来る時はウィンドブレーカーを着ていた。浩志は脇の下の銃を隠すのに麻のジャケットを着ている。

「持ってきましたが……」

銃を実戦で使ったことがないために一色は戸惑っているようだ。

「撃たれたら、撃ち返す。過剰に防衛しなければ問題はない」

「はっ、はい」

ここにいたって武官という外交官の職に就いていることを一色は思い出したのだろう。たとえ正当防衛でも海外で発砲すれば、日本の世論はそれを許さない。防衛省も厳しく処分するだろう。

「おまえの携帯は夜間でも撮影ができるか?」

浩志の携帯は傭兵代理店から支給されている衛星携帯でカメラ機能も搭載《とうさい》されている。

「私のは最新のスマートフォンですから、大丈夫だと思います」

一色はポケットから薄型のスマートフォンを取り出してみせた。

「バンのナンバープレートが分かるように撮影した後で、車を近づけるから運転手の顔を撮影してくれ。おまえは銃を撃たなくていい」

「了解しました。すみません」

浩志はスピードを上げてバンに迫った。八二号線は片側三車線あり、夜中ということもあり、空いていた。すでにマウンテンビューに入っていた。

ジープをバンのナンバープレートが見える位置までつけた。米国はプレートを見ただけでは普通車かレンタカーかは分からない。

「撮れました」

一色はスマートフォンの画面で確認した。

バンが三車線ある道路の真ん中を走っているので一番左の車線に入り、スピードを上げた。左につけると、一色は動画モードにして助手席の窓にスマートフォンを押し付けるようにして撮影をはじめた。運転席、助手席にそれぞれ若い白人が乗っており、一色のスマートフォンに気付いたらしくブレーキをかけて減速し、なぜかクラクションを鳴らした。

すると先頭を走っていた車がジープの前に車線変更をして、いきなりブレーキをかけてきた。ライトを浴びた車の尻は青いフォード・エクスプローラーだった。ジープタイプに見えたのは年式が古いからだろう。

「ちっ！」

浩志はぶつかる寸前で右にハンドルを切って避けた。するとエクスプローラーは後ろから左に回り込んでスピードを上げて来た。助手席のウインドーが開き、銃を持った男が身を乗り出し銃口を向けて来た。

「くそっ！」

咄嗟にブレーキを踏んで後退し、銃撃をかわした。

「いきなり撃ってきましたよ」

一色は信じられないという表情で言った。

「頭を低くしろ！」

浩志は命令すると、自分のグロック一九を右手に持ち、エクスプローラーのリアウインドー目がけて二発撃った。

エクスプローラーのブレーキランプが点滅し、車体の左側にぶつけて来た。浩志はハンドルを左に切って踏み堪《こら》えた。排気量は変わらないが、エクスプローラーの方が重量のある分有利だ。

「藤堂さん！」

一色が叫び声を上げた。

「頭を下げろ！」

浩志はエクスプローラーの右側に車を回し、一色の頭を銃底で押し下げると助手席の窓から敵の運転席目がけ発砲した。運転手の肩に当たり、車が大きく蛇行《だこう》すると、助手席の男が反撃してきた。浩志はエクスプローラーのフロントガラス越しに、グロック一九を連射して助手席の男の眉間を撃ち抜いた。

後部座席のウインドーが下がり、銃身の長い銃が顔を覗かせた。

「M四！」

敵はアサルトカービン銃であるM四を持っていた。浩志は後部座席目がけて発砲しながら、車を後退させた。だが、十発の制限付きマガジンの弾丸はあえなく切れた。

後部座席から男が身を乗り出して銃撃してきた。浩志が慌ててブレーキを踏むと、ジープは大きくスピンをして停まった。右に車体が傾《かたむ》いている。右前輪を撃ち抜かれたようだ。

「怪我はないか？」

助手席で喘《あえ》ぐように肩で息をしている一色に尋ねた。

「大丈夫です」

「逃がしちまったな」

バンも銃撃戦のさなかに道を変えたらしく姿はなかった。

「情けない話ですが、銃がこんなに恐ろしいとは思いませんでした。実弾で銃撃されたのははじめてですから」

よくみると一色は額にべっとりと脂汗《あぶらあせ》をかいていた。実弾の射撃訓練をいくら積んでも撃つのはターゲットだけだ。対人訓練の場合でも模擬《もぎ》弾を使用する。戦場に出れば、それが単なる訓練だったことがよく分かる。

「恐ろしいと感じることが大事なんだ。恐れを知らないやつは早死にするだけだ」

勇気と蛮勇《ばんゆう》は違う。死を怖れない者は戦場で勝手に死んで行く。

「パンクを修理して、帰るか」

今さら大学の研究室に行っても現場を捜査している警察官に阻《はば》まれるだけだろう。朝を待って山本教授から詳しく事情を聞くほかない。

「自分がパンクを修理します」

一色は敬礼して助手席を降りて行った。

浩志も思わず敬礼しそうになり、苦笑を漏らした。

殺人事件

一

浩志と一色がスタンフォード大学の研究所を荒らした犯人らしき一団の追跡に失敗し、ホテルに戻ると午前二時半を過ぎていた。美香には正直に事実を話したが、覚悟していたらしく気丈にも気落ちした様子は見せなかった。

翌朝、〝プールサイドグリル〟のデッキエリアにあるテーブル席に朝食を摂《と》るために浩志ら四人は座ったのだが、誰の表情もさえなかった。レストランに来たのも午前十時近くになっていた。

朝一番で山本教授から改めて被害状況を聞かされ、皮膚細胞の採取と培養は一ヶ月後になんとか再開させられると返事はもらっていたが、治療が先延ばしになることで美香が完治する可能性も薄れてしまう。しかも犯人が捕まっていない以上、同じような事件が再発する恐れもある。会話もなく誰の表情も暗いのは致し方がなかった。

「皆さん、顔色が優れませんね」

聞き覚えのある声に顔を上げると、浩志の向かいに座る美香のすぐ後ろに傭兵代理店のコマンドスタッフである瀬川里見が立っていた。

「瀬川！」

声を上げたのは一色だった。二人は陸上自衛隊の空挺《くうてい》部隊の同期で、共に部隊でトップの成績を収めていたライバルだったらしい。瀬川は防衛省から出向する形で特務機関である傭兵代理店のコマンドスタッフとなり、一色は陸自の中でも身分を一切公開できない特殊部隊に配属され、現在に至る。

「一色、久しぶりだな。駐在武官らしいじゃないか」

「現場で働けなくなっただけさ」

苦笑しながら一色は頭をかいた。

「藤堂さん、社長の命令で警護に参りました」

一色と軽い挨拶をすませると改めて瀬川は頭を下げて言った。浩志が襲撃されたことをワットから報告された池谷はすぐに瀬川を派遣したようだ。

「大袈裟だ。要人じゃあるまいし」

浩志は首を振って鼻で笑った。

「いえ、社長から藤堂さんじゃなくて美香さんの警護を命令されたのです」

「私の……？」

美香は矛先《ほこさき》を自分に向けられて目を丸くした。

「日本の傭兵代理店の看板とも言える藤堂さん救出に、最も功績があった人をバックアップするのは当然だと池谷は言っています」

「……ありがとう」

浩志が反発することを予測して美香の警護ということにしたのだろう。池谷らしい策略だ。美香も分かっているのだろう、笑いながら頭を下げた。

「黒川《くろかわ》も今、チェックインをしています」

「黒川も来ているのか？」

「我々は警護だけではなく、藤堂さんのお役に立てればと思っております」

瀬川は意味深な表情で言った。

「スタンフォード大学の事件を知っているのか？」

「移動中に友恵《ともえ》から報告を受けました」

「おまえらの協力は得られるのか？」

浩志は警視庁捜査一課の敏腕《びんわん》刑事だった。これまで〝リベンジャーズ〟を率いて戦地に行くだけでなく、殺人など難しい事件で警察に協力したこともある。食事を終わらせたら、さっそく捜査しようと思っていた。一番心配していたのは浩志が捜査活動をすることにより、美香の身辺警護ができなくなることだった。そういう意味でも人手が欲しかった。

「もちろんです。我々はそのつもりで来ましたから」

「ちょっと待ってくれ。俺のことを忘れていないよな。俺も〝リベンジャーズ〟のメンバーだぞ」

瀬川の話にワットが割り込んで来た。

「ワットさん、指揮官は藤堂さんです。私ではありません」

瀬川が苦笑混じりに答えた。

「俺は軍隊で捜査官としての訓練も受けているんだぜ。その関係でその気になればネバダ州のＰＩライセンスもすぐに取得できる」

ワットは浩志にウインクしてみせた。ＰＩライセンスとは私立探偵の免許証のことだ。

「〝リベンジャーズ〟は名乗りを上げた者が参加することになっている」

浩志の答えは曖昧《あいまい》とも取れるが、〝リベンジャーズ〟は単に作戦を命令されて遂行するだけのチームではない。浩志が国際犯罪組織であるブラックナイトに一人で立ち向かおうとした時に仲間が賛同してできたチームだ。参加は自由だが、命も報酬も保障しない。正義を信じて行動できる者だけにメンバーの資格はあった。

「オッケー、決まりだな」

ワットが上げた右手を、瀬川が勢いよく叩いた。

「藤堂さん。私は陸自に籍を置く者ですが、特別に参加させていただけませんか？」

二人の様子を羨《うらや》ましそうに見ていた一色が遠慮がちに尋ねてきた。

「俺たちは傭兵チームだ。組織の兵士とは違うぞ」

浩志は素《そ》っ気《け》ない態度で答えた。

「堅いことを言うなよ」

ワットはデルタフォースに在籍中に〝リベンジャーズ〟に参加したことがあるだけに意外だと思ったのだろう。

「俺が言いたいのは、自分の命を自分で守れるかということだ。組織に縛られていてはそれすらできないだろう」

浩志らはスタンフォード大学から出て来た二台の不審車を追跡中に攻撃を受けたが、一色は銃を抜くことができなかった。陸自の上級士官であり、武官として駐在しているという身分が足かせとなっているのだ。

とりわけ銃の規制に厳しい日本では、ともすれば過剰に反応する。警察官が使用する場合でも正当防衛かどうか厳しく判断される。

「一色、おまえは休暇をとって参加しているはずだ。事件に巻き込まれれば、おまえだけじゃなく自衛隊全体の問題になる。おまえはそれだけ責任があるポジションにいるんだ」

瀬川は諭《さと》すように言った。

「しかし、おまえも隊から出向しているはずだ」

一色はムキになって聞き返した。

「確かに去年までは形だけ隊から除籍処分されて、傭兵代理店で働いていたが、今は完全に退官して傭兵になった。黒川もそうだ。俺たちはフリーなんだ」

「何！」

これは浩志も初耳だった。

「知らなかったのか？　瀬川たちは中国でおまえを捜すためにフリーの傭兵になって、改めて傭兵代理店で働いているんだ」

ワットは得意げに言った。

「社長がうるさいので、二人とも辞表を出したんです。そしたら、代理店で働くことを条件に受理されました。結局、同じ仕事をしているので環境は変わりませんが」

瀬川は笑いながら頭を掻いてみせた。

「一色さん、もしご迷惑じゃなかったら、休暇中は私のボディーガードを引き受けていただけるかしら」

しょげ返っている一色に美香は助け舟を出した。

浩志が頷いてみせると、

「よろしくお願いします」

一色はうれしそうな顔をして頭を下げた。

二

捜査をするならば、事件が起きたスタンフォード大学の研究室を調べたいところだが、地元の警察から敵視されているために近付くことはできない。だが、警察よりも一歩先をいく捜査ができる可能性はあった。追跡した不審車の一台を一色のスマートフォンで撮影していたからだ。もちろん銃撃戦までした二台の不審車のことは警察に通報していない。もう一台のナンバーは分からないが、米国で人気のフォードのフルサイズバンということは分かっている。

他にも理由があった。米国の警察の行動範囲が狭いことでも知られている。州を越えることはもちろん、管轄地域である街の外での行動もできない。そのため州を跨いで引き起こされる凶悪事件は、連邦捜査局ＦＢＩが担当する。捜査を担当しているパロアルト警察が銃撃戦をしたマウンテンビューまで捜査の手を拡げるとは思えないのだ。

運転席の動画は光量が足りないために犯人の顔を特定できるほどの鮮明さはなかった。

そこで動画データを解析するために、日本の傭兵代理店の土屋《つちや》友恵に送った。彼女は天才的なプログラマーであり、米国軍事衛星を自在に操作できるほどのハッカーでもあった。カリフォルニア州の陸運局のサーバーを友恵がハッキングし、車のナンバーから所有者のデータを調べるのにも一分とかからなかった。車はレンタカーでしかも盗難届が出ていることも分かった。

浩志とワットは盗難届けを出しているサンノゼ国際空港内にあるレンタカーの営業所に行った。サンノゼはシリコンバレーの中心都市で、パロアルトから約十七キロ東に位置する。空港はサンフランシスコ国際空港に比べれば規模は小さいが、三千メートル級の滑走路を二本、千四メートルの滑走路を一本持っている。

「ここは俺に任せろ」

営業所のドアを開けると、口出し無用とばかりにワットは先に入って行った。

「俺はヘンリー・ワット、ネバダ州で私立探偵をしている。フォードのフルサイズバンのレンタカーを盗まれたんだって？」

ワットは受付カウンターで接客をしている白人の男にくだけた口調で尋ねた。

「どうしてそれを？　警察には今朝届けを出したばかりなのに。あんたは本当に私立探偵なのか？　そもそもどうして私立探偵がうちの車の盗難事件を調べているの？」

男は訝しげな表情になった。質問も唐突だが、何よりスキンヘッドのワットの外観を警戒しているようだ。それに近くで傍観《ぼうかん》する東洋人の浩志も気になるらしい。

「大きな声じゃ言えないが、職業柄、極秘の情報は得られるんだ。ＰＩライセンスを見せたいところだが、ここはカリフォルニア州だから、ネバダ州のライセンスを見せて活動するとまずいんだ。他州の私立探偵が仕事を奪うと言って問題になるからな。実はネバダ州でも同様の事件が起きているんだ。ここだけの話だが、窃盗団《せっとうだん》に懸賞金が懸《か》かっている」

ワットはウインクをして人差し指を口に当てた。私立探偵というのは真っ赤な嘘だが、ライセンスの話は嘘ではなさそうだ。もっとも後から聞いた話では、厳しいのはネバダ州でカリフォルニア州は複数の州のライセンスを受け入れており、私立探偵の活動範囲は警察官よりも広いらしい。

「なるほどね。カリフォルニアは銃の規制も厳しいからね」

口ひげの男はワットの説明に納得したようだ。

「盗難車は駐車場から盗まれたのか？　それとも契約者が偽のＩＤでも使ったのかい？」

契約者なら店の防犯ビデオに映っているはずだ。

「レンタカーは空港の駐車場の決められた場所に停めてあるんだ。だけど空港の監視カメラが壊されていた。ここだけの話だが、知り合いの空港職員から聞いた話だと、昨日の午後八時五十八分から映像はないそうなんだ。だから、昨日の午後九時から十一時の間に盗まれたに違いない。レンタカーを盗むやつは必ず犯罪に使うんだ。どうだい俺の推理。いい線いっているだろう。懸賞金をもらったら、俺にも少し分けてよ」

男は独自の推理を披露《ひろう》してみせた。監視カメラが作動していないことに空港職員が気が付いたのは午後十一時だったらしい。

「そうか、時間を取らせたな」

ワットは話を切り上げてカウンターから離れた。

「ちょっと待ってくれ」

すぐ近くで話を聞いていた浩志は、慌ててワットを引き止めながら、カウンターの男の前に立った。

「盗まれたのは、一台だけなのか？」

陸運局で調べたのはナンバーが分かっているバンだけで、銃撃して来たジープタイプの車は調べていない。盗むとしたら、一度に盗んだ可能性があるからだ。

「そいつは相棒《あいぼう》だ」

浩志に尋ねられて驚いている男にワットは言った。

「バンが一台だけですよ」

「それじゃ借りてまだ返却していない客はいないか？　青いフォード・エクスプローラーで年式は一九九四年以前のものだと思う」

浩志が見たエクスプローラーはジープのようなスタイリングをしていた。とすれば生産が開始された一九九四年以前の初代の型だ。一九九四年以降のフォルムは現在のものと似ている。

「うちじゃ、そんな古い型の車は扱いませんよ。個人の車か、よっぽど田舎のレンタカー屋に行けば別だろうけど」

男は笑って答えた。

二人は収穫もなく営業所を出た。

「十七年以上昔の車を貸すようなレンタカー会社は、確かにネバダの田舎でもないなあ」

ワットは頭を叩いて笑ってみせた。

「車を駐車場から盗むのなら、空港じゃなくてもいいはずだ。どうして空港のレンタカーを盗む必要があったのか」

自問自答した浩志は駐車場に停めた車に戻る途中、衛星携帯で日本の友恵と連絡を取り、空港の駐車場の監視カメラが壊される前の午後九時以前の画像を送るように頼んだ。

全米の監視カメラや防犯カメラの多くはネットワークで繫《つな》がっており、国家安全保障局（NSA）が運営するエシュロンという秘密組織が軍事目的で通信傍受《ぼうじゅ》を行っている。そのエシュロンをハッキングすれば、全米のどこでも好きな映像が抜き出せるそうだ。

「ん……？」

浩志はいつものように車を点検してから運転席に座ったが、エンジンをかけようとして何か違和感を覚えた。レンタカーの営業所に行っていたのは、約二十分間だ。あらかじめ起爆装置をセットしてある爆弾なら仕掛けるのに十秒とかからない。五分もあれば相当手の込んだ爆弾も仕掛けられる。

こんなことなら、瀬川か黒川を連れて車を監視させるべきだった。彼らは銃を手に入れるためにサンフランシスコの傭兵代理店に行っている。二人とも日本の代理店のコマンドスタッフのために浩志と違って銃を売ってもらえるそうだ。もちろん偽造の許可証付きだ。万が一警察に捕まるようなことがあれば、自己責任ということになるらしい。

「どうした？」

助手席のワットが動こうとしない浩志を覗き込んで来た。

「何かが引っかかるんだ。もう一度車を調べないか？」

「OK、そうしよう。浩志の勘は神懸《かみが》かりだからな」

ワットは浩志よりも早く車から飛び降りた。

二人で慎重に車の周囲や下も調べたが、やはり何も発見できずに再び車に乗った。

「待てよ。浩志、エンジンをかける前にボンネットを開けてくれ」

助手席に乗ろうとしたワットがふと動きを止めて言った。

「ボンネット？」

ボンネットを開けるにはドアの鍵を開ける必要がある。ドアを開けられるなら座席の下にでも爆弾を仕掛けただろう。浩志は首を捻りながらも運転席にあるオープンレバーを引いた。

ワットはエンジンルームを覗き込んですぐにボンネットを閉めて助手席に戻って来た。だが、その手には黒い箱状のものが握られていた。

「エンジンをかければ、電流が流れて爆発する仕組みだ。単純なだけに確実に殺すことができただろう。相手が俺たちじゃなかったらな」

ワットは笑いながら言った。

「そうらしいな」

浩志もにやりと笑ってエンジンをかけた。

三

スタンフォード大学の研究室から強奪《ごうだつ》された研究資材や移植用の皮膚細胞の行方を追う捜査は三日目に入ったものの進展はなかった。

カーチェイスの末に逃がした二台の車でフォードのフルサイズバンは、サンノゼ国際空港内のレンタカー会社から盗まれた車であった。また激しい銃撃をしてきた青いエクスプローラーも結局同じ空港の駐車場から盗まれたものであることも分かった。持ち主は車を置いたままニューヨークに仕事に出かけているために被害届が出されていなかったのだ。

友恵がエシュロンをハッキングして監視カメラが壊される前の映像を入手し、レンタカーが駐車してあるすぐ近くに停められていることが確認して分かった。犯人はレンタカーというより、通報を遅らせるために長時間停めてある車を盗んだのかもしれない。だが、逃走車が二台とも盗難車だったことが分かっただけで、それ以上のことは摑《つか》めなかった。

浩志はホテルの自室でパソコンの画面を見ていた。美香の治療は一ヶ月後には再開できると言われているが、治療が遅れるほど完治する確率も低くなると聞いている。座って待つわけにはいかなかった。昼は犯人の行方を探し、夜は新しい治療先や可能性をインターネットで調べている。だが、調べれば調べるほど、一ヶ月先と言えど、治療を受けられることだけでも幸運なことが分かる。それだけ、現段階での脊髄治療の技術は確立されてはおらず、臨床試験の段階である治療法も一長一短ということなのだろう。また事故などで脊髄を損傷し、治療を望む患者は思いのほか多い。

目頭を押さえて椅子に凭《もた》れた。空調の音以外は、美香の規則正しい寝息が聞こえてくるだけだ。彼女は達観したがごとく落ち着いた態度をしている。怪我は深刻ではあるが、死ななかったことに感謝しているとさえ言う。それだけに浩志は美香の身体を治し、元の生活に戻してやりたかった。

「…………？」

浩志はベッドの上に置いてあるグロック一九を握りしめてドアに近付いた。微《かす》かな足音を聞いた気がしたのだ。

「うん？」

ドアの下に紙が挟み込まれていることに気が付き、抜き取った。古い塔が写った一枚の絵はがきで、写真はスタンフォード大学構内にあるフーバータワーだ。裏を返してみると、〝PM:11、only you〟とだけ書かれている。

腕時計を見ると午後十時半、もしこの絵はがきがフーバータワーに午後十一時までに一人で来いと意味するなら三十分しかないことになる。相手に考える余地がないようにする狡猾《こうかつ》な方法だ。

浩志はグロックを握りしめたまま、用心深くドアを開けて廊下を覗いてみた。

「これは……」

微かな香水の香りがする。かなり希薄《きはく》なために確証はないが、〝エンヴィ〟のような気がする。昨日から美香は〝エンヴィ〟を以前と同じように使っている。彼女の香りが廊下に残っていたのだろうか。だが、夕食を終えて部屋に戻り、三時間以上経過している。美香の残り香ならとっくに拡散してしまっているだろう。だとすれば偶然同じ香水をつけた女が、絵はがきを入れたに違いない。

浩志は美香を起こし、携帯で全員を呼び出した。

待つこともなくワットをはじめ、瀬川や黒川に一色も部屋に入って来た。

「後から説明する。瀬川、黒川、一色、ここで待機《たいき》しろ」

待機というのは美香を守れという意味だ。

「ワット、一緒に来てくれ」

振り返ると車椅子に座った美香は緊張した面持ちで頷《うなず》いてみせた。浩志のジープに度々爆弾が仕掛けられて命を狙われているために美香も服を着て寝るようになった。ワットからもらったS&Wのリボルバーを入れたポーチをしっかりと握っている。絵はがきは浩志を呼び出しておいて、彼女を狙う稚拙《ちせつ》な策略かもしれない。守りは固めておきたかった。

廊下に出てエレベーターを呼ぶのももどかしく階段を駆け下り、駐車場に置いてあるジープの車体を点検した上で乗り込んだ。すでに十分経過している。エンジンをかけてアクセルを踏み込み、勢いよくホテルを出た。

「これを見てくれ。ドアの下に差し込まれていた」

無言で付いて来たワットに絵はがきを渡した。

「フーバータワー。……一人で十一時に来いということか」

「これまで襲って来た連中が接触して来たに違いない。タワーの近くで待機してくれ」

ハンドルを切り、パーム・ドライブに入った。このまま一・五キロ進めば大学の正門前にあるジ・オバール広場と呼ばれる大きなロータリーになる。フーバータワーは広場の左奥を進んだところにあるが、途中で車止めがあるため、二百メートルほど歩くことになる。

「タワーの上は展望台になっている。そこに来いと言っているのだろう。確か午後四時に閉館になるはずだ。あるいはタワーの前という意味かもしれないな。だが、浩志を美香から離して彼女を襲うつもりじゃないだろうな」

ワットも浩志と同じように危惧《きぐ》し、厳しい表情をみせた。

「大丈夫だ。あいつらがいる。ホテルごと吹き飛ばすつもりなら別だがな」

「瀬川たちがいれば、怪我するのは襲って来た連中だ」

ワットは手を叩いて笑った。

大学構内の大きな交差点でワットは突然指示して来た。

「そこを左に曲がって、すぐ右だ」

「左から回り込めばフーバータワーの前にあるロータリーまで車で行ける。俺はその前で降りるから減速してくれ」

「分かった」

大学中心部に向から広い通りに出て、タワーの前を通る狭い通りへ右折した。背の高いまるで森のような街路樹が道の左右から迫っている。

五十メートル先に噴水が見えて来た。フーバータワー前のロータリーだ。浩志は十キロ程度に減速した。

ワットが助手席から飛び降りて街路樹が作り出す闇の中に消えた。もし、敵がタワーの展望台から暗視装置で監視していたとしても、足下の街路樹に遮《さえぎ》られて確認できなかったはずだ。

浩志は噴水のあるロータリーを回り、塔のすぐ前で車を停めた。午後十時五十七分、キャンパス内は煌々《こうこう》と照明を点《つ》けている建物もあるが、大半は闇に包まれひっそりと佇《たたず》んでいる。

タワーの正面玄関は真っ暗で人の姿はない。浩志は石段を駆け上がり、玄関の扉に手をかけた。ロックはかかっていない。

正面に丸いインフォメーションカウンターがある。その他にも広いフロアーには神殿を思わせる太い柱や展示室に通じる彫刻を施《ほどこ》した扉があり、人が隠れるのに適した空間が広がる。グロックを抜いてロビーを横切り、突き当たりにある木製の重厚《じゅうこう》な扉でできたエレベーターのボタンを押した。

地上二百八十五フィート（約八十七メートル）の高さがあるこの塔は、戦争や革命および平和を研究するシンクタンクであるフーバー研究所のオフィスとライブラリーになっている。

午後十時五十九分、最上階の展望台に到着した。エレベーターのドアが開くなり、浩志は転がり込んでグロックを構えた。

天井には光量が少ない非常灯が点《とも》っていた。展望台の中央には四面がガラス張りのベル室があった。浩志はすぐさまベル室の角に身を寄せた。

展望台は分かりやすく説明するならば、鐘撞《つ》き堂なのである。大小様々なベルから構成され、普段は自動的に鳴らされるが、ベル室には鍵盤《けんばん》があり、手と足を使ってオルガンのようにベルを演奏することもできるようだ。

浩志は神経を研ぎすまし、ベル室をゆっくりと回った。展望台には床から天井までの高さがある、鉄格子《てつごうし》で仕切られた窓が八つあった。

ベル室を挟んでエレベーターと反対側に位置する窓に煙草《たばこ》の煙が揺らめいていた。シルエットからすれば、身長一七〇センチほどの髪の長い女だ。

女は浩志を見て煙草の煙をゆっくりと吐き出した。メンソール系の香りがする。素手のようだが武器を隠しているかもしれない。銃を構えたまま女に近付いた。

「用心深いのね」

女は癖のある英語を使った。

「うん？」

浩志はグロックを構えたまま立ち止まった。

女の身体から、〝エンヴィ〟の香りがした。

四

革のジャケットにスリムなジーンズを穿いた女を展望台の非常灯が照らし出している。女はガムを嚙みながらスレンダーな身体から大きく張り出した胸の前で腕を組んでいた。彫りが深く、唇が薄い冷淡に見える白人の美人だ。セーラムライトをくゆらせる女の体臭とブレンドされた〝エンヴィ〟の香りは美香とは違う野性的な艶《なまめ》かしさを持っているが、品性に欠けていた。

「銃を下ろしてもらえない。ミスター・藤堂」

「どうして俺の名を知っている？　名を名乗れ」

右眉を少し上げただけで、グロックをホルスターに仕舞わずにただ下に下ろした。女は浩志の正体を知った上で執拗《しつよう》に狙っているに違いない。

「私の名は、ブレンダ・シールズ。ＦＳＢの情報員からあなたのことを聞き出したの」

女は浩志から視線を外さずに言った。目力の強い女だ。

「ＦＳＢ？」

浩志は思わず聞き返した。

ＦＳＢとはロシア連邦保安庁のことでソ連時代泣く子も黙ると怖れられた秘密警察であるソ連国家保安委員会、通称ＫＧＢを拡大発展させた組織だ。

二年ほど前に防衛省からソマリア沖の海賊を取り締まる秘密任務を依頼され、浩志は海上自衛隊の艦艇に仲間とともに乗り込んだ。その際海賊に紛れ込んで商船を襲撃していた軍艦の正体を調べるべくソマリアに上陸し、ロシアの特殊部隊〝スペツナズ〟と闘って敵を殲滅《せんめつ》させている。ロシアとの接点はそれしか考えられないが、ＣＩＡに浩志の資料があることからもＦＳＢにあったとしても不思議ではないかもしれない。

「なんでＦＳＢが俺のことを知っているんだ？」

「あなたは、ずいぶん前から彼らと戦って来たそうよ」

「馬鹿な。俺はロシアに興味すらない」

浩志は首を振って笑った。

「ブラックナイトと呼ばれている国際犯罪組織の中核が、ロシアマフィアのことだって知らないでしょう。そしてロシアマフィアはＦＳＢと関係が深い。どこまで繋がっているのか誰も分からない。ＦＳＢがブラックナイトの黒幕という可能性もある。あなたはブラックナイトを何度も妨害《ぼうがい》したそうじゃない。結果的にＦＳＢを敵に回していたの。彼らがあなたのことを知らないはずがないでしょう」

「何…………！」

ブラックナイトは悪魔の旅団と日本では呼ばれていた。数年前までは一般には存在も知られてはおらず、浩志も広域暴力団龍道会《りゅうどうかい》の初代会長である宗方誠治《むなかたせいじ》から裏情報として聞いたのがはじめてである。ブラックナイトの初代のボスは元KGB長官だったとその時教わっている。以来ことあるごとにブラックナイトは浩志の前に現れ死闘を繰り広げてきた。

「どうして俺の命を狙う？」

「狙っているのはFSBよ。私たちはFSBを監視していたから、それが分かったの。彼らが三度も暗殺に失敗した人間を私たちは見たこともない。だから俄然《がぜん》あなたに興味が湧《わ》いたの。それでFSBの情報員を捕まえて拷問《ごうもん》して白状させたというわけ」

シールズは話しながらゆっくりと近付いて来た。

「どうしてFSBを監視していたんだ？」

浩志は女との距離を保《たも》つために一歩下がった。

「あなたと同じようにFSBから狙われているから。パロアルトでこの数日間で惨殺《ざんさつ》されたのは、私の仲間」

警察の調べでは殺された家族に接点はなく、金品が盗まれた様子もないので強盗というより、通り魔的犯行だとされている。

「ロシアの反政府組織か？」

「似たようなものね。詳しくは今度教えるわ」

浩志は反政府組織と聞いて鼻で笑った。

中国ではチベットの反政府組織にCIAのエージェントとして働いていたのは、つい最近の話だ。記憶喪失だったためにCIAの二重スパイに利用されたのだが、チベットを憂《うれ》う若者たちと一年近くも生活を共にした。彼らと別れたと思ったら、今度は隣国ロシアの反政府組織が接触してきたらしい。運命のいたずらに笑わずにはいられない。

「何がおかしいの？　私たちは絶えずFSBの影に怯《おび》えて生きて来た。米国の最も治安がいい街でようやく安息の日々を送っていたのにやつらに襲われた。笑い事じゃ、すまされないわ」

シールズは激しい口調で食って掛かってきた。

「それはおまえたちの問題だ。俺には関係ない。いったい何の用で呼び出した」

浩志は冷たく言って、銃を脇の下のホルスターに仕舞った。

「あなたはセルビアタイガーを破った傭兵チームを持っているそうね。力を貸して欲しいの」

セルビアタイガーこそ訓練中の一色が率いる特戦群を襲撃して拉致したブラックナイトの傭兵部隊だった。クロアチア紛争で悪名を轟《とどろ》かせたセルビアの特殊部隊の残党が作り上げたと言われている。

「チームは俺の所有物じゃない。仲間は一緒に悪と闘って来ただけだ。それに当分仕事を引き受けるつもりもない」

「そう言うと思ったわ。だけど本当に断れるのかしら」

シールズはポケットから小さなケースを取り出し、ライターの火で照らし出した。ケースは透明で中にはどろりとした溶液が入っている。

「これが何か分かる？」

「もったいつけるな」

「それじゃ、スタンフォード大学のランス・ヒューズ教授の研究所にあった溶液と言ったら分かるかしら」

シールズはケースを仕舞い、短くなった煙草を捨てて、新しい煙草に火を点けた。

「何！　おまえか、研究所を荒らしたのは！」

浩志は拳を握りしめた。

「あなたを雇うほど大金を持っていない。断られると思って人質の代わりに盗んだの。だけど仲間の身内が、あなたに殺された。大きな代償を払わされたわ」

シールズが挑戦的な態度を取っていたのは仲間が殺されたためなのだろう。

「ふざけるな。おまえの仲間が死んだのは自業自得だ。俺の知ったことじゃない。それより、盗んだものをすぐ返せ。俺はおまえの仲間を皆殺しにしても取り返す」

強奪されたものは喉から手が出るほど欲しい。だが、それは浩志と美香の問題である。今も仲間が護衛するなどして手伝ってくれているが、これ以上巻き込みたくはなかった。それにどんな仕事であれ、恐喝《きょうかつ》に屈《くっ》して引き受けるわけにはいかない。

「やせ我慢？　それとも仲間は恋人の命よりも重いとでも言うの？」

「脅《おど》されて仕事を引き受けるつもりはない」

浩志はそう言うとくるりと背中を向けて、エレベーターに向かった。

五

スタンフォード大学の卒業生で第三十一代大統領であるハーバート・フーヴァーは、第一次世界大戦の資料を大学内の図書館にコレクションとして集めたが、瞬く間に図書館は手狭《てぜま》になり、永久保存場所として建てられたのがフーバータワーだ。この膨大《ぼうだい》なライブラリーの資料を研究する図書館が、後にフーバー戦争・革命・平和研究所と改名された。

浩志はタワーから出て停車させていたジープの安全を確認して車に乗り込み、来た道をゆっくりと戻った。すると街路樹の暗闇からワットが現れて助手席に飛び乗って来た。

「どうだった？」

「話にならない。どうせ偽名《ぎめい》だろうが、ブレンダ・シールズという女に会った」

浩志はタワーの展望台であったことを話した。

「断ったのか。せめてどういう用件だったのか聞くべきだったな。それに協力する振りをして相手を騙《だま》すこともできる。浩志、大事なのは美香さんだぞ。俺たちのことを気遣っているのなら間違いだ。おまえたちのためだったら喜んで協力する。チームで俺の意見と違うやつはいないはずだ」

ワットは舌打ちをした。

「たとえ美香のためだろうと、脅されて仕事を引き受けることはできない」

これは傭兵のポリシーである。アフリカや中近東に行けば、金目当てで闘う傭兵は腐《くさ》るほどいる。だが、侵略者に対して義勇軍として闘っている傭兵も世界の紛争地では多い。浩志はこれまで闘う理由があった。だからこそ人殺しの武器を手に戦場に出かけたのだ。

「頭が堅過ぎる。美香さんとのことをプライベートなことだと考えているのなら、それは違うぞ。彼女は戦闘で傷ついた戦友だ。仲間を助けるのに理由がいるのか」

「……………」

ワットの熱い言葉に浩志は口を閉ざした。美香を思う気持ちとは裏腹に仲間の手を借りるのは甘えだと思っていたからだ。

「俺なら、その女を捕まえて拷問しても盗まれた研究資材の在処《ありか》を聞くぞ」

ワットの言う通りだった。相手が女ということで対処が甘かった。

「うん？」

バックミラーにバイクのライトが映った。

浩志はスピードを上げずにグロック一九を抜いた。

ワットもグロック一七を抜き、身体をシートの下に押し込むように沈み込んだ。

追いついて来たバイクが運転席の横に並んだ。ブルーメタリックの渋いボディは、ヤマハ〝ドラッグスター四〇〇〟、クルーザータイプで米国でも人気の車種だ。

フルフェイスのヘルメットから長い髪がなびいていた。顔は見えないが、シールズと同じ革のジャケットを着ている。女は左手を振り上げてフロントガラスを叩いて追い越し、レーサー顔負けのコーナリングで次の交差点を左折して消えた。

「今のが、ブレンダ・シールズか？」

呆気《あっけ》にとられていたワットは、首を振りながら尋ねてきた。

「そうらしいな」

浩志はフロントガラスにシールズがガムでくっつけて行った小さな紙を引きはがした。携帯の番号が書かれている。

ワットがひったくるように紙を取り上げた。

「あの女、美人か？」

「好みの問題だ」

美人だが浩志の趣味ではなかった。

「気に入ったぜ。俺はあばずれが好きなんだ。これからの交渉は俺に任せろ」

ワットはにやけた表情で言った。

ホテルの駐車場に到着すると、ワットはおもむろに携帯を取り出し、浩志に車を降りるなと手で合図をしてみせた。

「ハロー、聞こえるか」

ワットはシールズが紙切れに残していった電話番号にかけたのだ。

——誰？

携帯はスピーカー設定にしてあるらしく、浩志にもシールズの声が聞こえた。バイクからはすでに降りたようだ。スタンフォード大学からホテルまでは五分で帰って来られた。彼女も比較的近い場所にいるに違いない。

「俺の名は、ヘンリー・ワット。藤堂の友人だ。彼はあんたと交渉する気はない。だが、友人として接触を断《た》つべきではないとアドバイスをして、俺が代理人になった。交渉は俺を通してくれ」

——藤堂と一緒にいたタフガイね。分かったわ。私たちはFSBに狙われてとても困っているの。協力してくれれば、大事な物も引き渡す。お互い損はないはずよ。

浩志らはやはり監視されていたようだ。プールサイドグリルで〝エンヴィ〟の香りがしたことがある。シールズがあの場にいたのかもしれない。

「俺は藤堂と違ってものわかりがいいんだ。例の物が確実に戻ってくる保証さえあれば、協力は惜しまないぜ」

タフガイと言われて気を良くしたのか、ワットはくだけた口調になった。

——交渉は成立ね。こちらからまた連絡する。

「ダ　スヴィダーニァ」

——ダ……スヴィダーニァ。

ワットがロシア語でさようならと言うと、シールズは戸惑いながらも答えてきた。

「女の英語は、ロシア訛《なまり》がある。ロシア人かどうかは分からないが、少なくともロシア語を日常的に使っているのだろう」

携帯をポケットに仕舞いながら、ワットはまじめな顔で言った。彼は米国陸軍最強の特殊部隊〝デルタフォース〟の元中佐だった。敵国の言語である、ロシア、中国語は不自由なく使いこなす。

「ロシアの反政府勢力の一員と言っていた」

「かもしれない。だが、俺は特殊部隊のアドバイザーとして、後輩たちにロシア人と中国人はまず疑ってかかれと教えている。世界中にロシアと中国のスパイは腐るほどいる。気を許せばいつの間にか、情報を盗まれ、痛い目に遭《あ》うことになる」

「あの女もそうだと?」

「分からない。だが、ロシア人は特に注意が必要だ。なんせ国のトップがもとFSBの長官だったんだ。知っての通り、ロシアの支配層はすべてFSB関係者だ。プーチンは崩壊しかけた国を建て直し、そして自らの欲のために腐敗させた」

ゴルバチョフのペレストロイカ(改革)とグラスノスチ(情報公開)により、一九九一年にソビエト連邦は崩壊する。ロシア共和国大統領だったエリツィンは、ゴルバチョフの跡を継《つ》いでロシア連邦大統領に就任し、崩壊したソビエトを新生ロシア連邦として民主化を進めた。

彼らが嫌ったのはソビエト連邦の自由を奪っていた秘密警察KGBであった。特にKGB嫌いだったエリツィンは、民主化推進派として知られていたエフゲニー・サヴォスチヤノフ(後のモスクワ石油会社第一副社長)とセルゲイ・ステパーシン首相にKGBの解体を任せた。だが、二人ともKGBの情報員であり、その事実をエリツィンは知らなかった。

彼らは組織を解体すると見せかけ、KGBを様々な部署に細分化し、新しい政府組織に組み込んで行った。やがてKGBは変貌《へんぼう》し、独立した政府機関FSBに成長を遂げた。ソ連共産党の支配下にあったKGBは、共産党、つまり政府によるブレーキが利いていた。だが、FSBは共産党の支配からも逃れて独立した機関になり、さらに政府をも支配するようになった。

「確かにエリツィンが大統領時代、プーチンはFSBの長官だったな」

浩志はワットの説明に頷いた。

「ロシアを崩壊に導いたエリツィンの民主化をプーチンは気に入らなかったらしい」

一九九九年八月にプーチンがFSBの長官からロシアの首相に就任した頃、モスクワをはじめとした国内で爆弾テロ事件が頻発するようになる。プーチンは連日テレビに出演し、チェチェンのテロ組織の犯行だと演説し、国民から絶大な人気を得る。これを受けてこの頃すでにプーチンに操られていたエリツィンは第二次チェチェン紛争に踏み切った。

戦争と引き換えに民主化に向かっていたロシアは排他的愛国主義へと向かい、今日のロシア共産党の独裁、軍国主義へと舵《かじ》を切ることになった。

「テロを利用して戦時態勢にもちこんで国を掌握《しょうあく》するのはよくあることだ。ロシアは以前も同じ過《あやま》ちをしたけどな」

浩志は相槌《あいづち》を打った。過ちとは一九九四年から一九九六年にかけてのエリツィン大統領時代に行われた第一次チェチェン紛争のことだ。一時的に国民の目を戦争に向けさせ、国民の不満を逸《そ》らせようとしたが、結果的には国民に厭世観《えんせいかん》を植え付けることになる。

「第二次チェチェン紛争の直接の原因であるテロは、FSBの演出だったらしい」

ワットはさらに話を続けた。

爆弾テロ事件が頻発する中、一九九九年九月二十二日にモスクワ郊外のリャザン市のマンションの地下室に大量の高性能爆薬ヘキソーゲンと起爆装置が見つかった。時限爆弾を処理した地元警察では、爆弾は本物で不審車と三人のロシア人が目撃されたと発表した。捜索が続く中、プーチン首相は事件をチェチェン人によるテロだと断定し、チェチェンの空爆命令を出した。この素早い報復命令で一躍《いちやく》人気者になったプーチンは直後に行われた大統領選で大統領に選ばれる。

だが後日犯人が厳戒態勢を敷いていた地元警察に逮捕されそうになると、FSBのパトルシェフ長官は、これは防犯訓練だったと発表し、事件を無理矢理収束させた。当時民主化の兆《きざ》しがあったロシアのマスコミはFSBを非難したが、大統領に就任したプーチンは厳しく弾圧した。以後、この事件を調べることも語ることもロシアでは禁止されている。また、解明しようと試《こころ》みた者は、現在に至るまですべて暗殺された。

「第二次チェチェン紛争のきっかけは、プーチンが大統領になるための演出だったのか」

浩志を舌打ちして眉間に皺を寄せた。

「爆弾テロで二千三百人もの自国民を犠牲にしたんだぞ、恐ろしい話だ。むろん真相は表に出なかった。これでチェチェンに同情的だった世界の目を一変させた。だがなその前の第一次チェチェン紛争の原因である爆弾事件もテロじゃなかった」

浩志の言葉をワットは継いだ。

一九九四年もモスクワでは爆弾テロ事件が頻発していた。その中で犯人が特定されたケースが一つだけある。一九九四年十一月十八日、モスクワ市内のヤウザ川にかかる鉄橋が爆破された。だが、鉄橋の列車通過を狙ったとみられる爆弾は誤って爆発したらしい。現場を捜索した警察は近くにＦＳＢのアンドレイ・シチュレンコフ大尉の死体を発見する。彼が身分を隠して勤めていたラナムコという会社があり、通報を受けたＦＳＢは会社を急襲した。会社の敷地内に大量の爆薬や犯行に使われたのと同じ車など数々の証拠が見つかったらしいが、ＦＳＢは事件を解決するどころか隠蔽《いんぺい》した。

「第一次チェチェン紛争でロシアは軍事を優先する共産主義に戻った。そのために無実のチェチェンを利用したのか！」

吐き捨てるように浩志は言った。

「ロシアのことは俺に任せろ」

ワットは力強く言った。

「疲れた。俺の部屋で軽く飲んで行くか」

ロシア建国の秘話を聞いただけで、疲れてしまった。ホテルに着くとワットを誘った。

「いいね」

ワットは親指を立てて賛成した。

六

翌日の土曜日は午後から雨が降っていた。とは言えカリフォルニアに降る雨はたかが知れている。シェラトンの庭園の緑を潤《うるお》す程度の小雨だ。

浩志らはホテルから一歩も外に出なかった。捜査が行き詰まっていたために昨夜接触して来たブレンダ・シールズからの連絡待ちだった。

「私のために大勢の人が犠牲になって、気が滅入《めい》ってしまうわ」

夕食後ベランダに出た美香は、庭園の濡れた木々を見ながら呟《つぶや》くように言った。スタンフォード大学の研究所が荒らされたことにより、臨床試験を通じて治療を受けていた他の患者にまで被害が及んだことを彼女は気遣っていた。また、日がな一日交代で彼女を護衛する浩志らに対しても申しわけないと思っているようだ。

ワットや瀬川らは交代で部屋の外やホテルの中をさりげなく巡回している。彼らは軍人らしく休みなく警護に当たっていた。

「同じようなことをワットに言ったら、美香は仲間だから、助けるのは当たり前だと叱《しか》られたよ」

浩志はメンテナンスのためにグロック一九を、分解していた。細いピンと金槌、それにドライバーがあれば、完全に分解することができる。メンテナンスは毎日しているので、素手で外せるフレームとスライドを分解し、リコイルスプリングを外してガンオイルを塗ってまた組み立てた。メンテナンスは兵士としての習慣でもあるが、暇つぶしにもなる。

「仲間？　私もいつの間にか傭兵になっているの？」

美香がくすりと笑った。

「ワットは戦友だと言っていた。確かにトミーガンを背負《せお》っていた姿は勇《いさ》ましかった」

浩志は感慨深げに言った。

「止めて、その話は」

美香は顔を赤らめて首を振った。

トミーガンとは第二次世界大戦に米軍が使用していたトンプソン短機関銃のことだ。美香はワットらとともにチベットの武装集団の基地にトミーガンを携行して侵入した。それゆえ記憶喪失の浩志は美香らを敵と勘違いし、銃撃戦となった。

「すまなかった。俺のために怪我をさせてしまって」

立ち上がって美香の頬を包み込むように触った。

「私、後悔していない。今では怪我さえも勲章《くんしょう》だと思っている」

美香は浩志の両手を持ち、頬ずりをした。

ドアが荒々しくノックされた。

「俺だ」

ドアを開けると、興奮した様子のワットが部屋に飛び込んで来た。

「どうした？　慌てて」

「例の女から連絡があった。仲間を紹介すると言って来たんだ」

ワットが手招きするので部屋の外に出た。

「今日の午後八時に、仲間を交えて話がしたいので一人で来いと言って来た。場所は新しくできた〝バージェス・パーク〟ホテルで、エル・カミノ沿《ぞ》いにあるジェフリーハンバーガーの近くらしい。何があるのか分からないから、瀬川と黒川を借りてもいいか？」

エル・カミノは八二号線のことだ。ジェフリーハンバーガーの近くならここから車で三、四分の距離だ。

「こっちは、俺と一色だけで大丈夫だ。瀬川と黒川を先にホテルに向かわせて、おまえは後から行くといい」

浩志とワットは打ち合わせをすませて別れた。

午後八時十分前、先発させた瀬川から〝バージェス・パーク〟ホテルの詳しい報告を受けた。ホテルは四階建てのリゾートタイプでセキュリティーがしっかりしているようだ。

五分後、左手に握っていた携帯が再び振動した。

「俺だ」

――瀬川です。今ワットさんがフロントで鍵を受け取りました。また連絡をします。

通話を切ると、美香が心配げな顔を向けた。浩志は黙って頷いてみせた。

二分ほどして今度はワットから連絡が入った。

――やられた。畜生《ちくしょう》！　なんてこった。

ワットが叫ぶような声を出した。

「落ち着け、ワット。どうした！」

――女が死んでいる。ＦＳＢにやられたんだろう。

「何！　ブレンダ・シールズが殺されたのか？」

――死体の顔が切り刻まれて判別できない。いや、そもそもシールズの顔を見たことがないから判《わか》らない。とにかくここにいたら犯人にされちまう。

ワットはかなり動揺し、死体の身元を確認することはしていないようだ。もっとも下手に死体に触って指紋を残すよりはいい。

「落ち着け。まずは死体に触らずに状況を教えてくれ」

――女は腹を撃たれて壁に座るように死んでいる。顔面は鋭利な刃物で切られた傷が複数ある。縦に二カ所、横に二カ所だ。横の傷が特に酷《ひど》く、鼻を裂いている。よく見たら、場当たり的に切ったんじゃないなあ。目と鼻と口にそれぞれ傷が付けられている。着衣に乱れはなく、性的な暴行も受けてはいないようだ。

死体を観察することにより、ワットは落ち着きを取り戻したようだ。もともと、死体は戦場で腐るほど見ている。死体そのもので動揺する男ではない。

「状況は分かった。おまえはフロントで鍵をもらっている。防犯カメラにも顔が映っているはずだ。そこから逃げ出したら犯人にされるぞ。おまえが目撃者として警察に通報しろ。警察に電話したら、すぐに連絡をくれ」

通報は早い方がいい。早ければワットの犯行は無理だと警察も分かるはずだ。だが、具体的な凶器が見つからない場合、ワットに不利な状況になる可能性が高い。

――分かった。

通話が切れて一分も経たないうちにワットから連絡が入った。

――俺は元特殊部隊の指揮官だった。だから警察に捕まるわけにはいかないんだ。だから軍に連絡をした。近くの基地からＣＩＤが来て身柄《みがら》を拘束《こうそく》されるだろう。警察がこの事件に対応できないようにするはずだ。それに敵がＦＳＢならなおさらだ。捜査もＣＩＤがすることになる。担当捜査官から連絡させるから協力してくれ。

ＣＩＤとは陸軍犯罪捜査司令部のことだ。ワットはデルタフォースで数えきれないほど特殊な任務をこなして来たらしい。そのため、退役しても一般の警察にやっかいになることができないようだ。

「任せろ。俺は元刑事だ。それにおまえの友人だ」

――ありがたい。頼んだぜ、兄弟。

ワットは低い声で笑いながら電話を切った。

「何があったの？」

様子を窺《うかが》っていた美香が堪《たま》り兼ねた様子で尋ねてきた。

「困ったことになった」

浩志は状況を美香に説明すると、再び携帯を取った。

――瀬川です。

「まもなくＣＩＤがそのホテルに到着する。おそらくワットの身柄を拘束して、ホテルの裏口から出て行くだろう。それを確認したら撤収してくれ」

――何ですって！

驚く瀬川に浩志は事情を説明した。

――ワットさんは罠《わな》にかかったのでしょうか？

「分からない。それから、池谷へ連絡を頼む」

浩志は憶測《おくそく》で判断したくなかった。

――池谷には、もちろん私から報告しますが。

勤務報告と勘違いしているようだ。

「仲間を早急に集合させるんだ。それから友恵には必要な機材を集めさせてくれ」

犯人は特殊な訓練を積んだＦＳＢの情報員に違いない。美香の失われた皮膚細胞や研究資材の捜索、それにワットが誤認逮捕された場合も想定して人員は確保しておきたかった。

——了解しました。残りの〝リベンジャーズ〟のメンバーを呼び寄せます。

瀬川の声が弾《はず》んだ。

「以上」

連絡を終え、大きく息を吐いた。

敵はまだ分からないが、仲間が罠に陥《おちい》ったのなら、命がけで助けなくてはならない。戦場で置き去りが常識である傭兵だが、仲間を見捨てないのが〝リベンジャーズ〟なのだ。

真犯人

一

元デルタフォースの中佐だったワットは、〝バージェス・パーク〟ホテルで起きた殺人事件の第一発見者になった。警察に通報することで犯人に間違えられることを怖れたワットは、元の上官に連絡をし、ＣＩＤ（陸軍犯罪捜査司令部）に身柄を拘束された。ホテルで監視していた瀬川によれば、二十分ほどで将校が五人の兵士を連れてホテルに入って来たそうだ。彼らは戦闘服ではなく平時の制服を着ており、ハンドガンだけで自動小銃は携行《けいこう》していなかったらしい。ＣＩＤの捜査官は戦闘服、制服、私服とＴＰＯに合わせて服装を変えるそうだ。わざわざ制服を着用していたのは、ホテル側に対して威圧感を与えるためだったのだろう。

効果は絶大で、ホテルのロビーは凍《こお》り付いたように静かになり、フロントは警察にも連絡せずに彼らをワットのいる部屋に案内したようだ。日本と違い米国ではよくあることだが、捜査権を持った法の執行機関が多いため、現場で混乱することがある。彼らは現地の警察が来る前に現場を封鎖したかったのだろう。

ホテルの裏口を監視していた黒川によれば、ワットは二人の兵士に付き添われて大型のバンに乗り現場を去ったそうだ。手錠はかけられてはおらず、現段階では犯人として扱われてはいないようだ。

ワットとはその後連絡は取れず、浩志は苛立ちを抱えたまま一夜を明かした。それにCIDの捜査官から連絡が入ると聞いていたが、午前十一時になってもアクションはない。浩志はブレンダ・シールズの連絡先に何度か電話をかけてみたが、応答はなかった。やはり現場の死体は彼女なのかもしれない。

「警察もかなり苛ついているようですね」

〝バージェス・パーク〟ホテルの前に停められたパトカーを見ながら、瀬川はメキシカンビール〝コロナ〟の瓶を片手に複雑な表情を見せた。

ホテル前の八二号線を挟んで向かいにあるメキシコ料理の店で浩志と瀬川は一時間前からCIDの動きを探っている。そのためにパトカーに乗っている警官が、CID捜査官たちが目の前を通り過ぎるたびに憎《にく》しみの籠《こも》った目で見る姿も観察できた。

「平和な街に降って湧いたような殺人事件が多発している。そんな中、新たな事件にCI

Dが拘って来た。おそらく警察は何も教えてもらってないのだろう。真犯人を軍が隠しているると思っているのかもしれないな」

浩志もコロナに口をつけた。元刑事だけに警察官の気持ちがよく分かった。

店の入り口のガラスドアが開き、知った顔が入って来た。

「日曜日なのにこんなところで張り込みか。あんたたちも事件を捜査しているのかね」

パロアルトの中年刑事であるザック・ブロクストンだった。部下も連れずに一人で店に入って来た。浩志と会っているところを見られたくないのかもしれない。

「殺人事件の目処《めど》はついたのか？」

あいさつ代わりに尋ねてやった。

「皮肉で言っているのか？　この一週間で発生した事件は全部で三件、被害者は三家族十四人だ。もっとも目の前のホテルであったらしい事件を入れれば、四件になる。だが、犯人の足取りすら分かっていない」

ブロクストンは疲れた様子で言った。

「コロナでよかったら奢るぞ」

「ドス エキス アンバーだったら、もらおうか。近くを通りかかったら、あんたの顔が見えたので寄ってみたんだ」

ブロクストンは浩志の前の席に座った。ＣＩＤと接触しようとしたが、断られたに違いない。偶然浩志を見かけ、話をする気になったのだろう。

ドス エキス アンバーもメキシカンビールで、ハーフ&ハーフの琥珀《こはく》色をしたコクのあるビールだ。

「自分が注文してきます」

瀬川が気を利かして席を立った。

「煙草を吸っていいか?」

潰《つぶ》れかかったマルボロの箱をポケットからブロクストンは出した。

「勝手にしろ」

「ありがたい」

よほど煙草に飢《う》えていたのか、ブロクストンは慌てて煙草に火を点けると、うまそうに煙を吐き出した。やはりこの男は無類のヘビースモーカーのようだ。

「被害者は十五人になるのか」

浩志は窓ガラスの外を見たまま、ぼそりと言った。

「十五人? どういうことだ」

ブロクストンはやはり何も知らないらしい。探りを入れると乗って来た。

「詳しくは俺も知らない。殺されたのは女らしい」

「女か。従業員の話ではCIDが連行した人物はあんたの友人のヘンリー・ワットに似ていたそうだが、関係しているのか？」

警察ではそれなりに聞き込み捜査をしているようだ。

「あいつは第一発見者でＣＩＤに協力している。逮捕されたわけじゃない」

「そうか」

ブロクストンは予測していたのか、大して驚いた様子は見せない。

「それよりもこれまで起きた事件の被害者は、全員ロシア系じゃなかったか？」

「どうしてそれを……」

話をこれまでの事件に振った途端、ブロクストンは目を見開いた。

ヒスパニック系のウエイトレスが、唖然《あぜん》としているブロクストンの顔を横目で見ながらドス エキス アンバーの瓶をテーブルの上に音を立てて置いて行った。

「一連の事件は通り魔でも強盗でもないということだ」

「被害者の身分証明書は全部でたらめだった。共通点と言えば、被害者は白人だが、全員北欧かスラブ系ということだけだ」

浩志が探りを入れると、ブロクストンも捜査情報をさりげなく漏らして来た。今回の被害者が女と聞いて情報交換をする気になったのだろう。

「警察では通り魔殺人と見ている。殺人のテクニックで共通点があるのか？　凶器は銃だけじゃないはずだ」

地元の新聞では詳しくは書かれてなかったが、通り魔と判断するのなら使用された銃が同じなのか、猟奇的な殺し方をされたに違いない。だが、銃に対するコメントは新聞にこれまでのところ載っていなかった。

「鋭いな。まるで刑事のようなことを言う。被害者家族は全員銃で殺されていた。おそらくサプレッサー付きの銃で殺されたのだろう。近所で銃声を聞いた者はいない。だがいずれの家族も若い女の死体が激しく傷つけられていた」

ブロクストンは目の前のドス エキス アンバーにようやく気付いたらしく、瓶に手をかけた。

銃声を完全に消すことはできないが、日本ではサイレンサーと呼んでいる銃の先端に取り付ける筒状の消音装置を、海外では〝サプレッサー〟と呼んでいる。殺し屋や特殊部隊で使われるが、米国では州によって合法的に手に入れることもできる。

「顔を切り刻まれていたのか？」

「なっ！」

ブロクストンは飲みかけたビールを吐き出しそうになり、咳《せ》き込んだ。警察では犯人が街にいるものと見て、あえて発表しなかったのだろう。

「当たりか。変質者による通り魔殺人じゃないな。ホテルの被害者である女も顔が傷つけられていたそうだが、傷に規則性があり、身体的な異常はなかったらしい」

「しかし、どうしてそんなことが分かる？　傷に規則性があるのは知能が高い殺人犯の特徴だ。セックスをしなくても被害者を切り刻むことで性的な喜びを感じる異常者もいるぞ」

田舎の刑事だと思っていたが、プロファイリングの知識はあるようだ。

「その場合は、犯人はマスターベーションをするはずだ。これまでの殺人現場で犯人の精液が見つかったのか？　新聞には何も書かれていなかったぞ」

「……」

ブロクストンは浩志の指摘に口を閉ざした。

「性的な暴行がなく顔面を傷つけられているのなら、復讐とも見ることもできるが、おそらく見せしめだろう。犯人は被害者の仲間を精神的に追いつめようとしているんだ」

浩志は当初身元を隠すためだと思っていた。だが、これまでの事件と共通するとなると見せしめと考えてもいいのかもしれない。もっとも犯人がＦＳＢだとしたらだ。

ＦＳＢの犯罪組織対策特務班に所属していたアレクサンドル・リトビネンコは一九九八年にロシア人の富豪ボリス・ベレゾフスキーの殺害命令を拒否し、職を追われた。当時資本主義経済に向かいつつあったロシアでは次々と富豪が生まれていた。そのためＦＳＢは彼らを殺害するか、罪に陥れて富豪の財産を国有化する仕事をしていたのだ。この時のＦＳＢ長官が後の大統領プーチンだった。

真実を語り裏切り者の烙印《らくいん》を押されたリトビネンコは英国に亡命した後も、積極的にFSBの悪行を公表するために執筆活動をしていたが、二〇〇六年に放射性物質のポロニウム二一〇で毒殺された。彼は二十二日間苦しみ抜いた末死んだ。享年《きょうねん》四十四歳、死に際の百歳を過ぎた老人のように衰弱した姿が世界中に報道された。類似《るいじ》の裏切り者を出さないようにFSBは残酷《ざんこく》な手段を用いて見せしめとするのだ。

「見せしめ？　いったい誰に対しての見せしめなんだ？」

訝しげな目をしてブロクストンは首を捻った。

「聞かない方がいいだろう。それに俺の推理に過ぎない。憶測は捜査の邪魔をするだけだ」

「犯人の目星はついているんだろう。頼む、教えてくれ。市民は怯えきっている。これ以上被害者を出したくないんだ。私にはこの街を守る責任がある」

ブロクストンは真剣な眼差《まなざ》しで訴えてきた。

「俺が考えている敵なら人を殺すことをなんとも思わない。それが一般人だろうと警官だろうと関係ない。事件に深入りすると命の保証はできない。一人で出歩くような真似はしないことだ」

浩志はブレンダ・シールズから聞いたFSBがブラックナイトの黒幕という可能性もあるという言葉を思い出していた。

「私を脅すつもりか！」

「忠告だ。車に乗る時は必ず時限爆弾のあるなしを確認する。どこにいても狙撃されないように気を配る。毒物が入ってないか食べ物に注意をする。それでも俺は何度も殺されそうになり、生死をさまよったこともある。そんな経験をしたいのか」

「……」

ブロクストンは浩志の気迫に後ずさりするように椅子に背中を押し付けた。

「藤堂さん」

二人の会話が途切れるのを待っていたのか、瀬川が声をかけてきた。

「鑑識が帰ります。現場検証を終えたようです」

ＣＩＤの制服を着た男たちが、道具箱を持ってホテル前に停めてあった黒いバンに乗り込んでいる。軍内部の組織といえども、彼らは独自に捜査課や鑑識課など一般の警察と同じ機構を持っている。

「俺たちも戻るか」

「ミスター・藤堂！」

席を立つとブロクストンも慌てて立ち上がった。

「連絡をくれ」

ブロクストンは名刺を浩志に無理矢理握らせると、足早に店を出て行った。

「警官として、市民を守ろうと一生懸命なんですね」

瀬川は感心した様子で言った。

自分はどうだったかとふと思い、浩志は苦笑を漏らした。

二

〝バージェス・パーク〟ホテルから引き上げるCID（陸軍犯罪捜査司令部）を確認すると、浩志と瀬川はメキシコ料理の店を出た。駐車場は店の前にないためにジープは近くにある〝アップルウッド・ピザ〟レストランの前に停めてある。

いつものように爆弾のチェックをしてから車に乗り込み、八二号線に出た。

「あれは、ひょっとしてCIDの車じゃないですか？」

助手席に座る瀬川が、数台前の黒いフォード・エクスプローラーを指差した。どこかでUターンしてきたのだろう。窓はすべてスモークフィルムが貼ってある。事件があったホテル前には同じような仕様のバンの他にもエクスプローラーも停めてあった。スピードを上げてエクスプローラーのすぐ後ろに付けさせた。

「かもしれないな」
U.S.ARMYと表示されたナンバープレートを見て浩志も頷いた。

米国では覆面《ふくめん》のパトカーや情報機関が使う車は別として公用車には文字で所属などが明示されている。あるいは、〝U.S. Government〟、〝For Official Use Only〟と、公用車で業務以外には使えないことを明記されている場合もある。

日本の政治家は打ち合わせと称し、公用車で六本木《ろっぽんぎ》、赤坂《あかさか》に行き、中にはバーのホステスを議員会館に連れ込む不届き者もいる。むかしから政治家や公務員が私的に公用車や公的施設を利用することが多い日本では、プライベートと公務を切り離す制度を取り入れることは未来永劫《えいごう》ないのかもしれない。

エクスプローラーはシェラトンの駐車場に入った。浩志も続いて駐車場にジープを入れて少し離れた場所に停めた。

エクスプローラーの後部座席から、背の高い制服姿の白人が下りて来た。歳は三十後半、手櫛《てぐし》で金髪を整えると制帽を脇に挟んでホテルに入って行った。制帽を被らないのは、ウエーブのかかった金髪が乱れるのを嫌っているのだろう。

「こちらにミスター・藤堂が宿泊しているはずだが」

男はフロントの女に気取った仕草で言った。一八二、三センチはあるだろう。だが、軍人の割には痩《や》せている。

「俺が藤堂だ」

「なっ！」

背中越しに声をかけると、男は首を竦めて振り返った。大きく見開かれた瞳は、薄いブルーで肌が抜けるように白く、鼻が高い。

「あなたが、ミスター・藤堂ですか。私はスコット・ガーランド中尉、〝バージェス・パーク〟ホテルで起きた事件の担当将校です。ラウンジで話しませんか」

握手を求めるでもなく、ガーランドはラウンジに向かって歩きはじめた。

「先に行ってくれ」

浩志は瀬川を黒川と一色が警護している美香の部屋に行かせた。

ガーランドは庭園が見える窓側の席に座り、浩志が席に着くのをまるで値踏《ねぶ》みするかのように見つめている。

「あなたがワットと最後の通話をした人物だと通話記録からも確認しています。どういった内容の話をされましたか？」

ガーランドは事務口調で尋ねてきた。

「ちょっと待て、捜査には協力する。その前にワットが現在置かれている立場を説明してくれ」

ワットが呼び捨てにされたことに浩志は胸騒ぎを覚えた。

「彼はホテルの部屋に入ったら、死体が転がっていたと言っていますが、正直言って状況は彼にとってよくない。フロントでＩＣカード式のキーをもらっている。女が先に部屋に入るのは不可能だ。第一あの部屋を予約したのは彼自身だ」

「ワットはブレンダ・シールズという女からの指示で部屋を予約して先に待っていることになっていた。フロントが予約をしている部屋さえ分かれば、ホテルのスタッフに化けて、掃除係が使うような合鍵を使って先に部屋に入ることは可能だ」

「ワットも同じことを言っています。しかし、それをあなたが証言したとしても証拠にはなりませんよ。あなたは部屋にシールズが先に入っているとでも直接聞いたのですか？　そもそも惨殺された被害者は証言できませんからね」

ガーランドは両手を上げて大袈裟に首を竦めてみせると、近くを通りがかったウエイターにコーヒーを二つ頼んだ。

「殺されたのがブレンダ・シールズだという確証はあるのか？」

「顔が切り刻まれていましたので、顔の認証は五十パーセントほどでした。ただ所持していた運転免許証に付いていた指紋と死体の指紋が一致しました。登録されていた住所であるマンションは残念ながら空き家でした。それ以上のことはまだ分かっていません」

第三者の確認もなしに被害者を確定している。お粗末《そまつ》な捜査としか言いようがない。

「それなら聞くが、殺意はなんだ？　殺す理由はいったいなんだ。ワットにはあの女に命を狙われたとしても、凶悪な方法で殺す必要性は何もないんだ」

「殺意？　人を殺すのに理由がいるんですか。あなたは有名な傭兵らしいが、捜査については素人でしょう。私は軍内部の捜査機関で十年近く働いている。戦場に行ったことがある兵士は、重度の精神的ストレスを持っている者が多い。鬱病になるケースもあれば、抑《よく》制《せい》が利かずに凶暴になるケースもある。おそらく彼は後者に分類できるはずです」

「ふざけるな！　ワットのことを知りもしないくせに犯人扱いするな」

捜査の素人と言われたことより、ワットが凶暴だと分類されたことに腹が立った。

「知っています。大統領の命を救った元特殊部隊の中佐だから、丁重《ていちょう》に扱えと軍の上層部からは指示されていますから。だが、はっきり言って過去の栄光にすがって軍に泣きついて来たことが、私は気に入らないんですよ。確かに日本の基地でアドバイザーをして、今でも軍属だから、我々が事件を扱ってもおかしくはない。しかし過去の履歴《りれき》と事件とは別だ。殺人を犯せば公平に裁かれる」

ガーランドはワットを犯人と決めつけているようだ。退役軍人に偏見があるのかもしれない。

「いいか、捜査に先入観を持てば必ず冤罪《えんざい》に繋がる。足を使ってちゃんと調べろ、物証もない現段階で軽々しく犯人だと特定するな」

「素人が偉そうに」

「俺はおまえよりは優秀な刑事だった。小便臭い青二才のおまえに捜査の基本を教えてやったんだ。ありがたく思え」

浩志にとって目の前の男は駆け出しの跳ね上がり刑事にしか見えない。

「何様のつもりだ！」

ガーランドは真っ赤な顔をして立ち上がった。

「偉そうに殺人者を分類するおまえは、人を殺すということが、どういうことか本当に分かっているのか？」

浩志も立ち上がり、鋭い視線をガーランドに向けた。

「なっ、何を言っているんだ？」

ガーランドも負けまいとしてか、浩志の視線を外すことなく見返して来た。

「通り魔殺人だろうと、人を殺す理由はある。理由のない殺人はない。殺意のない殺人もない。顔を切り刻まれていたんだ、理由は必ずある。俺には分かる」

これまで幾多の戦地を流浪《るろう》し、数えきれないほどの作戦で浩志は人の命を奪って来た。その瞳の奥には死んで行った人間の苦しみや悲しみ、人間のあらゆる業《ごう》が渦巻《うずま》く地獄の闇が宿っている。

「うっ！」

浩志の瞳の奥に潜む暗黒を垣間《かいま》みたガーランドは身震いした。

「証言が必要な時は連絡をする」

ガーランドはコーヒーも待たずに、逃げるようにラウンジを出て行った。

浩志はその後ろ姿を溜息混じりに見つめた。

三

午前三時、〝バージェス・パーク〟ホテルの一階には夜勤の黒人と白人のフロントが二人、客は酔っぱらった四人の白人グループがエレベーター前にいる。警備員はエントランスに二人、裏の駐車場に通じる出入り口脇にある警備員室にも二人いた。

Tシャツにジーパン、身長一六八センチ。ネコ科の動物のような贅肉《ぜいにく》のない引き締まった体格の男が非常階段を三階からゆっくりと下りてくる。そして二階の廊下へと消えた。

各階の要所には監視カメラが設置してある。男の動きはモニターされていた。

――こちらモッキンバード。五秒後に妨害電波を十五秒間出します。

「了解」

イヤホン型の小さな無線機から聞こえて来た女の声に男は囁くように返事をすると、監視カメラの死角となる非常階段の柱の陰に隠れた。

五秒後、信じられないスピードで男は階段を駆け下りはじめた。男の名は加藤豪二《かとうごうじ》、追跡と潜入のプロで〝トレーサーマン〟のコードネームを持つ〝リベンジャーズ〟の一員だ。

加藤は二階からたった九秒で一階の警備員室まで到着し、麻酔銃で二人の警備員を瞬く間に眠らせ、警備員室にある監視カメラの映像を録画する最新のシステムにUSBメモリーを差し込んだ。一秒後、妨害電波で砂嵐《すなあらし》を映し出したかのように乱れていた十台の監視モニターは正常に動きだした。

加藤はUSBメモリーを引き抜くと、警備員室のドアを開けてモニターを見ながら廊下で手を振ってみた。彼の姿を監視カメラは追っているがモニターには映っていない。画像録画システムのパソコンにモッキンバードのコードネームを持つ、天才ハッカー土屋友恵が開発したウイルスを感染《かんせん》させたからである。システムにはウイルスが働きだした直後に録画された映像を繰り返し上書きするようにプログラムが改竄《かいざん》されたため、監視カメラは無力化していた。

「こちらトレーサーマン、完了しました」

そう呟くと加藤は、事件のあった日の監視カメラの映像をコピーするため、ポケットから小型のハードディスクを取り出してシステムに接続した。

加藤からの連絡を受けた浩志と瀬川、それに小さなA四サイズのバッグを持った友恵が、三階にある一三二六号室から抜け出した。浩志の招集を受けた〝リベンジャーズ〟のメンバーの他に傭兵代理店のコマンドスタッフ中條修《なかじょうおさむ》と友恵も、午後十時の最終便でサンフランシスコ空港に到着していた。

浅岡辰也、宮坂大伍《みやさかだいご》、田中俊信《たなかとしのぶ》、寺脇京介《てらわききようすけ》の四人はサンフランシスコの傭兵代理店に武器を調達しに行っている。加藤と友恵は浩志の指示に従い、先にパロアルトで合流していた。また美香の警護は黒川と一色と新たに中條を加えた三人でしている。

浩志らはエレベーターホール横にある階段から四階に上がり、一四一八号室の前で立ち止まった。部屋は〝KEEP OUT〟と書かれた黄色いテープで封鎖されている。ブレンダ・シールズと思われる女が殺された部屋だ。

友恵はバッグからノートブックに繋がっているカード状の端末を取り出し、ドアのＩＣカードキーのスリットに差し込んでロックを解除した。

浩志と瀬川は薄いゴム手袋をした手でテープの片側だけはがしてドアを開けた。ドアの隙間《すきま》から微かに血の匂いがする。

「友恵、部屋で待機」

これから先は浩志と瀬川で充分だった。友恵は頷くと足早に戻って行った。

ドアを開けると自動的に照明が点灯する部屋は、五十平米近くあるセミスイートのダブルだ。入ってすぐ手前は革張りのソファーセットがあるリビングスペースとなっており、奥に寝室があった。

「これは？」

ソファーの上に書類が置かれていた。捜査に関係しているものではないが、陸軍のエンブレムが印刷されている。忘れ物かもしれない。

「瀬川、写真を頼む」

「了解しました」

瀬川はリビングスペースの中央に三脚を立ててカメラの準備をはじめた。封鎖されている現場の検証に時間をかけることはできない。あとで見ることができるように高解像度のカメラで撮影するように指示をしてある。

部屋の奥へと進むにつれ、血の匂いが濃くなる。

寝室の中央に置かれたベッドは使われた形跡はなく、ベッドカバーが被せられたままになっていた。ベッドの向こうはベージュのカーテンが閉められている。中ほどにカーテンの隙間があるので覗いてみるとガラスサッシになっており、外はベランダになっていた。このホテルはひょうたん型のプールがある中庭を中心に客室が配置されている。浩志は部屋の光が漏れないようにカーテンをしっかりと閉めた。

寝室の右奥に血溜《ちだ》まりがあった。幅五センチほどで長さは二十センチほどか。壁にも三十センチほどの高さのところに血の跡がある。

「うん？」

カーテンにいくつか血の飛沫痕《ひまっこん》があった。床の血溜まりからは一メートル近く離れている。浩志はポケットからメジャーを出し、測ってみた。床から百二十二ミリの高さに一番大きな血痕があるが、それでも軽微なので危うく見落とすところだった。

血痕がある壁に直径四センチほどの穴が開いている。おそらく壁にめり込んだ弾丸を抜き出すために壁ごとくりぬいたのだろう。

「藤堂さん、すみません。写真を撮らせてもらえますか。この壁で最後です」

振り返ると瀬川がデジタルの一眼レフカメラを持って立っていた。

浩志は瀬川と場所を交代して、後ろに下がった。

「……」

何か焦《こ》げ臭い匂いがする。少し身を屈《かが》めてカーテンに鼻を近づけてみると、微かに硝《しょう》煙《えん》の匂いがした。犯人はここで銃を抜いて、至近距離から被害者を銃撃したに違いない。

――こちらトレーサーマン、ＣＩＤの捜査官がエントランスに現れました。人数は一人です。

加藤から連絡が入った。警備員室で監視カメラの映像をコピーしたら、あらかじめ一階ロビーを見張るように指示しておいた。ＣＩＤの捜査官はおそらく現場に忘れた書類を夜中にこっそりと取りに来たのだろう。

「リベンジャー、了解」

現場検証をはじめたばかりの浩志は舌打ちをしつつ、瀬川に撤収《てっしゅう》を合図した。

四

〝バージェス・パーク〟ホテルの二人の警備員を麻酔銃で眠らせ、監視カメラも無力化した上で犯行現場にのぞんだが、忘れ物をしたらしいＣＩＤの捜査官のためにわずか十数分で現場を去らなければならなかった。

友恵の作り出した監視カメラの画像録画システムに感染させたウイルスは、一時間後には自滅するようにプログラミングされている。もう一度同じ手順でウイルスを感染させるにはウイルスが自滅した後でないとできないらしい。

浩志は作戦用の控え室としてチェックインした一三二六号室のソファーの上でコーヒーを飲みながら時が経つのを待った。犯行現場となった四階の一四一八号室と浩志らがいる部屋は階が違うだけで構造的な違いはない。

友恵はダブルベッドの上であぐらをかいて、現場を撮影した画像データをパソコンに取り込んで何か作業をしている。瀬川と加藤は浩志と向かい合わせのソファーに目を閉じて座り、瞑想《めいそう》しているのか微動だにしない。

「できた！」

無言で作業をしていた友恵が奇声を上げた。

浩志らが一斉に彼女の方を見た。

「藤堂さん、バーチャルツアーに行きますか？」

友恵がうれしそうな顔で尋ねてきた。

「遊んでいる暇《ひま》はないんだぞ」

不謹慎とも言える友恵の言葉に瀬川がたしなめた。

「遊びじゃありません。犯行現場にもう行かなくてもすむんですよ」

「何！」

瀬川が声を上げた。

「説明してくれ」

浩志は友恵に頷いてみせた。

三百六十度撮影された写真をパソコン上で再現する仮想空間の技術はずいぶん前から開発が進められ、様々な分野で活用されている。また海外の警察で現場検証に応用できるように研究されていることを何年か前に聞いたことがあった。

友恵はパソコンを脇に抱えてベッドから飛び降り、浩志のすぐ横に座ると、パソコンをテーブルの上に置いた。

「瀬川さんが撮影した画像をまず縮尺を合わせてリサイズし、データとして入力してあります。使われている基本ソフトはＦＢＩでも使用されているものを私がカスタマイズしました」

「いっそんなものを開発したんだ?」

瀬川も聞いていなかったらしく、友恵に質問をした。

「ずいぶん前にFBIのある部署をハッキングしていたら、現場検証ソフトを見つけたんです。それで開発元から正規に購入して、アレンジしてみたの。社長にはそのうち警視庁で使うように勧めてもらうつもり。この手のソフトを使ってないのは先進国では日本だけですから」

無表情に淡々と友恵は説明した。彼女には、事前にワットが殺人事件に巻き込まれたことは説明してある。そのため現場検証用のソフトを持参したようだ。性格は粗雑だが、仕事となると緻密《ちみつ》な彼女らしい。

友恵がパソコンの画面を変えると一四一八号室の室内を再現した画像が現れた。

「確かにこれでさっき見て来た部屋の内部を見ることはできるが、所詮《しょせん》写真だ。実測もできないだろう」

浩志が尋ねると友恵はニコリと笑って、画面を拡大しマウスでベッドの端と窓にかけられているカーテンをクリックした。するとクリックした二点は赤い線で結ばれ、線上に千八百ミリと数字が表示された。

「すばらしい。これでこの画面の中に入り込めれば言うことはないな」

浩志は舌を巻いた。

「そうくると思いました」

友恵はベッドの上に置いてあった自分のバックパックから大きめの手袋とゴーグルを取り出して浩志に渡して来た。

「まさか？」

「そのまさかです。ゴーグルとグローブは無線で私のパソコンのソフトと繋がっているデバイスです。犯行現場と同じ造りのこの部屋ならデバイスを装着することで、正確に現実と同じ検証ができます」

浩志はさっそく左右の手袋をはめ、ゴーグルをかけてみた。

「おおー」

思わず浩志は感嘆の声を上げた。ゴーグルの中にはディスプレーがあり、首を振ると視界も変わった。

「視界との誤差をなくすために壁や床を触ってください」

言われた通りにすると、視界のずれがなくなったのかゴーグルの映像に違和感はなくなった。慣れるまで両手を前に出して歩いたが、現実の空間とバーチャル空間がまったく同じ構造のために普通に歩けるようになった。

浩志は犯行現場である寝室の右奥に歩いて行った。

「藤堂さん、私もパソコンの画面でまったく同じ映像を見ています。何か希望があれば言ってください」

友恵の声がしたので振り向いたがソファーには誰もいなかった。自分の今いる場所が、バーチャル空間であることを早くも忘れていたのだ。

浩志は再び、前方の仮想空間に目を向けた。向かって右奥のベージュのカーペットには血溜まりがあり、壁にも血痕がある。現場で見て来た通りだ。

壁の血痕が床から六十センチ、低いところで三十センチほどのところまで伸びている。背中の傷から流れた血が壁に押し付けられて、床に尻がつくまでの軌跡《きせき》に違いない。血の量もさほど多くないのは心臓の下辺りを撃たれたためだろう。またカーペットの血溜まりが長細いのは、腹部から流れた血が足に沿って床に溜まったために違いない。

「おっと」

浩志は足下のカーペットの引っ掻き傷のような二筋の跡を踏みつけそうになり、苦笑した。現場で同じことをしたら証拠の価値がなくなるところだ。しゃがんで顔を近づけてみると、ハイヒールの踵の痕だと分かった。

「藤堂さん、しゃがまなくても両手を目の前に出して左右に拡げてみてください」

「ほお」

言われた通りにするとカーペットの毛足が見えるほど拡大された。やはり、ハイヒールの踵で擦った痕だ。傷痕は四十センチほどの長さがある。被害者は撃たれて壁に背中をぶつけるように尻餅《しりもち》をつき、踵でカーペットを引き裂くように足を伸ばしたのだろう。傷痕がなくなった場所がハイヒールの先端と考えればいいはずだ。壁にぴたりと腰を付けているわけではないとすれば、女の足の長さはヒールの高さにもよるが七十数センチ、欧米人の体型とすれば、身長は一六〇センチほどではないだろうか。

浩志が会ったブレンダ・シールズは踵の低い革のブーツを履《は》いていたが、身長は一七〇センチ近くあった。事前にカリフォルニア州にある陸運局の運転免許証のデータを友恵にハッキングさせた。ブレンダ・シールズを検索させたところ該当者が十代から六十代まで八人おり、そのうち三十代前後の女は三人まで絞られている。

「この場所に三センチのヒールを履いた一六三センチの人形を映し出すことはできるか？」

三センチとしたのは、傷痕が太いためにピンヒールではないと判断したからだ。

「もちろんです」

浩志が床に指を指していたところに、いきなりグレーの人形をした三次元画像が立ち上がり、思わず一歩後ろに下がった。

「壁から弾丸を取り出した中心点から、人体の腹部を貫《つらぬ》く、直線を表示させてくれ」

浩志が指示すると壁からレーザー光線のような赤い線、つまり弾道が伸びて人体を貫いたが、考えているよりも低い位置になってしまった。

「藤堂さん、右の人差し指を立ててください。ご自分で弾道を動かせますよ」

友恵の声に従うと、壁と人差し指が赤い線で結ばれた。指を動かすと壁の位置を支点に、動かすことができる。

浩志は後ろに進み、カーテンの硝煙の匂いがした場所まで弾道を引っ張り、人体を貫く位置を何度か変えてみた。硝煙の匂いが染み付くということはカーテンにかなり近づけないといけない。

「この位置で線を固定させてくれ」

浩志は右手を銃のような形にして、弾道の端に近づけて人形を狙ってみた。狙撃した人物は浩志よりやや身長が低いことが分かった。

「そういうことか」

今度は少しかがんで左手で狙いを定めた。

右手で撃とうとするとカーテンが邪魔になる。カーテンを開けてガラス窓に身体を押し付けて撃てないこともないが、不自然な体勢になる。犯人は左利きだった可能性が高い。

浩志は大きく頷いて、ゴーグルを外した。

五

シェラトンホテルの自室のデッキから見上げる紺碧《こんぺき》の空は、カリフォルニアらしく雲一つなく輝いていた。翌日の昼、いつもながらの晴天に誘われて中庭を見ていた浩志は、昨夜見た殺人現場を頭に浮かべて思案にくれていた。

友恵が持参した現場検証用のソフトと仮想空間を体験できるデバイスで、被害者と犯人像の特徴はある程度摑むことができた。

被害者の女はパロアルトに住む三十四歳、ブレンダ・シールズ。友恵がカリフォルニア州の陸運局のサーバーをハッキングし、運転免許証のデータをダウンロードした中から絞り出した。身長は一六一センチ、体重五十二キロ、白人。浩志が犯行現場の仮想空間から割り出した被害者に体型が一番近い。だが、スタンフォード大学構内にあるフーバータワーの展望台で会った女とは異なっていた。

また、銃撃した犯人は左利きで身長は一七〇センチほど、ワットは一七六センチあるので犯人でないことが分かる。だが、これらのデータをCIDのスコット・ガーランド中尉に送ってみたが、仮想空間に使った画像データを不正入手した上でワットに有利に改竄したとして突っぱねられた。彼はワットを第一級殺人罪で起訴する方針を変える気はないようだ。

それにしてもフーバータワーで接触した女は、どうしてブレンダ・シールズを名乗らなければならなかったのか疑問である。最初からワットを陥れるつもりだったのなら、その目的は何なのか。

「藤堂さん」

いつの間にか友恵が背後に立っていることに気付き、慌てて部屋に戻った。考え事をしていたために無防備な姿でいたのだ。ホテルは〝リベンジャーズ〟の七人の仲間に陸自の一色も加わり警護に就いている。そのため気の弛《ゆる》みもあったのだろう。

「どうした？」

「美香さんに言われて被害者ブレンダ・シールズを調べていたら、おかしなことが分かったのです」

友恵は中国で負傷して入院した美香にずっと付き添っていた。そのため二人は姉妹のように仲がいい。朝から二人でパソコンの画面を見ていたことは知っていた。

「説明してくれ」

浩志は友恵のパソコンが置かれているテーブルの前のソファーに座った。すると美香が車椅子を寄せてきた。

「私、これ以上、あなたやお友達のお荷物になりたくないの。だからワットさんを助けるためだったら、何でもするわ」

美香はこれまでにない強い口調で言った。彼女はやはり内調の敏腕特別捜査官という意識があるのだろう。自分が必要とされていると気が付き、発奮《はっぷん》しているのかもしれない。

「助かる。仲間を呼んだが、彼らは刑事じゃない。今必要とされるのは捜査官としての手腕と勘だ」

お世辞ではなく美香が実力を発揮してくれれば、誰よりも頼りになる。

「仮に今回の事件はワットさんを陥れる罠だったとしても、まったく無関係な一般人の女性が被害者になるのはおかしいと思ったの。何も知らない女性をホテルの一室で待たせて、その上殺害することは難しいと思わない？」

「拉致《らち》するか、先に殺して運びこむか、どちらかだろう。だが、セキュリティーが高いホテルでは不都合な面が多いことは確かだ」

美香に質問形式で尋ねられ、浩志は答えた。

「だから、私は被害者がただ者じゃないと考えて、友恵さんに調べてもらったの」

美香の説明が終わったのを待っていた友恵が話を継いだ。

「ブレンダ・シールズの運転免許証の記録を遡《さかのぼ》って調べ、それを手がかりに彼女が公的機関に登録されているデータをすべてダウンロードして調べました。彼女はサンノゼに五年前まで住んでおり、シリコンバレーのＩＴ企業に勤務していましたが、五ヶ月前に会社に突然辞表を出して辞めています」

「続けてくれ」

浩志は友恵に話の先を急がせた。

「IT企業を辞職した後、彼女はパロアルトの一軒家に移り住みますが、すぐにサンフランシスコのガンショップで銃を購入しています。もっとも購入しても手に入るのは一ヶ月後でしたが」

「女は今何をしている？」

転職したり、銃を購入したところで米国においては珍しいことではない。

「それが、今現在分かっているだけで四カ所同時に勤めているのです」

「ローテーションを変えて勤めているのか？」

「彼女は二つのIT企業と不動産会社、それにスタンフォード大学の研究室に研究員として毎日勤めています。すべて同じ戸籍、同じ番号の運転免許証と社会保険カードが使われています。顔写真が違うだけなので、役所に問い合わせてもばれることはありません」

就職に際し、履歴書の他に社会保険カードの提示を求められる。米国では運転免許証と社会保険カード、外国人の場合、労働許可証の三点が不可欠で、この三点セットの偽物《にせもの》は闇で売買されているが、陸運局などに問い合わせをされたら偽物とすぐばれてしまう。

運転免許証から勤務先を調べることはできないため、友恵は手当たり次第にパロアルトの企業やスタンフォード大学のサーバーにハッキングして調べたに違いない。

「馬鹿な。現在の運転免許証は偽造が難しいと聞いているぞ」

カリフォルニア州の運転免許証は二〇一〇年に九年ぶりにデザインが変更されている。最新のセキュリティー技術が使用され、偽造が難しい上に、二十一歳以下の若年層がＩＤとして使うものは横長から縦長にフォルムも変わった。

「確かに最新の免許証は偽造も難しいようです。それは更新されたら順次変更されるので、完全に移行されるのは二〇一五年になります。彼女のは旧型です」

友恵は苦笑混じりに答えた。最新のセキュリティーも破る自信があるのだろう。

「四人の違う人間が、正規に就職するために同じ番号で顔写真だけが違う免許証が偽造されたということか」

殺されたシールズの免許証の住所は空き家になっていたとＣＩＤの捜査官スコット・ガーランドが言っていたことを思い出した。

「他人になりすますにしても、偽造する技術を持っているのなら、どうして名前の違う免許証を作らなかったのでしょうか？」

友恵は首を捻ってみせた。

「偽造だとしても完全なものを作るには陸運局に登録された本物が必要だ。五年前から住んでいたオリジナルのシールズはこの世にいないということだ。なりすますのに人数分の死体をつくるのはリスクがあるからだろう」

「なるほど」

「いずれにせよブレンダ・シールズと名乗る女は、死体を含めて四人いるということだ」

浩志が美香に目を向けると、彼女はゆっくりと頷いてみせた。


三十分後の午後一時四十分、浩志は事件のあった〝バージェス・パーク〟ホテルのロビーにいた。地元の新聞を読んでいると、パロアルト警察の刑事部部長であるザック・ブロクストンがいつものくたびれたスーツ姿でやってきた。

浩志は無言で立ち上がり、昨日借りた部屋と同じ一三二六号室にブロクストンを案内した。リビングスペースのソファーには友恵が一人で座っている。彼女はいつものそっけない態度でちらりと顔を上げただけで、パソコンの画面を見ている。

「捜査に協力するから一人で来いと言われて来たが、説明してくれ」

かわいらしいが愛想もない友恵を見て、ブロクストンは戸惑い気味に尋ねてきた。

「友人のワットがＣＩＤに通報したが、誤認逮捕されてしまった。そこで我々は独自に捜査をして彼が無実である証拠を見つけたが、ＣＩＤの担当官は見向きもしない。だから捜査情報を教えることにしたのだ」

「そもそも、どうしてワットは被害者と会うことになったんだ？」

「俺は傭兵で、米国陸軍でも認められた最強のチームを持っている。ワットも仲間だ。女は俺たちを利用しようとしたんだ」

浩志は確証がないためにFSBの名は出さずにこれまでの事情を話した。米国で傭兵は別に珍しい職業ではないために隠す必要はないと判断したからだ。

「傭兵だったのか。どうりで日本人のくせに射撃がうまいと思った。いったい私に何を見せてくれるんだ」

ブロクストンは浩志と友恵を交互に見た。

「FBIと同じ現場検証用のソフトで、犯行現場の一四一八号室の室内を仮想体験できる」

「同じではありません。数段優れています」

友恵がすぐに訂正《ていせい》してきた。

「……だそうだ」

浩志は苦笑いをして、ブロクストンにゴーグルとグローブを付けさせた。

「仮想だと、笑わせる。何も変わっていないじゃないか」

ゴーグルをはめたブロクストンは天井や床を見た後で首を竦めてみせた。

「俺が見つけられるか」

浩志はわざとブロクストンの背後に立って肩を叩いた。

「馬鹿な、……とっ、透明人間か」

振り返ったブロクストンは、誰もいない映像を見て慌ててゴーグルを外した。

「ゴーグルに映っているのは一四一八号室の犯行現場だ」

「何！」

ゴーグルをかけ直したブロクストンは改めて驚きの声を上げた。

「ベッドルームの右奥が犯行現場だ。そこまで進んでくれ」

「分かった」

ブロクストンは両手を前に出してゆっくりと進み、床や壁を見てうなり声を上げた。

「確かに血痕と弾痕らしきものは分かる。この状況からどうやっておまえさんの友人の無実を晴らすと言うのだ」

「人体を出して、狙撃された状態を見せてくれ」

浩志は友恵とパソコンのモニターを見ながら指示を出した。すると被害者が撃たれる寸前に立っていた場所にＣＧのグレーの人体が立ち上がり、腹部を狙撃されて倒れるまでのアニメーションが再現された。

「……確かに血痕とカーペットの傷と一致する」

呆然と仮想のアニメーションを見ていたブロクストンは、しばらくして口を開いた。

「銃撃シーンを再現するから、二メートル後ろに下がれ」

「分かった」

ブロクストンは大股で二歩下がった。

「まずは、犯人のデータで再現してくれ」

浩志は画面でブロクストンの位置を確認し、友恵に指示をした。

被害者から二メートル半ほど離れたところに別のグレーのCGの人体が立ち上がり、左手で銃撃し、被害者が倒れるシーンが再現された。浩志の推測に基づき、友恵は犯人のデータを作製していた。

「左利きなのか?」

ブロクストンはCGの死体を見つめながら首を捻った。

「次にワットの場合だ」

最初の人体より二回りも大きいCGが身体の半分をカーテンから抜き出るようにして右手を出し、銃撃しているシーンが再現された。

「ワットは右利きで、身長も一七六センチ。靴を履いていたら少なくとも二、三センチは高くなる。しゃがんだとしても身体の半分はガラス窓からもはみ出してしまう」

浩志なら窓に身体を押し当てるようにすれば撃てるが、横幅のあるワットの場合はCGで再現するとガラス窓からもはみ出してしまうことが分かった。

「なるほど、確かにワットでは犯行は無理だろう。……だが、現場写真をどうやって手に入れたんだ。たとえこのデータを手に入れても証拠としては使えない」

ゴーグルを外しながらブロクストンは肩を落とした。

「真犯人を見つけることは難しいかもしれない。だが、生きている被害者を捜しだすことは可能だ」

「言っている意味が分からない」

「殺された女はただ者じゃないということだ」

浩志は友恵が調べ上げたブレンダ・シールズのことを説明した。

「何と、四人もいたのか。とすれば、ワットは罠に陥れられたのか、あるいは何らかのトラブルに巻き込まれた可能性がでてくる。しかも謎の女の正体を暴くことで一連の事件が解明できるかもしれない」

ブロクストンは首を大きく縦に振ってみせた。

「俺たちの捜査に協力してくれ」

浩志はブロクストンの肩を叩いた。

六

独自の捜査で得られたブレンダ・シールズの情報を、浩志はあえて地元の警察官であるザック・ブロクストンに教えた。高級住宅街であるパロアルトでは金を払って一般人から情報を得ることは不可能で、捜査の基本である聞き込みをするには米国で何の権限もない浩志らではできないことが分かっていたからだ。

ブロクストンには信頼できる部下だけで捜査させ、得られた情報はすべて提供し、浩志も捜査に立ち会うことなどを条件として出した。署に戻ったブロクストンは部下を四人招集した。彼は浩志の話をせずに偽造免許証のたれ込みがあったとして、友恵が調べ上げた四人のシールズの職場へ手分けして聞き込み捜査に向かった。

浩志は、ブレンダ・シールズの一人が勤めるスタンフォード大学の生物科学倫理研究所にブロクストンが運転する覆面パトカーで向かった。研究所は大学のメディカルセンターの南側に位置し、驚いたことに先週被害を受けた山本豊教授の幹細胞研究所のすぐ近くだった。

セキュリティーの厳しい研究所では、ブロクストンの警官バッジがあっても入り口にある打ち合わせスペースの奥に入ることは許されなかった。とはいえ、研究所の事務員がシールズの個人情報だと前置きしながらも彼女の自宅の住所と電話番号を教えてくれた。五日前から無断欠勤しており、心配だから調べて来て欲しいと逆に頼まれてしまったのだ。

「五日前と言えば、幹細胞研究所が荒らされた翌日だ。それに俺がフーバータワーでブレンダ・シールズを名乗る女と会った前日だ。あの事件の捜査は進んでいるのか？」

浩志はブロクストンの運転する覆面パトカーの助手席に戻ると、さっそく尋ねた。

「幹細胞研究所もセキュリティーが厳しいところだった。だが、犯人は研究所にはすんなりと入っている。にも拘らず資材を保管してある研究室の鍵は乱暴に壊されていた。防犯カメラも壊されていたので、犯人の手がかりはないが、内部の犯行じゃないだろう。それにしても研究所が近くて驚いた。無断欠勤しているシールズの家に急行する」

ブロクストンは車を出した。

「現場近くに行ったら、他の班の捜査結果をまず確認してくれ。三人のブレンダ・シールズが互いに連絡を取り合っている可能性が高い。踏み込みを一斉にしなければ意味がない」

「分かった」

ブロクストンはさっそく車載の無線機で部下たちと連絡を取りはじめた。部下の四人は二手に分かれ、市内のＩＴ企業と不動産会社に聞き込みに行っている。

「何！　本当か。なぜ、すぐに連絡をしない。……そうか、分かった」

無線機のマイクを元に戻したブロクストンは苦虫を嚙み潰したかのような表情を見せた。

「どうした？」

「ミランダシステムというＩＴ企業を調べに行った部下と連絡が取れた。その会社に勤めていたブレンダ・シールズは一週間前から無断欠勤している。住所を聞いたところ、一週間前に家族全員が惨殺された家と同じだった。部下は殺された家族の名前が違っていたために改めて確認していたそうだ」

「そのシールズは、家族か仲間と共同生活をしていたのだろう。警察に残っている殺人事件の被害者の中にミランダシステムに勤めていた女がいないか調べることだな」

「もちろんだ。部下はそれも調べているために報告が遅れたようだ」

ブロクストンは忌々《いまいま》しそうに言った。

さすがに捜査のプロだけに行動は早い。思い切って情報を流しただけのことはある。

「ところで、我々の車をバンが尾行しているが、あれはあんたの仲間か」

ブロクストンはバックミラーを見ながら険しい表情になった。

「そうだ。俺たちの護衛も兼ねている」

浩志は仲間を二手に分けた。いつもと違い、瀬川と辰也、それに加藤を浩志のバックアップにつけ、残りの宮坂、田中、京介、黒川、中條の五人を美香の護衛に付けた。

十五分ほどでブロクストンはパロアルトの北のはずれ、ハイウェイ一〇一のすぐ手前にある住宅街に車を停め、部下と連絡を取った。すでに日が暮れている。他のチームの捜索は難航しているのかもしれない。

「ミランダシステムの女は、やはり一週間前に殺されていた。別のＩＴ企業に勤めていたブレンダ・シールズも八日前に惨殺された家族の一員だった。それと残る不動産会社に勤めていた女の家族も六日前に殺されていたが、女は行方不明になっていた。我々は重要参考人として追っていたんだ」

　不動産会社に勤めていたシールズの確認で手間取っていたようだ。

「それが、三日前にホテルで殺された女ということか」

　六日前に襲撃された時に不動産会社のシールズは家にいなかったのだろう。

「死体は我々が管理していないので憶測でしか言えないが、確率的には高い。三人とも借家を借りるのに別の名前を使っていたために分からなかったんだ」

　ブロクストンは口をへの字に曲げてみせた。

「当然だ。みんな同じ免許証を使っていたのだからな」

「残るは大学の研究員だったシールズだけだ。おそらくあんたがフーバータワーで会った女なのだろう。その女がひょっとして他の女を殺したんじゃないのか」

「可能性としては考えられるな」

「だとしたら本部から応援を呼ぼう」

　ブロクストンが無線機にかけた手を浩志は左手で押さえた。

「待て、彼女も被害者だという可能性もある。下手に騒いだら、保護することもできなくなる。犯人はおまえに必ず引き渡す、心配するな」

浩志と会った女は、彼女の言葉通りに護衛を頼むべく大学の研究室に盗みに入った可能性もある。

「しかし……」

「いいか、相手は爆弾を自在に扱う連中だ。部下を殺したくなかったら、俺たちに任せろ」

「分かった。どのみち四人の部下にはここに来るように言っておいた。彼らなら覆面パトカーで目立たない。それならいいだろう」

ブロクストンは引き下がらずに言った。

「いいだろう。俺が安全を確認したら、知らせる。ここで待機していろ」

浩志は車を下りて、後ろのバンに合図を送って辰也らを呼び寄せた。

「標的は俺たちでクリアする」

目的の家の前には芝生の庭と車庫に繋がる駐車スペースがある。家自体は平屋でこぢんまりとしていた。このあたりは街の外れにあるせいか、中流家庭の住宅地なのだろう、豪《ごう》邸《てい》とは言えないが全体的にきれいな家が多い。

浩志は瀬川と組んで正面玄関に立ち、辰也に加藤をつけて裏口から突入するように命じた。全員ハンドガンだけ持ち、小型のレシーバーを付けたヘッドギアを装着している。

玄関先の芝生には三日前からの新聞が積み重なっている。浩志はさりげなく玄関のドアに先の曲がった工具を差し込んで鍵を開けて中に入り、ジャケットの脇からグロック一九を抜き左手にハンドライトを持った。加藤も続いて家に入り、ジーパンからグロック二六を出してハンドライトを添えて構えた。

玄関から入って手前がリビング、左奥がキッチン、廊下を隔《へだ》てて右奥に寝室が二つという構造だ。途中の廊下で裏口があるキッチンから出て来た辰也らと顔を合わせた。

浩志は誰もいないことを確認すると、玄関から手を振ってブロクストンを呼んだ。

「敵も死体もなかったようだな」

にやにやと笑いながらブロクストンが家の中に入って来た。

「幸いにな」

憮然《ぶぜん》とした表情で浩志は答えた。

辰也と加藤が寝室、瀬川はキッチンで手がかりになる物を調べはじめた。浩志はリビングを担当している。読書家らしく大きな本棚があり、棚を調べ終わり雑誌類が載せられたテーブルに移動した。

手持ち無沙汰《ぶさた》になったのか、ブロクストンはリビングのテーブルに置いてあるノートブックパソコンの前の椅子に座った。

「むっ！」

テーブルの下を覗き込んだ後、視界の隅に赤いＬＥＤが入った。

「動くな！　ブロクストン」

ブロクストンはまだ椅子に座っていた。

「何だ、いきなり」

「おまえの椅子の下に爆弾が仕掛けてある」

椅子の下には弁当箱のような黒い箱がガムテープで括り付けられていた。

「本当か！」

「動くなと言っているだろう」

浩志は立ち上がろうとするブロクストンの足を押さえつけた。

「どうしましたか？」

騒ぎを聞きつけて他の部屋を調べていた三人が飛んで来た。

「辰也、調べてくれ」

浩志は椅子の下を指差した。

辰也はすぐさま背中を床に着けて爆弾を調べはじめた。

「まいったなあ。体重を感知する装置が仕掛けてあります。感圧起爆方式と言って地雷と一緒で立ち上がると爆発しますね。しかもご丁寧《ていねい》に十分の時限爆弾付きです。もっとも後八分になりましたが」

辰也は慌てることなく報告した。椅子に仕掛けてあるため浩志も予測していた。この家に住んでいるブレンダ・シールズを殺害するために仕掛けられたに違いない。

「解除はできないのか？」

「すでに起爆スイッチが入っていますから無理ですね」

辰也はあっさりと答えた。

「なっ、何だと、助けてくれ！」

ようやく事態の深刻さが分かったらしく、ブロクストンは震える声で懇願《こんがん》した。

「爆発までのタイムラグは？」

「椅子から立ち上がってから、長くて二秒、三秒ということはないでしょう」

腕組みをした辰也は答えた。

「加藤、車からラペリングロープとガムテープを持って来い。瀬川、窓の下にテーブルを置け。辰也、俺と一緒に窓際に置いたテーブルの上にブロクストンを椅子ごと載せるんだ」

浩志は次々と指示をしたが、仲間は説明しなくても、何をするのか分かっている。全員すぐに動きだした。ラペリングロープは突入用に二十メートルのものを用意してきた。

「何をするつもりだ！」

ブロクストンは悲鳴にも似た声で言った。

「死にたくなかったら、黙っていろ！」

「……分かった」

浩志の剣幕にブロクストンは項垂れて口を閉ざした。

椅子にはローラーが付いていたのでブロクストンを乗せたままでも容易《たやす》く動かせた。だが、いざテーブルの上に載せようとすると辰也と浩志ではとても持ち上がらない。体重だけで八十キロ以上あるに違いない。

「代わってください」

瀬川が浩志の位置に割り込んで来た。結局三人掛かりでテーブルの上に椅子ごとブロクストンを載せた。すると戻って来た加藤がガムテープで椅子の足をテーブルに固定しはじめた。同時に瀬川が二十メートルのラペリングロープでブロクストンを縛りはじめると辰也はベッドルームに消えた。

浩志は指示をするまでもないので、ブロクストンが動かないように足を押さえていた。

「三人とも外で待機」

瀬川の作業が終わり、ロープの結び目を確認した浩志が命じると、いつの間にか辰也はベッドルームからマットを担《かつ》ぎだしていた。

腕時計を見るとまだ一分も余裕がある。

「ブロクストン、はじめるぞ」

「俺はどうなっちまうんだ」

ブロクストンは目に涙を溜めて言った。

「衝撃に備《そな》えて顎《あご》を引いて歯を食いしばれ。俺たちを信じろ」

浩志は窓に背を向ける形でブロクストンの向きを変え、ロープの束を肩にかけると、窓を蹴破って家の外に出た。二メートルほど離れた芝生の上にマットが敷いてある。その先に掃除用のモップを二本持った瀬川が立っていた。瀬川は二本のモップの中心をロープの先端できつく縛った。結び目を境に右側を浩志と瀬川、左側を辰也と加藤が握った。

「カウント3。3、2、1、行くぞ!」

浩志のかけ声で四人が一斉に家と反対方向に全速力で駆け出した。たるんでいたロープがピンと張り、ロープに引っ張られたブロクストンが家の中から凧《たこ》のように飛び出してきた。彼が芝生の上に敷かれたマットに落下する直前にリビングで爆発が起きた。爆発物と巨大な炎はブロクストンの頭上を越え、ボールと化した中年刑事はマットでバウンドし、そのまま芝生を引きずられて道路まで転がって来た。

「大丈夫か?」

浩志はブロクストンのロープを解きながら尋ねた。

「……俺は、空を飛んだのか?」

背中を強打したブロクストンは、うめき声を上げながらも冗談を言って来た。

「見事に飛んだ」

「藤堂、ありがとう。この場は俺と部下が収める。あんたたちは消えてくれ」

ブロクストンは半身を起こすと、握手を求めて来た。身体に異常はなさそうだ。

浩志らはブロクストンの部下の到着を待って、黒煙を上げる家を後にした。

大勢の野次馬が取り巻いていたが、ブロクストンの四人の部下が機転を利かせて覆面パトカーにパトライトを点灯させて交通整理を行ったため、浩志らは野次馬に不審がられることもなくバンに辿《たど》り着くことができた。

「また手がかりがなくなったな」

浩志は溜息混じりにバンの助手席に座った。

「どうでしょうかね」

瀬川は着ていたジャケットからノートブックパソコンを取り出した。ちゃっかりリビングに置いてあったものを持って来たようだ。

「これって、警察の捜査妨害になりますか?」

まじめな顔つきで聞いてきた。

「捜査の主体は俺たちだ」

浩志は笑いながら親指を立てた。

ストリートギャング

一

スタンフォード大学の幹細胞研究所が荒らされて一週間が経つ。

浩志の捜査は盗まれた美香の細胞組織と研究資材の奪回、そして殺人犯に仕立てられたワットの無実を証明しなければならなかった。殺人事件を追ううちにブレンダ・シールズを名乗る女が四人いることは分かったのだが、三人はすでに殺されていた。残りの一人はFSB（ロシア連邦保安庁）に狙われているためか、姿を消している。

手がかりは爆発したシールズの家から瀬川が持ち出したノートブックパソコンに残されていた。シールズがインターネットで閲覧《えつらん》したサイトを辿ることで、彼女に偽の免許証を闇で販売した業者を見つけたのだ。

サイトはインターネット通販の〝ラテン・ショッピング〟という名で、合法ドラッグから撮影用のフェイクの免許証や社会保険カードをセットで販売していた。メールで顔写真のデータを送れば一週間後に送ってくるらしい。フェイクはおもちゃと変わらず合法的なものだが、精度に関しては問い合わせをと記《しる》されている。本物としても使えるかと聞けば、偽造免許証を作ってくれるらしい。その場合、顔写真を所定の場所までわざわざ撮りに行く必要がある。闇で販売するために、本人を確認する必要があるのだろう。

犯人がＦＳＢかどうかは分からないが、暗殺者は四人のブレンダ・シールズの居場所を知っていた。もし四人目のシールズが仲間を裏切っていないのなら、偽造免許証を作った連中が彼女らの情報を犯人に漏らした可能性があった。

「サンフランシスコか」

浩志は友恵が探し出したサイトを運営している会社の所在地を見て渋い表情になった。業者は間違いなくギャングかマフィアが関係しているに違いない。連中から情報を得るのは難しいだろう。

「住所からすれば、治安が悪いテンダーロイン地区ですね。サンフランシスコの傭兵代理店に聞いてみてはどうでしょうか？」

友恵がいつもの無表情な顔で言った。これでも心配しているのだろう。

「そのつもりだ」

浩志はすぐに携帯で傭兵代理店の社長であるマット・エルバードに連絡をした。

――〝ラテン・ショッピング〟ですか。知っていますよ。表向きは合法的な商品を扱っているようですが、出品されている商品にはすべて裏があり、合法ドラッグなら麻薬、トイガンなら本物の銃といった具合に闇の商売を堂々とインターネットで行っています。

さすがに傭兵代理店の社長だけに裏社会のことをよく知っているようだ。

「経営者はマフィアか?」

――もとはメキシコ系のストリートギャングだった若者たちをジョバニ・トラドという二十五歳の男がまとめあげ、同志を意味する〝コンパニエロ〟という組織を二年前に作りました。最初は十数人でしたが、一年前にインターネットで販路を増やして瞬く間に組織を拡大し、今では二百人近い子分をトラドは抱えています。私の会社から二百メートルほど西にあるエディー・ストリート沿いのビルを丸ごと一つ買い取って商売をしていますよ。

マットはよほど毛嫌いしているらしく、話しながら舌打ちをした。

欧米や南米ではダウンタウンの路地でたむろする若者がストリートギャングとなり、大きな社会問題となっている。彼らは武装化し、マフィアの末端《まったん》組織として麻薬の売買や売春に手を染めるグループもある。

ロサンゼルスで誕生した黒人のグループ〝クリップス〟は、今や全米に組織を拡大し、全国に三万人を超す構成員がいる。また同じロサンゼルスで〝ブラッズ〟という構成員九千人の黒人グループがおり、彼らは勢力争いを繰り広げている。

ヒスパニック系の〝ラテンキングス〟は全米に二万人を超える構成員を持ち、シカゴを拠点としている。その他にも数えきれないほど大小の組織が全米にあり、既存の暴力組織と抗争、あるいは手を組んで治安を悪化させている。

「マフィアとは関係していないのか？」

――麻薬をメキシコから直接持ち込んでさばいているので、地元マフィアとは関係が悪いんですよ。しかし、殺人を何とも思わないという凶暴さでマフィアも彼らを狂犬と呼んで手をこまねいているそうです。偽造免許証を作るため、一般市民を殺害してＩＤを手に入れているという噂もあるほどです。組織も急速に巨大化していますので、警察でも取り締まりを強化しはじめました。

一般市民を襲うというのならマフィアより悪質だ。容赦《ようしや》する相手ではないらしい。

「組織の弱点は？」

――ジョバニ・トラドがいなくなれば統制が利かなくなります。それにナンバー2とナンバー3の仲が悪いと噂で聞きました。

ナンバー2のリカルド・ベラは、トラドと一緒に〝コンパニエロ〟を作った二十三歳の男で主《おも》に麻薬や武器の販売をしているらしい。またナンバー3のパブロ・バレーラは十九歳と若いがコンピューターの知識があり、ネット通販の仕組みを構築したために一年でのし上がって来た。どちらも組織にはなくてはならない存在だが、互いに自分こそ組織を支えているという自負があり、反目しているようだ。

――組織を壊滅させるなら、トラドだけでなくナンバー2、ナンバー3も殺すことです。彼らは鉄壁なガードをしていますが、二百人程度のチンピラなら藤堂さんの敵じゃありません。彼らがいなくなれば、街の治安もよくなります。

「いや、やつらから情報を聞きたいだけだ」

簡単に言われて浩志は苦笑した。

――それは彼らを皆殺しにするより、難しいと思いますが……。

マットは残念そうに言った。よほど浩志が冷酷な人間だと思っているのかもしれない。

「やつらのねぐらを教えてくれ」

――トラドは、スペイン語で宮殿を意味する〝パラシオ〟と彼らが呼ぶ五階建てビルの最上階に住んでいます。ナンバー2は四階建てのアパートを、ナンバー3は二階建ての倉庫をそれぞれ改装して、護衛の部下とともに住んでいます。

マットから詳細を聞き出すと浩志は通話を切った。

「浩志、フロントにお客さまが見えているようよ」

電話の途中で内線電話を取った美香が教えてくれた。

「誰？」

「ジョナサン・マーティンという人らしいけど、知り合い？」

「ジョナサン・マーティン？……何！」

ピンと来なかったが、ジョナサン・マーティンといえばワットの元の上司である。

浩志は急いで一階のフロントに行った。

「久しぶりだね。ミスター・藤堂」

以前タイで会った時は軍服を着ていたが、マーティンは一八六センチという長身をグレーのスーツで包み、気さくに手を差し伸べて来た。デルタフォースのトップクラスのはずだが、身分は未《いま》だに分からない。

「ワットの件で？」

浩志は握手を交わしながら、ラウンジに誘った。

「実は三日後にワットの諮問《しもん》委員会が行われるので、証人として出廷《しゅってい》することになったんだ。ワットに面会したところ、君が独自に捜査をしているはずだから、会ってくれと言われてね」

米国では軍法会議が開かれる前に会議を開催するかどうかを決定する諮問委員会が開かれる。会議は裁判と同じなので、諮問委員会は第一回目の公判と同じようなものだが、少数の関係者で行われるらしい。

「ワットが、無実だということははじめから分かっている」

浩志はこれまでのいきさつと、捜査状況を教えた。

「やはりそういうことだったのか。身内の恥をさらすようだが、政治家の中には軍を批判すれば平和主義だと思っている連中がいる。彼らは何かと軍の落ち度を探しては、それを口実に軍事費の削減を要求してくるのだ。捜査の現場責任者であるスコット・ガーランド中尉は似非《えせ》平和主義の上院議員と繋がりがあると噂されている男だ。意図的に軍属であるワットを有罪に持ち込むつもりなのだろう」

ガーランドが浩志の調べ上げた捜査資料に見向きもしない理由がこれで分かった。元特殊部隊隊員で現アドバイザーのワットを凶悪犯罪者として有罪にすれば、軍の心証は非常に悪くなる。

「君がこれまで得た捜査情報を私に提供してくれないか。諮問委員会で反証に充分使える。それから私自身はワットの元上司だったことから直接動くことはできないが、何か手伝うことがあったら、遠慮なく言ってくれたまえ」

マーティンは真剣な表情になった。彼は浩志らに個人的な判断で武器の提供をしてくれたことがある。これほど頼りになる男もいない。

「それじゃ、街のゴミ溜めを掃除する。手伝ってもらおうか」

浩志はにやりと笑って、作戦の概要を話した。

「なんと大胆な作戦だ。部下の訓練にちょうどいい。協力しよう」

マーティンは大きく頷いてみせた。

二

テンダーロイン地区は、サンフランシスコの中央に位置し、サンフランシスコ湾の北東から市の中心を西南に向かって横切るマーケット・ストリートの北側、シビック・センターの脇を通るヴァン・ネス・アベニューの東側、オー・ファレル・ストリートの南側、ヒルトンホテルがあるテーラー・ストリートの西側という台形のエリアで、ホームレスが多く、日が暮れると麻薬の売買や売春が堂々と行われる不穏《ふおん》な地域だ。

午前零《れい》時五十六分、真夜中のサンフランシスコを二台の大型バンが疾走《しっそう》している。先頭のバンをコードネーム〝コマンド1〟の瀬川が運転しており、浩志は助手席に乗っていた。後ろにはどんな乗り物も運転、操縦できるというオペレーションのスペシャリスト〝ヘリボーイ〟こと田中俊信と、〝トレーサーマン〟こと加藤が乗っている。

二台目のバンは〝コマンド2〟のコードネームを持つ黒川が運転し、助手席には爆弾のプロで〝爆弾グマ〟こと浅岡辰也と、後部座席にはスナイパーの名手〝針の穴〟と呼ばれる宮坂大伍とスナイパーカバーとして〝クレイジーモンキー〟こと寺脇京介が乗っていた。それぞれのバンは、いつものように浩志が指揮するイーグルと辰也を指揮官とするパンサーチームに分かれている。

ホテルで待つ美香の護衛には、中條と一色が当たっているが、今夜は美香も銃を持ち、寝ずに警戒に当たると張り切っていた。

浩志は午前中にブレンダ・シールズの偽造免許証を作った組織〝コンパニエロ〟の存在が分かると、半日で襲撃の準備を整えた。イーグルチームは〝コンパニエロ〟のナンバー2であるリカルド・ベラを、パンサーチームはナンバー3のパブロ・バレーラの家を同時に襲うという大胆な作戦だ。二人の幹部を襲撃することで反撃のチャンスを絶《た》ち、ブレンダ・シールズの情報を聞き出す。場合によってはボスであるジョバニ・トラドも尋問《じんもん》する必要があるだろう。

彼らは、それぞれ日中は三十人前後の部下に守られているが、夜は半数近くに減るらしい。それでも狂犬と呼ばれるほど、凶暴な連中を相手にするのだから用心に越したことはない。

ジョナサン・マーティンの部下であるデルタフォースが、道路工事を装って周囲を封鎖し、バックアップしてくれることになっている。指揮は〝アルファー72〟というコードネームを持つ中佐で、連絡用の無線の回線を教えられている。

装備は傭兵代理店で揃えた。サプレッサー付きのサブマシンガンとハンドガン、サバイバルナイフ、閃光と爆音で敵の動きを止めるスタングレネード（特殊音響閃光弾）、それに小型のヘッドギアタイプの無線機である。

サブマシンガンはすでに一世代前と言えなくもないが、MP5SD1をリースした。ストックレスでコンパクトということもあるが、サプレッサー付きで、人数分の在庫があるモデルがこれしかなかったからだ。ハンドガンは各自が傭兵代理店から購入したものをそのまま使うことになった。

二台のバンはヴァン・ネス・アベニューを北に向かっている。傭兵代理店があるエディー・ストリートを越え、3ブロック目の狭い交差点を右折し、オリーブ・ストリートに入った。角には道路工事の看板があり、オレンジ色の反射ベストとヘルメットを着用して工事関係者に化けたデルタフォースの兵士がバリケードの前に立っていた。兵士に車を停められたが、助手席の浩志を認めるとバリケードは取り払われた。

マーティンは依頼されてから工事用車両や機材を集めたわけではないのだろう。デルタフォースは陸軍の闇の部隊と言われるだけあって、テロに対する国内外の特殊な作戦を遂行するためにあらゆる装備をストックしているに違いない。

後方を走っていたパンサーのバンはバリケードを過ぎたすぐ近くで停まった。ナンバー3のパブロ・バレーラの家はここから1ブロック先にあるからだ。浩志らはバレーラの倉庫を改装した家の前を通り過ぎ、次のT字路で左折して、オー・ファレル・ストリートに出た。

ナンバー2であるリカルド・ベラの家は、４ブロック先の左にあるシャノン・ストリート沿いにあり、テンダーロイン地区からは外れている。シャノン・ストリートは一方通行の狭い通りで左折ができないために通り越した。

次のテーラー・ストリートとの交差点で左に曲がり、その次の交差点も左折し、シャノン・ストリートの手前で停まった。こちらも工事を装った兵士らがいる。浩志の姿を確認すると、彼らはさっそくバリケードを開けた。

「こちらリベンジャー。爆弾グマ、どうぞ」

ヘッドギアの小型マイクを使って辰也に連絡をした。

――こちら、爆弾グマ。

「所定の位置に就いた。通話ジャミング開始」

通話ジャミングとは、携帯電話の通話を妨害することだ。敵に外部と連絡をさせないためだ。以前は特殊な装置が使われていたが、最近では半径数メートルから十メートル程度のハンディータイプなら、数千円で秋葉原や通信販売で合法的に購入できる。

――通話ジャミング、開始しました。

辰也との通信は、ジャミングされる周波数と違うため、障害はない。

「〇一〇〇時、作戦開始」

――了解。

浩志はすぐさま車を出させ、シャノン・ストリートに入った。テンダーロイン地区は薬の売人や身体を露出させた売春婦、もっとも女装したゲイもかなり混じっているようだが、怪しげな連中が大勢たむろしていた。だが、通りを一本隔《へだ》てた地区の外にある裏通りには人気もなかった。

交差点から三軒目の築四十年以上経っている四階建てのビルがターゲットだ。すでに昼間のうちに下見はしてある。外壁や路地に面した窓の外の非常階段はベージュのペンキで塗り直されている。街灯がビルの前にないため、今は闇に埋もれている。

非常階段は欧米の古いビルにはよくある形式で、外からの侵入を防ぐために二階の踊り場から、垂直に伸縮する鉄製のハシゴが道路面まで下ろせる仕組みになっている。

「外見は古いですが、セキュリティーはしっかりしていますね。非常階段には赤外線の感知システムが付けられています。回線が屋上に伸びています。電源装置があるようです」

ナイトビジョンで建物をすばやく分析した瀬川が報告した。一階は大きなシャッターの横に玄関がある。この地域ではよくあるスタイルだが、鉄製のドアの前に鉄格子の門があり、その上鎖を巻き付けて鍵をかけてあった。単純だが、敵の侵入だけでなく警察の手入れを防ぐには効果的だ。非常階段にも赤外線センサーが取り付けられているため、気付かれずに外部から侵入するのは難しい。

腕時計が午前一時を指した。サポート部隊であるデルタフォースが工事用の掘削機を作動させたらしく、騒音が響いて来た。

浩志は傍らに立っていた加藤の背中を叩いた。加藤はビルの雨どいに取り付くと、重力を無視したかのように恐ろしいスピードで屋上まで登って行った。

――こちら、トレーサーマン。電源装置を切断しました。屋上から屋内に入る階段室があります。

待つこともなく加藤から連絡を受け、瀬川もナイトビジョンで赤外線が切れたことを確認した。

「こちら、リベンジャー。ドアの鍵は解除できるか？」

――できました。

加藤はすでに取りかかっていたようだ。

「コマンド1を向かわせる」

――了解。待機します。

浩志が瀬川の肩を叩くと、雨どいを伝って二階の非常階段まで上り、瀬川は足音も立てずに屋上へ消えて行った。

――コマンド1、トレーサーマンと合流。

「これより侵入する。コマンド1、トレーサーマンは待機」

道路工事を装う騒音である程度紛れるが、突入の際に音が出る。それに銃を使えば、サプレッサーを装着したMP5SD1でも銃撃音はする。瀬川らを待機させるのは浩志らが敵を引きつけておいて、彼らにその背後を襲わせるためだ。

戦場と違い、極度に張りつめた緊張感はないが、一抹《いちまつ》の不安がないわけではない。敵は確実に銃を持っている。素人相手の銃撃戦でプロが圧倒的な勝利を収めることは容易に想像がつく。だが、油断はできない。流れ弾でも当たりどころが悪ければ致命傷となる。特に狭い屋内での銃撃は、跳弾《ちようだん》が予想もつかない方角から飛んで来ることがあるからだ。

「行くぞ」

浩志は後ろに控える田中に声をかけた。

「はい」

田中は真剣な眼差しで頷いた。

三

テンダーロイン地区からわずかに外れたシャノン・ストリート沿いに〝コンパニエロ〟のナンバー2であるリカルド・ベラの家がある。一階は車庫になっており、二階は倉庫、三階は手下の宿泊所、四階はベラの住居になっているらしい。サンフランシスコの傭兵代理店のマット・エルバードから詳細な情報を得ていた。

加藤と瀬川を屋上に待機させた浩志と田中はMP5SD1を肩に担ぐと、雨どいを伝って二階の非常階段の踊り場によじ上った。二階の窓は両開きのガラス窓になっている。

浩志は田中に頷いて合図を送ると、窓を蹴破って突入した。

倉庫として使われている二階のフロアーに壁はなく、電化製品の段ボール箱が積み上げられていた。中身は電化製品に紛れ込ませた麻薬らしい。その隣に木箱が積まれている。〝Black Coffee〟と刻印があるが、中はコーヒー豆ではなく違法な武器が隠されているそうだ。

浩志と田中は階段下まで走り、近くの木箱に身を隠した。

「どこで音がした！」

「二階だ！」

階段を駆け下りて来る足音が聞こえる。

「こちらリベンジャー。コマンド1、トレーサーマン、突入せよ」

——コマンド1、了解。

——トレーサーマン、了解。

屋上で待機していた二人に指示を出した。

ハンドライトと銃を持った二人の男が勢いよく階段を駆け下りて来た。浩志が先頭の男の足を階段の途中でひっかけると、二人はもつれるように床まで転げ落ちて来た。すかさず、顎を蹴り上げると、田中も別の男の後頭部を容赦なく蹴って気絶させた。荷物を縛る樹脂製の結束で男たちの手足を縛り上げた。

「ダーティーハリーか、こいつは」

田中が男の銃を見て、声を殺して笑った。

凶暴と聞いていたが、浩志が倒した男は四四マグナム弾を使用するS&W　M二九を持っていた。全長三〇六ミリもある銃だが、牛でも一発で倒せるほどの威力がある。もっとも銃撃時の衝撃が強く、射撃の訓練もまともにしていないチンピラがまともに扱えるとは思えない。もう一人は小型短機関銃であるMAC一〇を持っていた。マガジンはカリフォルニア州では違法の三十二発だ。

MAC一〇は米国製の小型短機関銃で、構造が簡単で壊れ難《にく》く、発射速度は毎分千二百八十発にも達する。軍や警察にも配備されているが、南米のテロリストが好んで使う銃として知られている。

「む！」

階上から銃撃音がした。瀬川らの潜入が気付かれたに違いない。

「いくぞ！」

浩志は用心深く廊下に出ると、階段を駆け上がった。三階は長い廊下に六つの部屋があり、すべての部屋のドアは開け放されて、中はもぬけの殻だった。就寝中だったリカルド・ベラの手下が慌てて四階に向かったに違いない。

四階まで上がると、鉄製のどくろの飾りが付けられたドアが半開きになっていた。

中を覗くと、二階の倉庫のように壁がないワンフロアーになっている。リカルドだけの居室だが、まるで王侯貴族でも気取っているのか、部屋の真ん中に天蓋《てんがい》付きの巨大なベッドが無数のキャンドルライトで照らし出され、ベッドの手前にはバーカウンターとビリヤードの台が置かれて贅沢極まりない。屋上に通じる階段はベッドの近くにあるようだが、入り口からは見えない。

すでに十人前後の男が床に倒れており、ドア近くに五人の男がソファーをバリケードにして頭を抱えて隠れている。中には銃だけ出して、闇雲に銃撃している者もいる。瀬川と加藤の正確で激しい銃撃で釘付けになっているらしい。

「糞ったれ、やたら強いぞ！　マフィアか」

「ボスに連絡して応援を頼め！」

「携帯が通じねえ、おまえのはどうだ」

男たちは右手に銃、左手に携帯を持って必死に連絡を試みているが、ジャミングされているとも知らずに焦っているようだ。

「こちらリベンジャー。四階に到着、コマンド1、状況を報告せよ」

浩志は瀬川に連絡をした。

――ナンバー2であるリカルド・ベラを拘束しましたが、手下に気付かれて銃撃戦になってしまいました。私もトレーサーマンも無事です。ベッドサイドの柱の陰にいます。

「了解。撃ち方止め、待機せよ。これより制圧する」

――了解。待機します。

同士討ちを防ぐべく瀬川らに銃撃を止めさせた。

「フリーズ！　銃を捨てろ」

音もなく男たちの背後に立った浩志は声を上げた。

「シット！」

男たちは慌てて振り返った。

浩志は銃を構えた男たちの腕を容赦なく撃ち抜いた。

「撃つな！」

瞬く間に三人の男が撃たれると、残りの二人は銃を捨てて手を挙げた。田中が手を挙げた男たちを跪かせて樹脂製の結束で手足を縛った。

浩志と田中はリビングスペースを出てフロアーの中央に出た。ビリヤード台の近くに四人の男が腕を撃たれてもがいている。とりあえず銃を取り上げ、後頭部を殴りつけて気絶させた。ベッドの手前には五人の男が血染めの床に倒れており、二人は腕や足を撃たれているだけだが、後の三人は背中に無数の銃弾を受けて死んでいた。むやみに発砲する仲間に撃たれたようだ。

「田中、捜索を続けてくれ」

浩志は怪我人を一通り確認すると、他にも手下が隠れていないか田中に調べさせて、ベッドサイドの柱の陰を覗き込んだ。

柱の陰といっても四畳半ほどの広さがあり、奥に本棚に見せかけた扉が開いていた。屋上に通じる階段が、本棚の裏に隠されていたようだ。

瀬川と加藤は、スキンヘッドの凶悪な顔をした男と裸の女を結束で縛り付けていた。男も女も床に座り込んで焦点の定まらない目で壁を見つめている。

「藤堂さん、この男がリカルド・ベラのようです。女とドラッグでハイになっています。朝まで正気に戻らないでしょう。我々が侵入した出入り口がまさか本棚の裏とは思いませんでした。ドアを開いた時に本が落ちてしまい、ビリヤードで遊んでいた手下らと銃撃戦になってしまいました」

瀬川が頭を掻きながら、苦笑いをしてみせた。

浩志はベラに近付いて顔を覗き込んだ。男の目は薬で汚染された者が持つ独特の空虚《くうきょ》な瞳をしている。

メキシコはコロンビアで生産されたコカインやメキシコ産の大麻、覚醒剤《かくせいざい》を供給している。実に米国に流入する七十パーセントを超える麻薬がメキシコカルテルの支配下にあるという。

現在のメキシコの麻薬カルテルは麻薬の供給だけして、販売は米国内のストリートギャングに任せているらしい。そのため、ギャングたちは販路を巡って抗争を繰り返している。また、メキシコ政府も武装化した麻薬カルテルと戦争状態にある。被害者は毎年倍増しており、二〇一〇年には一年で一万千人以上の死者を出している。

「藤堂さん、四階はすべて確認しました」

部屋の隅々までチェックした田中が戻って来た。

——こちら爆弾グマ、リベンジャー、応答願います。

辰也からの連絡だ。

「リベンジャーだ」

——ナンバー3と手下を十二人拘束。内六人負傷させましたが、重篤《じゅうとく》な怪我人はいません。なお、チームに怪我人はおりません。

これで仲間に誰も怪我人がいないことが分かった。ほっとする瞬間だ。

「こちらも制圧した。ナンバー3を連れて来てくれ」

——了解しました。二分以内にそちらに向かいます。

腕時計を見ると、午前一時七分。作戦は無理をせずに十分以内を目安にしていた。浩志は第一段階の作戦が終了したことをサポートに付いてくれたデルタフォースの指揮官である〝アルファー72〟に連絡をした。十秒と待たずに工事現場を装《よそお》った騒音は消えた。

四

ギャング組織〝コンパニエロ〟のナンバー2であるリカルド・ベラは、覚醒剤を服用していたため、情報を得ることはできなかった。その代わり辰也が指揮するパンサーチームが捕らえたナンバー3のパブロ・バレーラを、リカルド・ベラが所有するビルの四階に連れて来させた。

少々手荒く扱うと、バレーラは質問に答えた。武闘派のベラと違い身長は一六五、六センチと小柄で、耳と鼻にピアスをしており、凶悪というよりずる賢《がしこ》い顔をしている。

〝コンパニエロ〟では、ナンバー2のベラが麻薬や武器の販売を担当し、ナンバー3のバレーラはインターネット販売のシステムの運営をしているようだが、麻薬や武器などの仕入れに関してはボスのトラドがルートを握り、手下には任せないらしい。もっともこの部分を押さえているからこそ、組織のボスでいられるのだ。

バレーラに偽造免許証について尋ねると、そのシステムを構築したことも白状した。そこでブレンダ・シールズの件を質問してみたが、取り扱った件数が多いため、よく覚えていないらしい。とぼけているのかもしれないが、いつもパソコンで仕事をしているために、画面を見ないと答えられないようだ。

午前一時四十二分、尋問は一時中断され、リビングスペースのテーブルの上に瀬川がパソコンの準備をするのを待った。

「回線が繋がりました」

作業を終えた瀬川は傍らで見守っていた浩志を振り返った。辰也がバレーラのアジトから持ち出して来たパソコン一式を、瀬川は友恵と連絡を取りながら設置したのだ。

辰也に銃で小突かれながらバレーラはパソコンの前の椅子に座った。画面は〝コンパニエロ〟がインターネット上に出している〝ラテン・ショッピング〟というサイトの管理画面になっていた。

「馬鹿な！　ログインされている」

バレーラはＩＤとパスワードを入力しないと入ることができない画面になっていることに呆然《ぼうぜん》としている。だが、世界屈指《くっし》のハッカーである友恵にかかればこの程度のセキュリティーを突破することなど容易いことだ。彼女はシェラトンホテルの美香がいる部屋で、自分のパソコンを使いバレーラが開発したシステムをハッキングしているのだ。

「どうでもいい、そんなことは。おまえたちが作った偽造免許証でブレンダ・シールズという女がいるはずだ。データを見つけて、分かっていることを白状しろ」

辰也はMP5SD1のサプレッサーでバレーラの頭を突っついた。

「分かった。今やるから、待っていてくれ。……おかしいな。どこにいったんだろう」

バレーラはキーボードを打ちながら目的のページが見つからないと首を捻ってみせた。

すると、画面が突然変わってリストページになった。

「なっ、何！」

驚いたバレーラがキーボードから手を離しても画面は勝手に動いている。

「仲間がおまえのパソコンをリモートコントロールしているんだ。俺たちを騙すことはできないぞ」

「そっ、そんな……」

バレーラの見ている前で偽造免許証のリストが表示され、ブレンダ・シールズの名前が出てくると、パソコンのアラートが鳴った。

「おまえがいなくても調べられるんだ。知っていることを白状しろ。正直に言えば殺さずに解放してやる。俺たちが警察じゃないことは分かるだろう」

辰也がMP5SD1をバレーラのこめかみに当てて脅した。

「偽の免許証の作製に携《たずさ》わっているのは、ボスのトラドなんだ。俺は顔写真のデータをもらってデータを仕上げてプリントアウトするだけだ。ブレンダ・シールズは一つの運転免許証を元にして、五人分も作ったからよく覚えている」

「何！　五人分だと」

やりとりを静観していた浩志は思わず声を上げた。友恵がパロアルト中のサーバーを調べた結果四人のブレンダ・シールズがいたことは分かっていたからだ。まだ知られていない女が一人いることになる。

「うちの偽造免許証は戸籍から社会保険まですべて元は本物だから、人気がある。だがそれだけに値段が高い。たまに何人かでシェアーするから安くしろという客がいるんだ。免許証は同じ番号じゃないとだめだが、社会保険カードの番号は、使われていない番号だったら、社会保険のデータセンターで登録前ということで通用するんだ」

就職先や部屋を借りる際に社会保険カードによって身分がチェックされる米国では、不正入国した者が偽造の社会保険カードを使うケースが後を絶たない。発行済の番号と重複しなければ、データセンターでの登録作業が遅れていると判断するようだ。

「本物の免許証や戸籍を手に入れるのに罪もない市民を殺害しているんだろう」

「そっ、それは、ボスがやっている。俺の仕事じゃないから知らない」

浩志が問いただすとバレーラの目が泳ぎはじめた。噂は本当らしい。

「証明書を偽造するようなつまらない仕事をどうしておまえのボスがやるんだ。手下に任せればいいだろう」

「作った後で恐喝のネタにできるからだ。偽造免許証を使う連中を後で脅して、薬の運び屋として働かせるんだ。それにもしいい女だったら、犯して売春させるんだ。ボスは頭がいいんでね」

バレーラは意味ありげに笑ってみせた。

弱みを握られた人間はどこまでも堕《お》ちて行く。一度反社会的な行為をすれば這《は》い上がることは難しいのだ。

「ブレンダ・シールズの本名と現住所を教えろ。データはあるのか」

「俺が扱うのは顔の画像、偽造したデータだけだ。だからサーバーにもデータは残されていない。知っているのはボスだけだ。ボスに聞けば分かるはずだ」

「嘘をつけ！　殺されたいのか」

浩志はバレーラの首を右手だけで鷲摑みにして椅子から引き上げた。見た目通りの軽い男だ。

「しっ、知らない。ほっ、本当だ」

バレーラの足が床から離れるまで持ち上げたが、口から泡を吹きはじめたので椅子に叩き付けるように離した。

「本当に知らないようですね」

喉を押さえて咳き込むバレーラを見て、辰也が溜息をつきながら言った。

「金になる方法は絶対に身内にすら教えない。トラドは本当の悪党ということだ」

浩志は吐き捨てるように言った。

「トラドを襲撃する前にこいつらはどうしますか？」

辰也は殺すのかどうか聞いているのだ。目撃者は面倒を起こす。

「情報を得たら、警察に通報するまでだ」

彼らが本当のことを言っても、信用する者はいないだろう。

「それじゃ、目立つように二階の倉庫の荷物をばらしておきましょうか？　武器や麻薬がごろごろ出て来たら面白いですよ」

「必要ない。こいつらを全員縛っておけばいい。警察も馬鹿じゃない。喜んで必要以上の捜査をするはずだ」

「それもそうですね」

辰也は納得したものの、つまらなそうに返事をした。

「出発は五分後、午前二時に作戦は開始する」

浩志が時計を見ながら指示をすると、仲間は真剣な表情で頷いた。プロの傭兵だけに気を緩《ゆる》めることはない。

五

サンフランシスコは街全体でホームレスの数が多い。全米でも三本の指に入る。彼らは流動的なため正確には把握《はあく》できないらしいが、一万人前後はいるようだ。昼間はテンダーロイン地区やマーケット・ストリート周辺にたむろするが、夜ともなると彼らも危険を感じて安全な場所に避難する。

午前一時五十七分、昼間、ホームレスのたまり場になっていたエディー・ストリートは人の不幸を糧《かて》にする悪人が跋扈《ばっこ》する暗黒街の道筋となる。

ヴァン・ネス・アベニューに近い中華レストランが多いブロックとエディー・ストリートの裏通りになるウイロ・ストリートがデルタフォースの偽装工事により、封鎖された。

「うん？」

浩志らが封鎖地区に入ろうとすると、天井にピザの看板を掲げた宅配のワゴン車とすれ違った。米国ではピザほどリーズナブルで生活に密着した食べ物はない。彼らからすれば、馬鹿高い値段で高級料理化した日本のピザはピザと呼んではいけないようだ。

周辺を封鎖したデルタフォースの兵士は二十人以上いる。米国陸軍最強の戦闘能力を備えたチームが二、三チーム配備されているのだろう。指揮官であるジョナサン・マーティンは訓練の代わりになると言っていたが、浩志に協力するのはワットを救うだけでなく軍の名誉も守ることになるため必死なのかもしれない。

メキシコ系ギャング組織である〝コンパニエロ〟の本部であり、ボスのジョバニ・トラドの住処は古い五階建てビルの中にある。一階は二つの中華レストランと中国製品を扱った雑貨屋がテナントとして入り、二階と三階はアパート、四階を組織の事務室として使用し、五階の四分の一にトラドを警護する手下の宿舎があり、残りはトラド本人の住居として使われているらしい。

トラドがビルをまるごと所有しているにも拘らず、一階から三階までを一般人向けに安い賃料で貸し出しているのは、警察や敵対する組織の攻撃から身を守るため、一般人を人間の盾としているに他ならない。

中華レストランがある表通りに面したビルはペンキがきれいに塗られているが、裏側は落書きだらけで治安が悪い地域らしい光景になっている。

「トラドは相当の悪党ですね。敵対するギャングでも一般人を巻き添えにすれば批判にさらされ、警察を本気で怒らせることになりますから迂闊《うかつ》には攻められませんよ」

浩志の傍らに立つ瀬川は、ナイトビジョンでトラドの一味が〝パラシオ〟と呼ぶビルを見ながら呆《あき》れかえっている。二人はキャップ帽を被り、ビルの裏側に面したウイロ・ストリートから〝パラシオ〟を見上げていた。

腕時計の長針が真上を指し、午前二時になった。途端にデルタフォースの隊員による工事を装った騒音が響いて来た。

——こちら爆弾グマ、配置につきました。

「リベンジャー、了解。作戦開始」

ヘッドギアから聞こえる辰也からの連絡に浩志は答えた。辰也が指揮するパンサーチームは〝パラシオ〟に隣接する七階建てのビルの屋上で待機している。彼らはラペリングで屋上に下り、電源装置を破壊して、階段室から潜入することになっていた。

「行くぞ」

浩志はキャップ帽を目深に被り、右手を上げた。すると近くのビルの暗闇から派手なバンダナを締めた田中とキャップ帽姿の加藤がパブロ・バレーラを連れて現れた。

「本当に、ボスのところに案内したら、解放してくれるのか？　言っておくが入り口の手前までだぞ」

バレーラは喚《わめ》いた。

「突入前に解放してやる。だが、おかしな真似をしたら、その場で撃ち殺す」

浩志は冷たく言い放った。

「わっ、分かったよ。死にたくないからな」

バレーラは浩志の視線を避けて答えると、裏口の二重の鍵を開けた。

加藤がバレーラを押しのけて先に入り、瀬川が後に続いた。安全が確認され、浩志らもビルに潜入した。

――こちら爆弾グマ、電源装置を発見しました。

「リベンジャーだ。待機せよ」

浩志は辰也に待機させるとエレベーターに急いだ。一階は廊下の途中で仕切られ、住人は裏のギャング専用のエレベーターは使えないようになっている。また、アパートの階段は、用心深いトラドが三階と四階の間をモルタルで封鎖してしまったらしい。そのため電源装置の破壊は、エレベーターで五階まで上がってから行わなければならない。また事務所になっている四階は、夜間は封鎖されているようだ。手下に事務機器を盗まれないようにするためらしい。

五階の廊下には監視カメラと赤外線感知システムが張り巡らされているらしいが、それは電源装置を壊せば、なんとでもなる。

なんとか五人がすし詰めで乗ることができる旧式のエレベーターに乗り込んだ。バレーラの顔を監視カメラに向け、浩志らはキャップを目深に被りカメラから顔を背けた。

「うん?」

五階のボタンを押そうとすると、一階のロビーを示すLのボタンの下に地下を示すBというボタンがあることに気が付いた。これは傭兵代理店のマット・エルバードからの情報にはない。詰問したバレーラからも何も聞いていなかった。

「地下はボスの趣味の部屋だから、誰も入れない。別に隠そうとしたわけじゃないんだ」

浩志の視線の先を読んだバレーラは肩を竦めてみせた。

五階に到着した。十メートルほどの廊下がまっすぐ延びている。廊下の左右に四つずつドアがある。手下が宿泊する部屋だ。常時二十人前後はいるらしい。

「俺は、このまま一階に下りる。いいだろう?」

「だめだ。おまえは窓の外の非常階段から降りろ」

電源装置を切るまでは安心できない。浩志は降りようとしないバレーラの胸ぐらを摑んで引きずり出した。

「リベンジャーだ。五階に到着した。電源装置を破壊し、潜入せよ」

——了解。

途端に廊下の照明は消えた。浩志らはＭＰ５ＳＤ１を構え、ポケットからハンドライトを取り出した。

「待ってください」

ナイトビジョンを装着した瀬川が浩志の袖《そで》を摑んだ。

「まだ、赤外線システムは生きています。予備電源があるようです」

「痛っ!」

瀬川の報告に気を取られ、バレーラが浩志の手に嚙み付いて来た。

「待て！」

浩志を振り切ったバレーラが走り出した。途端に赤外線システムに触れたらしく、けたたましい警報音が廊下に響いた。

「しまった！」

浩志は咄嗟に一番近いドアを蹴って、ベッドから降りようとしていた男の肩をＭＰ５ＳＤ１で撃ち、仲間を部屋に入れた。

「敵だ！」

警報に混じって手下の声で廊下が騒がしくなった。浩志はスタングレネードの安全装置と起爆クリップを外し、廊下に投げいれ、耳を塞《ふさ》いで目を閉じた。

廊下に百八十デシベルの大音響と五万ワット近い凄《すさ》まじい閃光が走った。浩志は身を屈めて飛び出し、白い煙が立ちこめる廊下の低い位置をＭＰ５ＳＤ１で掃射した。

「行くぞ！」

浩志は右手を上げて前進を命じた。

わずか数秒で撃ち尽くしたＭＰ５ＳＤ１のマガジンを替えながら、足を撃たれてもがいている男たちの銃を取り上げ、武装解除した。最初の一掃で倒せたのは九人だった。瀬川と田中を組ませ、浩志は加藤と交互にドアを開けて中を確認した。抵抗する者は容赦なく撃った。最後の部屋をチェックした段階で十六人を無力化した。

――こちら爆弾グマ、階段室からの潜入に失敗しました。最後のドアが内側からしか開かない構造になっています。窓側の非常階段からの潜入に変更します。

「リベンジャーだ。屋上に二人残して、敵の脱出を阻止《そし》しろ」

――こちら爆弾グマ、了解。

挟み撃ちはできなくなった。

浩志は廊下の突き当たりにあるドアのノブをＭＰ５ＳＤ１で破壊すると、ドアを蹴破った。背後に控えていた加藤がすかさずスタングレネードを部屋に投げ込んだ。閃光がドアの隙間から漏れてくると、瀬川と田中が部屋に飛び込み、浩志と加藤がバックアップしながら続いた。

白い煙で霞《かす》む部屋の奥から銃撃された。頭の上を弾丸が音を立てて飛んで行く。瀬川と田中は身体を投げ出すように床に伏せ、浩志と加藤は近くにあった棚の後ろに隠れた。入り口近くにスタングレネードで失神してた三人の手下たちが、敵の銃弾を浴びて倒れた。

「ヘリボーイ！」

浩志は田中にハンドシグナルを送った。頷いた田中はスタングレネードを部屋の奥に向かって投げて伏せた。

閃光が放たれ、白煙が充満する奥の部屋に静寂《せいじゃく》が訪れた。

浩志は加藤の肩を叩き、走った。途中でバレーラの死体を乗り越えた。部屋の奥にビリヤード台を倒したバリケードがあり、その後ろに四人の男が尻餅をついて座っていた。男たちを無視して、部屋の突き当たりのドアの近くの壁に立った。遅れてやってきた瀬川と田中が樹脂製の結束で座り込んでいる四人を縛り上げた。

気配を察したのか、中からドア越しに銃撃された。敵は残り少ないはずだが、さすがにギャングのボスの身辺警護をする連中だけあってしぶとい。

浩志はスタングレネードを使えと瀬川にハンドシグナルで合図を送った。彼のスタングレネードが最後の一発になる。

部屋の中からガラスが割れる音と銃撃音がした。

——こちら爆弾グマ、ジョバニ・トラドを無傷で捕らえました。

辰也からの連絡だ。非常階段から窓を伝って侵入したに違いない。

ドアが内側から開き、京介が顔を出して笑ってみせた。今日見た中で一番凶悪な人相にほっとさせられた。

浩志はすぐさま無線でデルタフォースの〝アルファー72〟に連絡をした。

「リベンジャーだ。作戦終了、音は気になったか？」

——アルファー72。掘削機の音がうるさくて何も聞こえませんでした。それにしても、たった五分で制圧ですか、さすがだな。

「サポートのおかげだ。帰ってビールでも飲んでくれ」

――了解。我々は撤収します。今度、一杯奢らせてください。

「楽しみだ」

浩志は口元を弛めて、無線を終えた。

六

ギャング組織〝コンパニエロ〟の本部である〝パラシオ〟を攻撃し、一般人を巻き添えにすることなくボスのジョバニ・トラドを拘束することができた。

トラドが最後まで抵抗した部屋は、六十平米はある寝室で四人の部下に守られていたが、窓ガラスを破って突入した辰也らに部下を殺され、情婦と思われる若い二人の女と一緒に拘束することができた。裸だった女たちはTシャツとパンツだけ穿かせ、タオルで目隠しをさせられている。

トラドはストリートギャングのボスらしく、目付きが鋭い凶悪な顔をしていた。京介と比べてもひけをとらない。

「きさまら、警官じゃねえな。だが、マフィアとも違う。まるで軍の特殊部隊だが、全員カラードとはどういうことだ。俺はアジア人に恨みを買う覚えはないぞ。……待てよ。テナントに中国人が入っている。連中が国から特殊部隊を呼んで、俺の縄張りを乗っ取るつもりなんだな」

寝室の中央に椅子に縛り付けられたトラドは、浩志らを見て勝手に分析をしている。だが、上半身裸で下半身はパープルの絹のパジャマという姿は滑稽《こっけい》だ。

「恨みはない。ただ、簡単な質問に答えれば、解放してやる」

浩志はトラドの前に立って尋ねた。

「質問だと？」

「おまえは偽造免許証を作るのに、手下に任せずに自分でクライアントと交渉《こうしょう》をしているそうだな」

「それが質問か。〝コンパニエロ〟は大きくなった。販売やシステムは手下に任せてある。後一、二年でサンフランシスコとロスを制覇し、全米に進出するつもりだ。だが、俺は暇だから偽造免許証は手慰《てなぐさ》みでやっている。困っている貧乏人を助けているんだ」

口ひげを歪ませ、トラドは薄笑いを浮かべた。

「パブロ・バレーラが、薬の運び屋と売春をさせるためだと言っていたぞ」

「あの野郎！　舌を引き出して切り取ってやる」

トラドは薄汚く叫んだ後、床に唾を吐いた。

「バレーラは死んだ」

「なっ……」

「ついでにリカルド・ベラも拘束してある」

「……」

やっと事態を飲み込んだらしく、トラドの顔色が青ざめてきた。

「なあ、あんたたち、誰に雇《やと》われたのか知らないが、俺を逃がしてくれたら、クライアントの倍、いや三倍の報酬を払ってやる。損はさせない」

卑屈な笑顔をみせたトラドは、この期《ご》に及《およ》んでも金で解決できると思っているらしい。

「下らん。質問に答えろ。偽造免許証を作ったブレンダ・シールズの情報を教えろ」

「ブレンダ……シールズ？　知らないねえ」

トラドは浩志の視線を外し、わざとらしく首を捻ってみせた。

浩志は鉄拳をトラドの顎に入れた。トラドは椅子ごと二メートル転がって床に頭をぶつけ、白目を剝いて気絶した。瀬川がトラドを起こし、京介が近くにあった冷蔵庫からビール缶を出してトラドの頭からかけた。

冷えたビールが効いたのか、トラドは頭を振りながら目を覚ました。

「今度嘘をつけば、拳じゃなく、弾丸をぶち込んでやる」

「分かった。言う、言うから、勘弁してくれ。だが、命の保障をしてくれ、話した後に殺されたんじゃ、割にあわない」

「言っただろう。質問に答えれば、解放してやると。俺の言葉が信じられないのなら、聞き方を変えるまでだ」

脇のホルスターからグロックを抜いた。この手の悪党に容赦するつもりは毛頭ない。

「止めろ!」

トラドは悲鳴を上げた。浩志は構わず、グロックをトラドの股間《こかん》に押し当てた。

「地下室! 地下室にいる」

「どういうことだ?」

「監禁してあるんだ」

「地下室の鍵はどこだ?」

浩志はトラドから鍵の在処を聞き出すと、辰也と京介に地下室に向かうように命じた。

「どうして監禁したんだ!」

「金もねえくせに、今度はパスポートを作れと言って来たからだ」

ブレンダ・シールズは暗殺者から逃れるために国外逃亡を計画していたようだ。

「おまえは誰かに彼女たちの情報を漏らしたはずだ。誰に漏らした?」

「顧客の情報をばらす馬鹿がどこにいる」

トラドは目線を外して鼻で笑ってみせた。

浩志は股間からわずかにグロックを外し、椅子を撃ち抜いた。トラドのパジャマをかすめたために絹の焼けた匂いが鼻を突いた。

「おっ、脅されたんだ。フォックスと名乗るやつに」

生唾を飲み込んだ後にトラドは答えた。嘘ではないらしい。フォックスはもちろん偽名でFSBの情報員なのかもしれない。

「十日前、電話がかかって来たんだ。エレーナ・ペダノワが作った偽造免許証の情報を教えろと言って来た。エレーナ・ペダノワなんて聞いたことがなかった。偽造免許証を作るやつらが本名を名乗るわけがないし、教える義理もねえ。それで電話を切ろうとしたら、俺の車に爆弾を仕掛けておいたから見て来いというんだ」

実際、時限爆弾が仕掛けてあったらしい。爆弾はサンプルのようなもので、ボタン一つでタイマーが止まる仕組みになっていたようだ。

「爆弾を確認した後で、フォックスからまた電話があった。今度はエレーナ・ペダノワ以外にも四人の女の名前を言って来た。全員、知らない名前だったが、五人の女にまとめて偽造免許証を作ったことはブレンダ・シールズ以外になかったから、彼女らの情報を教えてやったんだ」

三人のブレンダ・シールズが殺害された時期とほぼ合致《がっち》する。

――こちら爆弾グマ。緊急事態！

突然ヘッドギアのレシーバーに辰也の緊迫した声が響いてきた。

「リベンジャーだ。どうした?」

——地下室に大量の爆薬と時限装置が仕掛けてあります。リミットは百八十秒を切りました。解除できるかどうか調べています。京介は、ブレンダ・シールズを連れて脱出させました。

「了解!」

無線は全員がモニターしている。仲間の顔色が一瞬で変わった。

「撤収! 六十秒以内にビルから脱出せよ」

浩志は撤収を命じると、トラドの結束をすべてサバイバルナイフで断ち切った。それを見ていた仲間は床に転がっている手下たちの結束を切って、自由にしてやった。

「地下室に爆弾が仕掛けてある。手下を連れて早く逃げろ!」

警察に引き渡す予定だったが、ぐずぐずしてはいられない。

「ぎぇ!」

トラドは短い悲鳴を上げると、手下に目もくれず非常階段を下りて行った。

「何て野郎だ! 一人で逃げやがった。ぶっ殺してやる」

身勝手なボスに激高した手下たちが、トラドを追って非常階段に殺到《さっとう》した。

「住民を避難《ひなん》させるぞ」

浩志らも非常階段に出た。

二分では住民をどこまで誘導できるか分からないが、百人を超える人命をみすみす犠牲《ぎせい》にするわけにはいかない。パニック状態に陥る可能性もあるが、火事だと叫んで逃がすつもりだ。

浩志らは急いで階段を下りた。非常階段が騒がしいので二階の住民が何事かと窓から顔を覗かせている。

——こちら爆弾グマ。爆弾を解除しました。

辰也の晴《は》れやかな声が聞こえた。

「ご苦労。撤収せよ」

胸を撫で下ろしたが、住民に通報されているかもしれない。長居は無用だ。ブレンダ・シールズの情報どころか、本人を得ることができた。作戦は成功といえよう。ただ一つ仕事が残っている。トラドが1ブロック先の路上で手下に囲まれて袋叩きにあっていた。このままでは殺されてしまうので、彼らを再び拘束して警察に引き渡した方がよさそうだ。

一階に下りると地下室から撤収した辰也と鉢合わせになった。

「瀬川、辰也、付き合ってくれ。他の者は車で待機」

浩志は二人を連れて、トラドの元に行こうとした。その時、背後で何かが光った。次に轟音《ごうおん》とともに恐ろしい力で背中を突き飛ばされ、道路に叩き付けられた。

わけも分からず、頭を持ち上げようとしたが、耳鳴りがし、周囲が灰色の煙で満たされていた。やっとの思いで身体を起こし、振り返った。

「なっ！」

十数メートル後ろにあったはずのビルがなくなっていた。少なくともほんの十秒ほど前にあったビルが瓦礫《がれき》の山と化し、白い煙と煤塵《ばいじん》をまき散らしている。

「一つじゃなかったのか」

すぐ近くで辰也が呆然とした表情で呟いた。

「瀬川、辰也、仲間の安否を確認しろ！」

浩志は命じると瓦礫の山にライトを照らしながら近付いた。

足下に人間の足が転がっていた。

「くそっ！」

ライトの方向を変えるたびに光の中に肉片が収まる。まるでビルの解体現場のように五階建てのビルが崩れ去った以上、生存者の可能性はほとんどない。

「藤堂さん、宮坂さんが足に軽い怪我をした他は全員無事です」

瀬川が報告してきた。

「俺たちにできることはありませんよ」

辰也が浩志の肩を摑んできた。その手は怒りで震えていた。

「撤収！」

浩志は断腸《だんちょう》の思いで命じた。

証人

一

テンダーロイン地区のギャングから〝パラシオ〟と呼ばれていたビルの爆発で、二階と三階に住んでいた百十二人の住人が全員死亡した。

二〇〇一年九月十一日の米国同時多発テロ以来の惨劇を翌日の地元の新聞は、爆発現場のすぐ近くでボスだったジョバニ・トラドの撲殺《ぼくさつ》死体が発見されていたことからも、政治的なテロではなくギャング同士の抗争が原因であると報道した。

メキシコではギャングによる被害者が年間一万人を超すため、メキシコ系のギャングが関わっていたことで、米国もとうとう麻薬戦争が飛び火したと大方のメディアは見ている。

捜査に乗り出したサンフランシスコ市警は、幹部二人の家から拘束されていた手下と、大量の武器と麻薬を発見したが、彼らを襲撃した武装集団の正体は不明とだけ発表した。

市警の捜査官らは、襲撃者が特殊部隊、あるいは同等の攻撃能力を備えていたことや現場近くが偽の道路工事で封鎖されていたという目撃証言を得ていたが、闇の街で起きた事件だけにそれ以上の捜査の進展は警察でも半ば諦めているようだ。

作戦終了後、拠点としているシェラトンホテルにパンサーチームを帰した浩志は、イーグルチームとともにパロアルトから十キロ北西にあるレッドウッドシティのモーテルに宿泊した。というのも救出した四人目のブレンダ・シールズの安全を図ることもあったが、彼女をシェラトンに連れて行けば今度は美香や仲間が危険にさらされることになりかねないからだ。

麻酔薬で眠る女をバンに乗せ、八二号線沿いのモーテルの三部屋を借りた。真ん中の部屋に彼女を収容し、夜明けまで全員で警護にあたった。

夜が明けてからは交代で見張りをしている。午後四時五十分、浩志は部屋の隅に椅子を寄せ、ニューズウイークを読んで暇を潰していた。女が眠るベッドサイドの椅子には地元の新聞を瀬川が欠伸《あくび》をかみ殺しながら読んでいる。一時間前に交代した田中と加藤は隣の部屋で今頃いびきをかいて寝ているはずだ。

ベッドのシーツが擦れる音がした。

瀬川が浩志を見て頷いてみせた。立ち上がってベッドを見ると、女が強《こわ》ばった表情で身体を起こした。

「あなたたちは、誰?」

長い黒髪をたくし上げた女は、色白で美しい顔立ちをしている。スラブ系なのか眉毛が濃く、見開かれた黒い瞳が怯えていた。彼女も浩志がスタンフォード大学のフーバータワーで会った女と違うが、雰囲気は似ている。髪型や色を統一し、わざと似せているのかもしれない。

「俺の名は浩志、藤堂だ。ジョバニ・トラドの地下室からおまえを救い出した」

「藤堂……!」

女は浩志の顔を見て絶句し、俯《うつむ》いて逡巡《しゅんじゅん》しているようだ。

「おまえが、エレーナ・ペダノワか?」

死んだトラドから聞き出した偽造免許証の依頼人の名前を言ってみた。

「違う。……私はボリーナ・ソトニコワ」

ソトニコワは力なく首を振って答えた。

「すると、俺がフーバータワーで会った女がエレーナ・ペダノワなのか?」

「私たちを代表して、あなたと接触した。彼女は、私たちのリーダーだったから……」

歯切れ悪くソトニコワは言った。

「リーダー? お前たちは何者だ」

「………」

ソトニコワはまた俯いてしまった。

「仲間はブレンダ・シールズと名乗った五人の女とその家族。だが、そのうち三人とその家族も殺された。だからこそ、俺に助けを求めて来たのじゃないのか？」

「私はあなたたちの手を借りて、追手から逃げられればいいと思っている。エレーナは少し違う。あなたたちに助けを求めたといっても、復讐《ふくしゅう》の手助けを頼もうとしていた」

ソトニコワはペダノワを名前で呼んだ。

「復讐？　おまえたちの所属する組織はなんだ？　ロシアの反政府勢力か？」

「結果的にそうなのかもしれない」

ソトニコワは自嘲《じちょう》ぎみに笑って語りだした。

彼女たちはロシア連邦保安庁つまり、ＦＳＢの元職員だったようだ。ペダノワはＦＳＢの諜報員から浩志のことを聞いたと言っていたが、彼女はもともと浩志のことを組織の資料から知っていたに違いない。

彼女たちはＦＳＢの防諜局（ＳＫＲ）の軍事防諜部に所属する女だけの特殊部隊で、ロシア語で花瓶を意味する〝ヴァーザ〟という特殊な部隊にいたらしい。主な任務は陸軍の女性兵士になりすまして、ロシア連邦の国々の軍に赴《おもむ》き、女性兵士だけでなく、持てる魅力で男の兵士から情報を集めたり、現地のＳＫＲ情報員との連絡役をしたりと、軍内部を監視する軍警察のようなものだった。

〝ヴァーザ〟に所属する隊員は格闘技システマの達人で銃の扱いにも慣れているらしく、ロシア連邦軍参謀本部情報総局所属の特殊部隊〝スペツナズ〟の女版といったところだ。

ペダノワは少佐で、十一人の部下を持つ指揮官であり、部下は少尉、准尉《じゅんい》クラスというエリート揃いだったらしい。そんな部署からまとめて五人も亡命したとなると確かに反政府的と言えるのかもしれない。

「そもそも、どうして命を狙われている」

「それは、……私たちが見てはいけないものを見てしまったから」

ソトニコワははるか遠いロシアの大地を見るかのように幾分目を細め、カーテンが閉められた窓を見つめながら話しはじめた。

彼女が所属するチームは非番の日に、モスクワにあるＳＫＲ本部ビルの地下資料室の整理を命じられた。女ばかりの部隊のせいか、なにかと雑用を押し付けられるようだ。

資料室は百二十平米と広く、チームを四班に分けて作業にあたった。そこでソトニコワの班は古いビデオテープを発見する。厳重な封筒に入っていたが、タイトルもなく廃棄《はいき》したものか迷ったために内容を確認するために資料室でビデオを見た。だが、内容はＦＳＢの特殊部隊隊員が非合法な任務に就いた際の証言テープだった。

「馬鹿な、極秘任務の証言テープなんて作る意味がない」

浩志は笑って否定した。非合法な作戦でも書類として残す場合もあるが、映像で残すというのは聞いたことがない。

「普通の国の場合、確かにありえない。我が国では非合法な仕事をする組織が腐るほどある。彼らは少しでもミスをすれば、それまでの功績を問われずに抹殺されてしまう。だから証言テープを作り、組織から命を狙われれば公にすると言って、担保を取る者もいる」

ソトニコワは次第に熱を帯《お》びたように話しはじめた。

FSBの傘下《さんか》には契約殺人をする犯罪組織や非公式な特殊部隊がある。一例としてあげれば、一九九八年にロシア空挺部隊所属の特殊部隊出身であるアンドレイ・モレフを中心に暗殺チームが作られた。隊員はいずれも軍で問題を起こした者で構成され、罪を帳消しにするかわりに非合法な任務を強《し》いられた。

彼らの活躍は目覚ましくウクライナでのチシチェンコという実業家の暗殺や、対外諜報庁の元諜報員の殺害など、政府にとって都合の悪い人間の殺害を実行した。だが、彼らは二〇〇〇年に次々と怪死を遂げる。彼らの活躍があまりにも広範囲に亘《わた》り、非合法殺人が外部に漏れることを怖れた当局が口封じに転じたらしい。仲間の死を知ったモレフは我が身を守るために証言テープを作製して数カ所に発送し、姿を消した。

「私たちが見たビデオテープは政府要人の暗殺を命じられた隊員の物で、彼は仲間と一緒に作製した数本の証言テープを資料室に隠し、互いの安全を図っていたようだ。私たちの不幸は資料室でテープを見ているのを他の部署の職員に見られてしまったこと」

「密告されたんだな」

「エレーナの命令でテープは廃棄して見なかったことにしたけど、すでに遅かった。私たちは次の週にチェチェンの国境近くにある基地に、兵士のアンケート調査をするように命じられた。しかし……」

ソトニコワはそこで唇を噛み、言葉を詰まらせた。

浩志は彼女が話をはじめるまで辛抱《しんぼう》強く待った。

「基地で待っていたのは、兵士ではなく獣《けだもの》だった。今から考えると正規の軍じゃなかったのかもしれない。私たちはなぜか、一人一人違う兵舎に行くように命じられた。兵舎で一度に十人の男に襲われ、抵抗することもできずに、繰り返し、繰り返し、……」

最後の言葉は英語でなくロシア語だったが想像することはできた。

チェチェン紛争でロシア兵は無差別殺人、略奪、強姦《ごうかん》、誘拐《ゆうかい》など考えられる限りの悪事でチェチェン人のアイデンティティーを破壊する作戦を取っていた。残虐《ざんぎゃく》非道の行為をしていたのは犯罪者を集めた特殊な部隊だったとも言われている。

当時ロシア兵の悪行を伝えたメディアの報道をロシア人は信じなかった。また当局の妨害をくぐり抜け、チェチェンの惨状を伝え、プーチンを非難していた〝ノーバヤ・ガゼータ〟紙の女性記者であるアンナ・ポリトコフスカヤのように真実を伝えていた勇敢《ゆうかん》なジャーナリストはことごとく暗殺された。

「一週間にも亘って陵辱《りようじよく》を受け、三人の仲間が基地内で自殺した後、私たちは解放された。事件は闇に伏され、残った九人は軍の風紀を乱したと屈辱的な理由で解雇された。不幸はそれだけでは終わらなかった。仲間が交通事故や火事で次々と四人も死んだ。危険を察したエレーナは、二年前に仲間とその家族を連れてロシアを脱出し、アジア経由で米国まで逃げて来たの」

しばらくして心を鎮《しず》めたソトニコワは英語で話を締めくくった。

彼女たちの安息の日々は二年で破られたようだ。

「ペダノワは今どこにいる？」

「まさか、助けてくれるの？」

ソトニコワの表情が明るくなった。

「ことと次第によってはな」

彼女の話が事実なら、〝リベンジャーズ〟が働くのに充分な理由があった。

二

ＦＳＢの防諜局（ＳＫＲ）に所属する女性ばかりの特殊部隊〝ヴァーザ〟の生き残り五

名がブレンダ・シールズを名乗り、三人がすでに殺害されていた。〝コンパニエロ〟と呼ばれるギャング組織に捕《とら》われていたシールズはボリーナ・ソトニコワで〝ヴァーザ〟では副指揮官だったらしい。彼女は仲間を殺されて復讐を企《たくら》む指揮官であるエレーナ・ペダノワと違い、追手からただ逃げることができればいいと怯えきっていた。

これまでの事情を浩志と瀬川に話したソトニコワはベッドから下りた。身長は一七〇センチほどで、細身のジーパンに胸の谷間を開けたセクシーなブラウスを着こなし、モデルのようにプロポーションがいい体型をしている。ギャングのボスであるジョバニ・トラドが彼女を拘束したのは、おそらく単純に彼女が欲しかったのだろう。

「エレーナはたぶん隠れ家にはいないと思うけど、案内するわ。でもその前に丸一日何も食べていないから、食事をさせてちょうだい」

ソトニコワは部屋に備えてある冷蔵庫を覗き込んで、ジンジャーエールを取り出しながら言った。

「自分が買ってきます。何か、希望は？」

ベッドのすぐ側に置かれた椅子に座っていた瀬川が、立ち上がって彼女に尋ねた。

「ピザでもなんでもいいわ。それとセーラムを買って来て」

ソトニコワの上官であるペダノワも煙草を吸っていた。ロシアでは女性の喫煙率は高く二〇一〇年の統計では二十五パーセントの喫煙率があり、特に未成年の喫煙が社会問題となっている。

三十分後、瀬川が買って来たサブウェイのサンドイッチを平らげたソトニコワは、食後の煙草を満足そうに吸いはじめた。だが、浩志は彼女が左手でライターを点ける仕草を見て、眉をひそめた。

「左利きなのか？」

「私？　ええ、そうよ。日本人は左利きが珍しいの？」

ソトニコワは浩志の質問の真意が分からないために首を捻った。

「俺の友人がペダノワと〝バージェス・パーク〟ホテルで落ち合うことになっていた。そこでブレンダ・シールズの運転免許証を持っていた女が殺された。あの時何をしていた？」

浩志が現場検証をした結果、犯人の身長は一六〇センチ半ばから一七〇センチ、左利きということだけ分かっている。

「あの日、あなたの代理人と打ち合わせをするために、〝バージェス・パーク〟ホテルの事件があった部屋に行くことになっていた。私たちにとってホテルの従業員から合鍵を盗んで侵入することは簡単だから、待ち合わせの五分前には部屋に入るつもりだった。でも私は渋滞に巻き込まれて遅れてしまったの。そしたら、先に到着していたエレーナからナタリアが殺されたから逃げるように携帯で命令された」

殺された女はナタリア・マカロワという名で、彼女は親兄弟とともにロシアを脱出してきたが、家族は数日前に殺されていた。たまたま彼女はソトニコワのところに外泊していたために難を逃れたのだが、結局殺されてしまった。

ホテルに到着したペダノワからソトニコワが連絡をもらったのは、ワットと待ち合わせた午後八時より数分早かったらしい。もしこれが事実なら重大な証言となる。だが、それを素直に信じるわけにはいかない。彼女が一番に部屋に入って待ち伏せをし、仲間を殺してその場を立ち去った可能性も充分考えられたからだ。

「おまえの携帯はどうした？」

彼女の言っていることが本当なら、携帯の通信記録を見れば分かる。

「ジョバニ・トラドに取られたけど、……ひょっとして私が仲間を殺したと疑っているの？」

ソトニコワは目尻を上げて睨《にら》みつけて来た。

「自分が犯人じゃないのなら、証明してみせろ」

浩志はあえて冷たい態度をとった。彼女たちは、浩志を利用するために大学の研究室を襲った事実がある。ソトニコワが犯人でないとしても、清廉潔白《せいれんけっぱく》な存在でもない。女に優しく接する必要はなかった。

「分かったわ。私がトラドのところに行って携帯を取り返せばいいんでしょう」

怒ったソトニコワが部屋から出ようとすると、瀬川が両手を広げて立ちふさがった。

「どきなさいよ！」

「無駄だ。おまえはその男に敵わない。それにトラドは死んだ」

浩志はトラドの住んでいたビルが吹き飛ばされて多くの住民が犠牲になったことや、手下に殺されたことを教えた。

浩志らはあの日、トラド一味を電撃的に攻撃した。その隙をついて浩志らを殺すために爆弾を仕掛けるのは不可能だ。狙いは捕われたソトニコワを殺し、同時に彼女らの情報を流したトラドも消すための犯行だったに違いない。

「そんな……」

ソトニコワは絶句し、肩を落とした。

「俺や仲間が単純にお前たちを助けるために手を貸すようなことはない。仲間の無実を晴らし、理不尽《りふじん》に殺された罪もなき人々のためなら命をかけてやろう」

「でもどうやって？」

「まず、ペダノワを見つけ出し、二人とも犯人でないことを俺たちに証明してみせろ。大学から盗み出したものを返し、仲間の無実を証言すれば、安全を保障してやる」

死体の第一発見者であるペダノワも犯人である可能性がまだ残されている。彼女らを同時に尋問すれば、真実は分かるはずだ。

「実験資材はエレーナしか場所を知らない。彼女を探すわ。それに私の安全が保障されるのなら、あなたの仲間の無実を証言できる」

浩志たちが行動を起こしたのは、日が暮れてから三時間後の午後十時を過ぎていた。ソトニコワが案内したのは、爆弾で吹き飛んだ家ではなかった。

場所はサンフランシスコ湾の南に位置するサンノゼの南部で治安が悪い地域にあった。近年財政不足に苦しむサンノゼ市は警察の規模を縮小したため、南部を中心に治安が悪化したと言われている。

浩志はパンサーチームをシェラトンホテルに残したまま、イーグルチームだけで行動した。敵もすでに浩志らがシェラトンホテルを拠点としていることを知っているはずだ。そのためパンサーチームを動かさないことで敵の目を誤魔化すことができると考えたのだ。それに浩志らの動向を気にしている地元の警察の目を逃れ、隠密に行動するにも都合がよかった。

爆弾から奇跡的にかすり傷で生還したブロクストンが、昨日は再三ホテルに電話をかけて来たらしい。捜査は浩志らの方が先を進んでいる。止むなく一度は協力したが、今さら手を組むつもりはない。

ソトニコワに案内されたのは南サンノゼのヘルヤー郡立公園の近くで、八二号線から東に二百メートルほど入った四十坪ほどの住宅が密集する地域だった。浩志は加藤と田中に周囲に異常がないか調べさせた。

白と薄いグレーに塗り分けられたシンプルな家で、玄関は奥まった場所にあった。道路からガレージへの引き込みは広く、車は優《ゆう》に二台停められる。ガレージも二台分の大きさがあった。この家は二年前、殺人事件があったために買い手が付かない物件を破格値で購入したらしい。

家の前に停められたバンから浩志とソトニコワだけ下りて、玄関まで小走りに向かった。そのすぐ後ろをジャケットにＭＰ５ＳＤ１を隠し持った瀬川と田中と加藤の三人が続いた。

「この家は、避難用で普段は誰も使ってない。嘘みたいに安い値段で買ったけど、住むには気持ちが悪くてね。近所の人も住んでいるのはお化《ば》けだけと思っているみたい」

ソトニコワは緊張をほぐすためか、冗談を言いながら玄関ドアを合鍵で開けた。

浩志は脇の下のグロックを取り出すと、先に家に入った。すると瀬川らがＭＰ５ＳＤ１を構えて、家の中になだれ込んで来た。加藤と田中に玄関近くのリビングでソトニコワを見張らせ、浩志と瀬川は家の中を捜索した。

ソトニコワの言った通り、誰も住んでいないらしく、家財道具も置かれておらず生活臭は一切しなかった。エレーナ・ペダノワの姿はなかったが、ガレージにはスタンフォード大学からカーチェイスした二台の車が残されていた。東に逃走したのは、この家が目的だったようだ。

「ペダノワは用心して寄り付いていないのだろう。他に場所は知らないのか？」

家の中を徹底的に調べた後、リビングで田中らに見張らせていたソトニコワに浩志は尋ねたが、彼女は暗い表情で首を横に振るだけだった。

このままこの家で待ち伏せすることも考えられる。だが浩志は引き上げることにした。相次《あいつ》ぐ捜査の空振りで仲間の疲労は極限状態に達していることが分かっていたからだ。誰もいない寝室に入り、米軍のジョナサン・マーティンに連絡を取った。ソトニコワは彼に引き渡すつもりだった。

連絡を受けたマーティンは大喜びで浩志の申し入れを受諾《じゅだく》した。ソトニコワに司法取引を持ちかけ、ワットの無実を証言する代わりに彼女の安全は米国が保障するというものだ。通話を切った浩志は溜息を殺し、リビングに戻った。これでワットの無実は晴らせるだろう。だが、美香の皮膚組織は行方不明のままだ。できればすべて解決したかった。

「撤収！」

浩志は虚《むな》しく仲間に命じた。

三

　ワットの諮問委員会は土曜日の午後に行われる。彼の上司だったジョナサン・マーティンにはこれまでの捜査の結果を伝えてあるが、物証や証言はなかった。だが、〝バージェス・パーク〟ホテルで殺されたナタリア・マカロワの同僚《どうりよう》としてボリーナ・ソトニコワが証言すれば、たとえ軍法会議が開かれたとしても強力な反証となることは確実である。

　ワットが釈放されれば、仲間を帰国させるつもりだ。美香の皮膚細胞や研究資材を盗み出したエレーナ・ペダノワの捜査は一人でするべきだろう。美香は仲間であり、〝リベンジャーズ〟全員で捜査するべきだとワットは助言してくれたが、これ以上仲間を事件に巻き込むつもりはなかった。

　午後十一時五十六分。南サンノゼにある住宅の捜索を終了させ、ソトニコワをバンの後部座席に座らせた浩志は助手席に乗り込んだ。

「昨日泊まったモーテルにでも行きますか？」

　ハンドルを握る瀬川が尋ねてきた。

「いや、パロアルトの町を通り過ぎることになる。近場の大きなホテルがいい。安全を計《はか》る上でも、マーティンの部下が迎えに来るにも都合がいい」

「それなら、南サンノゼは避《さ》けて空港の近くがいいと思います。……そうですね。〝ウィンダム サンノゼ エアポート〟ホテルなら、ここから高速を使って十五分、〝ザ フェアモント〟ホテルなら八二号線を十三分ですね」

瀬川はカーナビで素早く検索してみせた。

「〝ウィンダム〟に行ってくれ」

距離的には近い方がいいが、空港と高速に近い方が何かと便利だ。

瀬川は郡立公園の北側を通り、数分後には市内を南北に走るハイウェイ一〇一に入っていた。

「うん？」

車の通りが少ない真夜中のハイウェイを猛スピードで近付いてくるバイクのヘッドライトがサイドミラーに映り込んだ。浩志は、グロックを抜いた。

ブルーメタリック、ヤマハ〝ドラッグスター四〇〇〟がバンの右手に並んだ。フルフェイスのヘルメットから長い髪がたなびいている。エレーナ・ペダノワに違いない。左手で何か合図を送って来た。

「エレーナよ。ウインドウを下げて！」

後部座席のソトニコワがハンドシグナルの意味が分かったらしく声を上げた。

浩志が助手席のウインドウを下げると、ペダノワは左手で何かを投げてよこした。それが小型のトランシーバーであることに気が付いた浩志はすぐにスイッチを入れた。

――こちらペダノワ、ボリーナに代わって。

ペダノワはインカムを付けているのかハンドルを握ったまま話をしている。

浩志はすぐにトランシーバーをソトニコワに渡した。

「こちらボリーナ。探していたわ」

――ボリーナ、よく聞いて。まずはあなたが身につけている物で発信器が付けられていないか調べて。

「了解」

ソトニコワはすぐにジーパンやブラウスを調べはじめた。

「えっ、何これ？」

声を上げたソトニコワは、ジーパンを脱《ぬ》いで、尻のポケットを見た。金属製のボタンとほぼ同じ大きさの物がポケットの脇に取り付けてあった。しかも取れないように金属製の金具で生地《きじ》の裏表からしっかりと綴《と》じ込んである。

彼女がジョバニ・トラドの地下室で気絶している時に時限爆弾を仕掛けた犯人が取り付けたのだろう。彼女が逃亡、あるいは救いだされた際の保険にしていたに違いない。

「貸してくれ」

横から田中がジーパンを取り上げて、ハンドライトを点けて調べた。

「藤堂さん、これは高性能位置発信器です。どうしますか？」

浩志はソトニコワからトランシーバーを取り上げた。

「藤堂だ。ソトニコワのジーパンから小型の位置発信器を発見した」

——ジーパンを私に貸して。考えがある。

浩志は助手席の窓から手を伸ばし、ジーパンをペダノワに渡した。

ペダノワはジーパンを風圧で飛ばないように左手に巻き付けると、スピードを上げてあっと言う間に視界から消えた。

二キロほど進むと、ペダノワがまた並走してきた。

——フリーモント方面に向かうピックアップの荷台にジーパンを放り込んでおいたわ。私の後に付いて来て。

「分かった」

浩志はトランシーバーで答え、ハンドルを握る瀬川に頷いてみせた。

ペダノワは次のジャンクションで交差するフリーウェイ二〇八に乗り換えて西に向かった。ハイウェイ一〇一に並行してサンフランシスコまで通じているが、ハイウェイ一〇一がサンフランシスコ湾に沿っているのに対して、二〇八は太平洋寄りの山沿いを通っている。どちらも高速だが、一〇一は国道で、二〇八は州道である。

二十分後、インターチェンジを下りたペダノワは街灯もない山道を進み、やがてレンガ造りの二階建てロッジの前で停まった。場所はパロアルト・ヒルズと呼ばれるところで、スタンフォード大学を挟んで街とは反対側の自然公園が近くにある山の上だ。大学まで六キロ、車なら十分ほどで行ける。

バイクを降りたペダノワはフルフェイスのヘルメットを外し、車から下りたソトニコワと抱き合って再会を喜んでいる。

「ついて来て」

ロッジの玄関を開けようとしたペダノワから浩志は鍵を取り上げ、グロックを抜くとドアを開けた。

「加藤、田中。屋内を調べてくれ」

浩志は室内に入るなり二人に二階を調べるように命じ、ペダノワの動向に注意を払いながら瀬川と一階を調べた。

「いつの間にこんな隠れ家を見つけたの？」

ジーパンを捨ててしまったため、田中が着ていたジャケットを腰に巻き付けたソトニコワが驚いた表情をしている。敷地面積は分からないが、ロッジの建坪は百坪以上ある。外観も立派だが、中はさらに豪華で、シャンデリアが吊り下げられたリビングは吹き抜けになっており二階にはいくつかの部屋がありそうだ。

「殺されたナタリアが一ヶ月前に彼女の会社のサーバーをいじって手に入れたの。ここは最後の砦《とりで》、私と彼女しか知らなかった。緊急時に全員を避難させようと思って準備していたけど、間に合わなかった」

ペダノワは暗い表情で答えた。

ホテルで殺されたナタリア・マカロワは、カリフォルニア州に豪邸の物件を多く抱える中堅の不動産会社に勤めていた。彼女が会社のサーバーのリストからこの屋敷のデータを消去し、関係書類も破棄してしまったらしい。検索できなくなってしまったため、管理されることもなく売られることもまずないだろう。

一階を調べ終わった浩志はペダノワに近付いた。微かに彼女の身体から〝エンヴィ〟の香りがした。

「相変わらず、用心深いのね。レディーの前で銃を構えるのは失礼じゃない?」

ペダノワは口元に怪しげな笑みを浮かべた。革ジャンを脱いでリビングのソファーに投げるように置いた。胸元が大きく開いた黒いTシャツを着ていた。

「おまえのレディーの定義は、俺にあてはまらない。まずはスタンフォード大学から盗みだした物を返してもらおう。その上でワットの無実を証明したら、話を聞いてやる」

浩志は険しい表情でペダノワに迫った。

「あなたの友人が殺人犯に間違えられたのは私の計算になかったこと。だから、彼の無実を証明できることならなんでも協力するわ。でも、あなたの恋人の皮膚組織と研究資材は、あなたとチームが助けてくれるという言質《げんち》をもらったら返してあげる」

「馬鹿馬鹿しい。おまえが条件をつけられる立場だと思うのか。俺は女だからと容赦はしない」

浩志はペダノワのこめかみにグロックの銃口を突きつけた。

「前も言ったけど、忘れていない？」

グロックをこめかみに当てられてもペダノワは笑ってみせた。

「もったいぶるな」

「私とあなたの敵は共通なの。だから、その敵を抹殺しない限り、あなたや彼女に永遠に平和は訪《おとず》れない。もっともあなたには平和は必要ないかもしれないけど、彼女はどうかしら。手術が成功して歩けるようになったとしても、たえず命を狙われることになる。それでもあなたは平気？　フーバータワーで私が言ったことは本当よ」

「俺を騙そうとしてもだめだ」

「それなら、どうしてパロアルトに来てから、狙われるようになったと思っているの？」

「…………」

相次ぐ爆弾攻撃はプロの仕業《しわざ》だ。

「私たちを抹殺しようとしていたＦＳＢの暗殺者たちが、偶然あなたを見つけた。彼らはおそらく防諜局傘下の暗殺集団だと思う。私たちはロシア語で狼《おおかみ》の意味がある〝ヴォールク〟と呼んでいる。彼らはロシアマフィアと繋がりがある。というかロシアマフィアそのものかもしれない。FSBの各局の下には汚れ仕事を請け負う犯罪集団がある。西側ではそれを悪魔の旅団とかブラックナイトと呼んでいるけど、彼らの実態はFSBと契約関係にある秘密組織なの」

ペダノワは浩志から視線を外さずまくしたてた。

ブラックナイトはFSB傘下という形式をとりながら、独立採算の犯罪組織らしい。実態が不明なのは、FSB出身の将校がブラックナイトで働いたり、ブラックナイト出身者がFSBで重要なポストに就いたりと、ある意味一心同体になっているかららしい。

「秘密組織ねえ」

実態が分からないとペダノワは言いたいのだろうが、それだけに浩志もすぐには信じられない。

「私たちは鍛《きた》え抜かれた戦士であり、すぐれた情報員だった。だからとても用心深い。にも拘らず、一週間の間に次々と殺されてしまった。どうして私たちの警戒網を破ったのか疑問はある。それだけにいい知れない恐怖を感じる。あなたは、彼らの恐ろしさを知らないからのんきなことが言えるのよ」

「仮に、その防諜局傘下の暗殺集団が関係しているとしよう。だが、その話を信じるのはおまえたちがワットの無実を証明し、彼が釈放されてからの話だ」

浩志は銃をショルダーホルスターに差し込んだ。

「いいわ。その役はボリーナにしてもらう。あなたは彼女を諮問委員会の証人として出すつもりだったんでしょう。ワットが殺人現場に着く前に私は彼女にナタリアが殺されていたことを教えた。それを証言すれば、彼は救われるはずよ。ただし、条件がある。彼女は亡命を希望している。彼女に米国の国籍を与えて、証人保護プログラムを適用すること」

ペダノワはポケットから自分の携帯電話を取り出し、浩志に差し出して来た。部下であるソトニコワだけでも救いたいのだろう。

「通信記録を調べて。彼を救えるはずよ」

浩志が携帯電話を取ろうとすると、ペダノワが浩志の手を握りしめて見つめて来た。その目は深い憂いを秘めていた。

「助けて、お願い」

他の者に聞かれたくないのだろう。ペダノワはささやくように言って来た。それだけに彼女のプライドの高さが分かると同時に切実さが伝わった。

「…………」

浩志は無言で頷き、彼女の手をゆっくりとはがすように携帯電話を取った。

四

サンノゼの中心部からやや港寄りにあるサンノゼ国際空港は、ノーマン・Y・ミネタ・サンノゼ国際空港という正式な名称がある。一九六七年にサンノゼ市会議員に初当選し、サンノゼ市長から下院議員となり、日本人で米国初の閣僚として商務長官、運輸長官を歴任したノーマン・ヨシオ・ミネタ氏の長年の功績を称え二〇〇一年に空港は改称された。

彼は九・一一米国同時多発テロで全米に巻き起こったアラブ人に対する〝人種プロファイリング(人種による選別)〟に閣僚としてただ一人反対した。彼が反対しなければアラブ系米国人は理由もなく拘束され、人権すら剝奪《はくだつ》されたことだろう。

午前三時四十六分、浩志らが乗ったバンの後部座席にはボリーナ・ソトニコワが乗っている。彼女はワットの無実を証明するために諮問委員会の証言台に立つ。その見返りとして、米国籍を取得し、証人保護プログラムを受けることになった。米国では原告に不利な証言に立つ証人の命が狙われる事件が後を絶たない。そのため、証人は特別な保護システムに置かれることがある。名前はもちろん、年齢もごくわずかな関係者しか知らない存在になるのだ。場合によっては整形手術を受けることもあるようだ。

浩志らはサンノゼ空港でジョナサン・マーティンの部下であるゲーリー・マクナイトと

落ち合い、彼にソトニコワを引き渡すことになっていた。軍の庇護《ひご》を受ければ安心だ。

「彼女はいつもあんなに用心深いのかい？」

後部座席に座る田中がソトニコワに尋ねた。

「彼女は指揮官だったこともあるけど、部下が次々に殺されてから他人をまったく信用しなくなったの。ただ、ミスター・藤堂のことは以前から会ってみたいと言っていたわ。まさか、このパロアルトで会えるなんて夢にも思っていなかったけど。だからこそ、スタンフォード大学の研究資材を盗むような強硬手段をとったの」

田中の言う彼女とは、エレーナ・ペダノワのことだ。浩志たちと一緒の車に乗ることを拒否して一人で〝ドラッグスター四〇〇〟にまたがり、バンの後を付いて来ている。ソトニコワが軍に引き渡されるのを自分の目で確認するらしい。十一人いた部下がたった一人になってしまったため、他人任せにはできないのだろう。

「藤堂さんにどうして会ってみたいと思っていたんだ？」

普段はあまりしゃべらない田中がめずらしくよく話す。美人のソトニコワが気になるようだ。

「ミスター・藤堂はブラックナイトが関わる作戦を何度も妨害している。だから、ＦＳＢでもよく知られていた。彼によってブラックナイトがどれだけ損失を出したか、計り知れないわ。だから、ＦＳＢでは関わりを持たないように命じられているほどよ。私たちを狙っている〝ヴォールク〟にとってもミスター・藤堂は敵。つまり、私たちにとって敵の敵は味方なの」

ソトニコワは熱く語った。

「迷惑な話だ」

助手席に座る浩志はうるさそうに言った。

バンはやがてサンノゼ空港のインターチェンジを降りて、コールマン・アベニューに入り、八百メートルほど進んで右折し、空港の敷地に入った。一般の乗客が利用する空港ビルがあるエリアとは反対側で、滑走路の南側にある飛行機のメンテナンス用の格納庫の前で車を停めた。ペダノワは二十メートルほど離れた格納庫の横にバイクを停めて、様子を窺《うかが》っている。

格納庫の前には陸軍のハンヴィー（高機動多用途装輪車両）が四台駐車しており、その奥に、UH六〇、ブラックホークがライトに照らし出されている。

浩志は一人だけバンから降りた。するとハンヴィーから十九名の重武装した兵士が、一斉に降りて来てバンを取り囲んだ。銃を構えているが、兵士らは全員外側を向いて、浩志らの安全を確保している。

最後にハンヴィーから降りて来た兵士がゆっくりと浩志に近付いて来た。身長は一八〇センチほどで、目付きが鋭くタクティカルベストがよく似合う男だ。浩志の目の前で立ち止まると敬礼した。

「ゲーリー・マクナイトです。こんなに早くお会いできると思っていませんでした」

マクナイトは笑顔で右手を差し出して来た。声に聞き覚えがある。

「〝アルファー72〟か、世話になったな。今回の移送は限られた部隊だけで動いているのか？」

浩志も敬礼を返して握手をした。

〝アルファー72〟はジョバニ・トラドと手下を襲撃した際、道路工事を偽装しサポートしてくれたデルタフォースの作戦チームの指揮官だ。

「移送は我々だけで行います。ただ、証人を得たことは捜査しているCIDにも報告してあります。女性をここからヘリで、ある陸軍基地まで送り、明日の諮問委員会までお預かりします。証言後は証人保護プログラムを適用するために彼女をFBIに引き渡します。とりあえず、基地までのエスコートは私が責任をもって行いますので、ご安心を」

まったく知らない人間にソトニコワを託《たく》すわけではないことが分かり、ほっとした。

浩志は車内で緊張した面持ちのソトニコワに手招きをした。

MP5SD1で武装した加藤と田中に挟まれるように彼女は車を降りた。近くに狙撃ができるような高いビルがあるわけではないが、最大限の注意を払っている。浩志らは武器だけでなく、ヘッドギアの小型無線機を付け、襲撃に備《そな》えていた。

三人が車から離れると、周囲を警戒していた重武装の兵士が隊形を変え、三人を隙間なく囲んだ。一糸乱れぬ動きに浩志は舌を巻いた。

マクナイトはあまりのものものしさに怯えているソトニコワの前に立った。

「ようこそ、自由の国アメリカへ、数日後にはあなたもアメリカ人として、我々の仲間になります。心配することはありません」

「あっ、ありがとう」

軍人らしからぬマクナイトの優しい言葉にソトニコワは目を見開いたが、すぐに笑顔になった。

「では、ミスター・藤堂、作戦がすべて終わってキャプテン・ワットが自由になったら、ホテルに押しかけますから、一杯やりましょう」

マクナイトは親指を立ててみせた。

「キャプテン・ワット？」

「ワット中佐は現役時代いろいろな愛称があったんです。それだけ我々から尊敬を集めていましたから。私の部隊ではキャプテン・ワットと呼んでいました」

マクナイトは笑顔で説明してくれた。

「それでは、お嬢さん、参りましょうか」

マクナイトはソトニコワに左腕をさし出した。彼女の緊張をほぐす演出としては気が利いている。ソトニコワは満面の笑みを浮かべてマクナイトの太い腕にしがみついた。周囲を警戒する兵士から笑いが漏れる。場の雰囲気が和《なご》んだ。

浩志も二人の後に付いて行き、ブラックホークに彼らが乗り込むのを見届けた。

ヘリのエンジンがかかり、メインローターが回転しはじめたので浩志はバンの置いてある場所まで戻った。格納庫の横を見ると、笑顔のペダノワと目があったので頷いてみせた。

ブラックホークが夜明け前の空へと向かって二十メートルほど上昇し、機首を少し斜めにすると西に向けて移動しながらさらに上昇していった。

ボムッ！

籠った破裂音がした。

「……！」

反射的に空港の西側に目を向けると、ヘリに向かって光の玉が白い煙を吐きながら飛んで来た。恐ろしい轟音を立て、百五十メートルほどの高度に達していたブラックホークを貫いた。

「なっ！」

浩志は息を飲んだ。ヘリを見ていた兵士らから悲鳴が上がった。

ブラックホークは爆発し、大きな炎に包まれて道を隔てた駐車場に落下した。携帯式地対空ミサイルで撃墜《げきつい》されたに違いない。

「んっ!」

誰しも呆然と立ち尽くす中、後方から響くバイクのエンジン音に浩志は我に返った。ペダノワがヘルメットも被《かぶ》らずにバイクに股《また》がっている。

浩志は急いでバンに乗り込んだ。彼女は我を失ってヘリを攻撃した犯人を殺そうとしているに違いない。だが、それは敵の思うつぼだ。

〝ドラッグスター四〇〇〟の後輪から白煙を上げながらペダノワは走り去った。

「追いかけろ!」

浩志は叫んだ。

五

米国連邦航空法に基《もと》づき、サンノゼ国際空港の周辺に高い建物はない。マクナイトとソトニコワを乗せたブラックホークは格好の餌食《えじき》だったに違いない。

ペダノワの〝ドラッグスター四〇〇〟は空港から飛び出し、コールマン・アベニューを西に一キロほど進んで左折し、フェデックスの集配所の横を通り抜けた。すると広い駐車場の向こうに三階建てに相当する十一、二メートルの高さがある巨大な倉庫があった。大手の会員制倉庫会社の建物で、この辺りでは一番高い。浩志もブラックホークが撃墜される直前に見た小型ミサイルが発射されたのはこのあたりだと見当をつけていた。猛スピードで飛ばして来たので、撃墜されてから二分も経っていない。もし、この建物の屋上から発射されたのなら、まだ犯人は敷地内にいる可能性がある。

前方で銃撃音。先に倉庫会社の駐車場に入ったペダノワが百メートル先で転倒した。闇の向こうから真っ黒なボディのピックアップが突進して来る。

浩志は助手席の窓を開けてグロックをピックアップの前方に向けて連射し、運転手は撃ち損じたが、助手席の男の顔面に命中させた。ピックアップは浩志らの車の前で急転回し、左に曲がった。瀬川はすかさずハンドルを左に切り、ピックアップを追った。

ピックアップは前方のフェンスの前で土煙を上げながら右折した。

「しまった！」

ハンドルを握る瀬川は急ブレーキをかけ、Uターンした。敷地の突き当たりである南側には、サンフランシスコ半島を東西に横断するカルトレインの線路があったからだ。

私有地から線路を跨ぐ道はなく、敷地の南側には出口がないはずだ。それに西側はデ・ラ・クルーズ・ブルバードという広い通りに遮られている。また、敷地の北側のコールマン・アベニューからの引き込み道路と東側のフェデックスの脇を通る道は合流して、交差点が唯一の出入り口となっている。このまま巨大な倉庫を周回して敵を追って行けば、まんまと出口から逃げられてしまうことになるのだ。

「先回りします」

瀬川はバンを入り口まで戻した。

「待機！」

運転席の瀬川を残して、田中と加藤が車から降りて銃を構えた。浩志は助手席から飛び降りて、転倒している〝ドラッグスター四〇〇〟まで走った。ペダノワはバイクから数メートル離れた場所に停めてある乗用車に引っかかるような形で倒れていた。転倒して転がり、車にぶつかって止まったのだろう。頭から血を流しているが、銃で撃たれたわけではないようだ。

タイヤが軋《きし》む鋭い音が聞こえた。建物の角からピックアップが猛スピードで現れた。

「何！」

ピックアップの荷台に男が立っている。しかも肩にロシア製携帯対戦車ロケット弾発射器、ＲＰＧ７を担いでいた。

「ＲＰＧ！　バンから離れろ！」

ヘッドギアの無線機は常にオンになっているが、グロックを抜きながらあらん限りの声で浩志は叫び、ピックアップに走り寄った。瞬間、荷台から閃光と煙が上がり、ＲＰＧ７の流弾がバンを撃破した。

「くそっ！」

目の前を通り過ぎるピックアップの荷台に立つ男に銃弾を浴びせた。男は車から転げ落ちたが、ピックアップはそのまま燃え盛るバンの横をすり抜けて敷地の外に出て行った。

――こちらコマンド1。全員無事です。

バンから飛び出した瀬川からの連絡だ。

「了解。コマンド1。ピックアップから落ちた男を拘束して、爆弾グマに連絡をしろ！」

浩志は後ろを振り返り、倒れている〝ドラッグスター四〇〇〟を起こして、エンジンをかけた。ウインカーが壊れ、ガソリンタンクが傷ついているが問題はなさそうだ。

「待って！」

シートに股がると、ペダノワが後ろに乗って来た。

「降りろ！」

「これは私のバイクよ！」

ペダノワは浩志の腹の前に両手を回して来た。

「摑まっていろ！」

浩志は舌打ちをしてアクセルを開け、バンの後を追ってコールマン・アベニューの交差点に出た。ピックアップのものと思われるテールランプが左四百メートル先に一瞬見えた。その先は緩いカーブになっているのだ。

迷わず左折し、カーブの向こうに出た。ペダノワはバイクと一体となり身体を移動させるためにカーブもスムーズに曲がれる。トラックや乗用車を次々と追い越していくテールランプを発見した。浩志はさらにスピードを上げ、邪魔な車を追い越して行く。百二、三十キロのスピードで走る車は、黒のピックアップだった。〝ドラッグスター四〇〇〟は百四十キロ、二人乗りのためこれが限界だろう。

距離は三十メートルに縮まった。浩志は無灯火で走っている。敵に気付かれる恐れはない。バイクで追跡するのはトレーサーマンほどではないが、心得ている。

浩志の身体に密着させて乗っていたペダノワの身体が一瞬離れたと思ったら、彼女の左手にマカロフが握られていた。この女も左利きだった。

「銃を仕舞え、こんなところで撃っても当たらない。目撃されたら、米国にもいられなくなるぞ」

風圧に負けないように浩志は怒鳴った。

「……………」

沈黙の後にペダノワはマカロフを仕舞った。

「敵には気が付かれていない。連中のアジトまで行くんだ」

返事はなかったが、ペダノワの身体が背中に密着してきた。

ピックアップはコールマン・アベニューを北上し、ハイウェイ一〇一をサンフランシスコ方面に向かった。現場から離れたせいか、ピックアップのスピードは落ちた。周囲に車はない。浩志は銃撃して止めるべきか迷ったが、敵の正体をつかむべきだと我慢した。

十分後、パロアルトのインターチェンジから、市内の中心を通るオレゴン・エクスプレスウェイに降りた。まっすぐ進めばスタンフォード大学の外れに行くことになる。ハイウェイを降りたということは敵のアジトに近付いたということだろう。ペダノワが仲間とともに二年間根城にしていたパロアルトに、彼女たちを追って〝ヴォールク〟と呼ばれる暗殺集団が来たに違いない。

突然背後にパトカーのサイレンが鳴った。

「ちっ！」

浩志は舌打ちをした。無灯火で二人乗り、しかもカリフォルニア州で義務づけられているヘルメットもしていない。パトロール中のパトカーに運悪く見つかったようだ。

サイレンの音が近付いてくる。浩志はアクセルを開け、スピードを増すと次の交差点で左折した。この辺りは道が入り組んだ住宅街になる。だが、地理は頭に叩き込んであるために迷うことはない。右左折を繰り返し、パトカーを撒《ま》くと、駄目元と思い再びオレゴン・エクスプレスウェイに出た。

「くそっ！」

バイクを停めた浩志は拳でガソリンタンクを叩いた。ピックアップの姿はどこにもなかった。

「隠れ家まで送って」

ペダノワは疲れた声で言った。

浩志は無言でパロアルト・ヒルズに向かうべく〝ドラッグスター四〇〇〟を南に向けて走らせた。

六

市内の中心部を通るオレゴン・エクスプレスウェイは、スタンフォード大学の前を通る八二号線と交差し、ページミルロードとなる。この道を南南西に進んで行くとやがて山道になり、フットヒルズ・パークと呼ばれる自然公園を抜けて行く。

サンフランシスコ湾を遠望できるビューポイントがある公園には市民限定のハイキングコースもあり、住民を証明できるものを見せれば、ただで入場することができる。市街地からわずかな時間で来られる場所に惜《お》しみない自然があった。この界隈《かいわい》にはプール付きの広い庭がある豪邸が沢山ある。

ペダノワが中堅の不動産会社から無断で借用しているロッジ風の豪邸はフットヒルズ・パークまで五百メートルほど街寄りの林の中にあった。敷地面積は三百坪ということで米国の豪邸という規格の中ではこぢんまりとしたものである。

四人の部下とその家族あわせて十九人を引き連れてロシアから脱出を図ったペダノワは、最後の仲間となったボリーナ・ソトニコワを米国の司法当局へ引き渡すことにより、二年に亘る逃亡生活にピリオドを打つはずであった。だが、ソトニコワの乗ったヘリは撃墜され、抹殺されてしまう。

浩志はペダノワの希望通り彼女をロッジに送り届けた。浩志が安全を確認した後室内に入ったペダノワは一階リビングのソファーに疲れた様子で座り込み、脇腹を押さえて苦しそうな表情を見せた。

「怪我でもしているのか？」

「バイクから転倒した時に肋骨《ろっこつ》にヒビが入ったと思う。心配はない」

ペダノワは額に汗をうっすらとかいている。口調が乱暴になっているのは、痛みを堪えているからに違いない。

「おまえは襲撃してきたのは防諜局傘下の暗殺集団〝ヴォールク〟だと言っていたが、敵を確認したのか？」

ソトニコワを米陸軍のヘリごと攻撃するという過激な方法を敵がとってきたのはそれなりの理由があるはずだ。

「彼らの正体を見た者はいない。だが、彼らの犯行だと私は確信している」

「理由は?」

浩志はペダノワの向かいのソファーに腰を下ろした。

「我々だけでなく、藤堂の命まで狙ったからだ。あなたはブラックナイトと呼ばれる言わばFSBの外郭《がいかく》団体とこれまで何度も交戦し、その都度勝利をあげてきた。そのため、FSBからあなたには関わらないように命令が出された。なぜならあなたに接触さえしなければ、あなた自身から攻撃してくることはないと判断したからだ。しかし、〝ヴォールク〟は別。彼らは独自の判断で作戦を執行《しっこう》する」

同じようなことを殺されたソトニコワからも聞いている。

「つまり、FSBの命令に従わないのが証拠ということか」

浩志は渋い表情で言った。もしそんな組織が実在するのならこの先も命を狙われるということになるからだ。

「組織は巨大でブラックナイトの諜報機関も兼ねていると噂されているわ。彼らは独自の判断で行動する。だから、上部組織であるFSB長官の命令であろうと従わないことがあるの。唯一彼らが絶対的に命令に従うのは、ロシアのナンバー1にだけと言われている」

痛みが薄れて来たのか、口調が少し和《やわ》らいだ。

「ロシアのナンバー1?……プーチンということか」

大統領がボリス・エリツィン時代の末期から、ロシアのナンバー1はウラジーミル・プーチンであり、彼が大統領を辞した現在もメドヴェージェフ大統領を差し置いて、彼がトップであることに変わりはない。

「ロシア人である私は、その質問には恐ろしくて答えられない」

ペダノワは激しく首を横に振った。

「〝ヴォールク〟と認識したから俺に助けを求めたのか？」

「〝ヴォールク〟と闘えるのはあなた以外にいない。だから簡単に断られないように仲間とスタンフォード大学の研究室から研究資材を盗み出した。あなたの恋人や他の患者の神経細胞用の皮膚組織は安全な場所に保管してある。あなたが協力してくれれば、約束通り返す」

「俺に何をして欲しいというのだ。言っておくが、俺にとって美香は大事な女だ。彼女のためなら何でもするだろう。だが、仲間まで巻き込もうとは思わない」

「さて、どうかしら。あなたや仲間は死ぬまで自分の車や家に爆弾が仕掛けられてないか〝ヴォールク〟の影に怯えて暮らすことになる。そんな生活に耐えられるの？　それにあなたの仲間が殺人犯に仕立てられたのも偶然じゃないはずよ」

ペダノワは小悪魔のように含み笑いをしてみせた。

「すべて〝ヴォールク〟の仕業とでも言いたいのか。ホテルでナタリア・マカロワを殺した犯人の身長は一六〇センチ半から一七〇センチ、左利きということだけ分かっている。

ソトニコワは条件を満たしていたが、彼女は殺された」

「どういうこと、私が犯人だとでも言いたいの？　私が自分の仲間を殺してまでも目的を達成するような卑劣《ひれつ》な人間だと思うの！」

ペダノワは立ち上がって激しい口調で言った。

「おまえはまったく関係のない健康を望む患者の夢を奪った。それだけでも充分卑劣だと思うが、違うか。俺はおまえを信じるほどお人好《ひとよ》しじゃない」

「……確かに卑劣よ。だけどあなたたちを雇うだけの大金は私たちにはない。選択の余地はなかった」

浩志の言葉にペダノワは溜息をついて座った。

「おまえは俺が傭兵だからと言って欲得で動くと勘違いしているのじゃないのか」

「世界でトップクラスの傭兵が金以外でどうやって雇えると言うの？　ロシアの軍人は、一に金、そして身内の安全。間違っても国や名誉を守る者などいなかったわ」

ペダノワは肩を竦めてわざとらしく笑ってみせた。

「哀《あわ》れなやつだ。俺はこれまで自分の信じる正義に従い、いわれなき暴力に抹殺された人々に代わって闘って来た。仲間も同じだ。俺たちに金銭への欲はない。その証拠に一緒に闘うためにみんな仕事は別に持っている」

「馬鹿馬鹿しい。きれいごとは言わないで。誰がそんな甘い考えを信じるって言うの。それじゃあ、まるでお人好しの集団じゃない。笑い話にもならないわ」

笑いながらペダノワは激しく首を振った。

「おまえに信じてもらう必要などない。不条理な世界で自分の信念と仲間への友情だけで行動できる人間もいるのだ。俺たちは固い絆《きずな》で結ばれて闘って来た。自己利益を追求し、他人を信用しない人間には分かるまい」

浩志はペダノワの考えを切って捨てた。

「そんな……」

ペダノワは浩志の目を見つめたが、すぐに目を逸《そ》らした。浩志の言葉を信じるということは自分を否定することになるからなのだろう。

「俺に頼み事をしたいのなら、くだらない策略は止めろ。まずはさらの状態に戻せ」

浩志は立ち上がった。これ以上、目の前の女と話をしても実《みの》りがないと思ったからだ。

「分かったわ。証言後に私を自由にするという条件で協力するわ。だけど、あなたの恋人の神経組織になる皮膚細胞は、あるところに送ったから、一緒に取りに行かなければ返すことはできない」

「どこに送った？」

「私一人では取りに行けない」

ペダノワは切実な目で迫って来た。

「ふざけたことを言うな。さっさと場所を教えろ」

浩志はペダノワの持って回ったような言い方に苛立った。

「モスクワ。一人で行けば必ず殺されてしまうわ」

「なっ！」

浩志は舌打ちをした。彼女は浩志が拒絶できないように周到な計画を立てたのだろう。

「おまえが強奪した細胞が生きている保証はあるのか」

ペダノワは短期間だけスタンフォード大学の研究室で働いていたようだが、細胞を安全に移送できる知識があったとは思えない。

「今回の強奪に米国在住で細胞の研究をしているミハイル・シロコフというロシアの科学者に協力させたの。金のためなら何でもする人間だけど、腕は確かよ。彼は保存容器に研究資材を入れて、モスクワに持ち帰ったわ。彼の元に行けば彼女の細胞は無事に返してもらえる」

「ワットが釈放されたら、おまえの護衛をしてモスクワまで行ってやる。だが、チームは動かない。彼らがおまえの汚い謀略で行動する必要性はないからな」

美香の手術が再開されることは分かっているが、一日でも早く神経組織の移植手術を受けさせたい。

「分かった。あなただけでも一緒なら心強いわ」

ペダノワは嬉しそうに微笑《ほほえ》みかけて来たが、浩志は無視して豪邸を出た。

玄関の前に立っていると、瀬川が運転するジープが敷地に入って来た。この家に着いた時に連絡を入れておいたのだ。一緒に田中と加藤が乗っている。

「藤堂さんの撃ったやつは死にました。死体は軍で始末してくれるそうです」

瀬川たちは辰也らに救援を求め、襲撃された場所まで浩志の車を回してもらっていた。

「敵はここを嗅ぎ付けていますかね」

瀬川は緊張した面持ちで尋ねてきた。襲撃してくるとしたら、考えられないような凶悪な方法で攻めて来るかもしれない。それに極秘に進めたソトニコワの移送計画を知り得たのか、敵は想像もつかない情報網を持っていると考えた方がよさそうだ。

「分からない。警備も大事だが、ペダノワを見張るんだ。彼女をここから一歩も出すな」

浩志はそう言うと、三人と分かれて携帯をジャケットから出した。四人で森に囲まれた三百坪の屋敷を守るのは不可能だ。デルタフォースの応援を頼むべくジョナサン・マーティンに連絡を取った。

裏切り者

一

土曜日の午前中に開かれたワットの諮問委員会で浩志がこれまで捜査した資料やエレーナ・ペダノワの証言が採用された。事件現場を直接見た彼女の証言は決定的なものだった。また友恵の開発したバーチャル現場検証ソフトを使用した資料も高く評価され、浩志が推測した犯人像に異を唱《とな》える者はいなかったという。

一方CID（陸軍犯罪捜査司令部）のスコット・ガーランド中尉の捜査は偏見に満ち溢れた上に非科学的だと非難され、ガーランドは担当から外された上にCIDからも更迭《こうてつ》されてしまった。

軍の上層部にとって輝かしい戦歴を持つ軍人に不当な疑いをかけるのは軍そのものを汚すのと同じであり、ガーランドのワットに対する行為は許せなかった、と同時に軍を非難する政治家と結託する裏切り者の排除をしたかったに違いない。

審議は早々に打ち切られた上で軍法会議を開く必要性もないと判断され、ワットは事件に無関係だと釈放された。

ペダノワは事件当日の目撃だけでなく、事件の背景にも立ち入った証言をした。公になればロシアにとって痛手となるばかりでなく、新たな米露間での摩擦《まさつ》になる内容だった。証言すれば自由の身になるという条件を彼女が出していたにも拘らず、しばらくの間、軍の施設に留め置かれるそうだ。情報を引き出すべく政府が動いたに違いない。

ワットはその日の夕刻にはパロアルトのシェラトンホテルに戻って来た。さっそく一階の〝プールサイドグリル〟でワットを囲み夕食を摂ることになった。浩志と美香、ワットを中心に〝リベンジャーズ〟の仲間が七人に陸自の一色、それに傭兵代理店の中條に友恵も加わっている。多くの犠牲者が出ているために祝いの席という形はとらなかった。いつもと違いワットの謝辞にジョークもウイットもなかった。

「独房暮らしはどうだった？」

挨拶が終わったところで辰也がさっそく質問をした。

「俺は参考人として丁重に扱われていた。場所は言えないが、独房じゃなく軍の士官用の宿舎で一週間過ごしたんだ。ただ、そこから一歩も出られなかったから、独房にいるのと同じだったがな。おかげでクロスワードの雑誌は全部制覇したよ」

そう言ってワットは気の抜けた笑顔を浮かべた。一週間の監禁生活の疲れよりもデルタフォースの若い士官を失ったことに彼は強い責任を感じているようだ。だが、その気持ちはその場に居合わせた者が全員抱いていることだった。

「何か言い忘れていないか？」

ワットの左隣に座っていた浩志は、意味ありげに尋ねた。

「謝辞は言ったが、日本ではこういう席では他に何かあるのか？　そう言えば、以前俺の歓迎会で、手打ちとか言ってみんなで手を叩いたが、あれか？」

ワットが仲間入りする際、新橋の焼肉屋で一本締めをしたことを言っているのだろう。

「この場はおまえの奢りなんだろう」

浩志はワットに耳打ちした。

「そういうことか。もちろんだ。今日は俺の奢りだ。遠慮なく飲み食いしてくれ」

「待っていました」

「遠慮しないぞ」

ワットの言葉に仲間ははやし立てた。

テーブルに料理が並び、場が和んで来た頃にワットはさりげなく浩志に尋ねてきた。

「それにしても、よくロシアの元スパイの証言が得られたな」

「あの女にとっても証言することにより、米国から保護が得られる。損な話じゃなかったはずだ」

浩志はペダノワとの約束を果たすべく、モスクワには一人で行くつもりだった。FSBが支配し、国際犯罪組織であるブラックナイトと関係するような国に仲間を連れていくことなど考えられない。誰にも彼女が提示した条件を話すつもりはなかった。

「結果的に俺の無実は彼女の証言で証明された。だが、俺は犠牲になったゲーリー・マクナイトの仇《かたき》をどうしても取りたいんだ。浩志、手を貸してくれ」

やはり殺された若い指揮官のことを気にしていたらしい。仲間に笑顔を送りながら、ワットは浩志に小声で言った。

「もちろんだ」

〝ヴォールク〟というFSBの下部組織を叩いておかねば、安心してモスクワに行くこともできない。

「軍も未だかつてないテロ行為の阻止に全力を挙げている。連中が捕まるのは時間の問題だ。だが、その前に俺の手で始末をつけたいんだ」

ワットは拳を握りしめた。

マクナイトとソトニコワを乗せたブラックホークが撃墜された事件は夜明け前に起きたために関係者以外に目撃者はいなかった。政府は、事故で爆発炎上したとしてテロという屈辱的な事実を隠すとともに、一般市民に不安が広がらないように手を打っていた。

「みなさん。ちょっとよろしいでしょうか？」

二時間ほどしてテーブルの料理もなくなり、そろそろお開きにしようかと思っていたら浩志の向かいに座っていた一色が突然口を開いた。瀬川の隣に座り、いささか思い詰めた表情でワインのお代わりを重ねていたのを浩志は知っている。

「実は休暇は五日前に切れていまして、今は無断でここにいます」

一色は先週の火曜日に誤認逮捕された浩志を釈放するためにパロアルトに来ている。十日ほど前の話だ。

「おまえ、規律を重んじる自衛隊だぞ、しかも今は武官だ。いったい何を考えているんだ」

隣に座っていた瀬川は、元自衛官だっただけに驚きの声を上げた。

「分かっている。だから五日前に電話で連絡した上で辞表を上司に送っておいた」

思いがけない一色の話に和やかだった席はざわめいた。

「一色さん、私のためを思ってしてくださったのはありがたいけど、それはいけないわ。今からでも辞表は撤回して、お願い」

浩志の左隣に座る美香はすまなそうな顔で言った。

「違うんです。私はみなさんと過ごすようになって、このままキャリアとして陸自で漫然と過ごしていてもいいのかと疑問に思うようになりました。自分の経歴に傷がつかないように行動する自分がほとほと嫌になったのです」

浩志と一緒に行動した際、銃を使うことができなかったことを悔《く》いているのだろう。

「おまえは陸自だけでなく将来の防衛省を背負っていく男だ。よく考えろ」

瀬川は一色の肩を摑んで言った。

「それは他の人間がすればいい。どうしたら、みなさんの仲間に入れてもらえるのですか、教えてください」

一色は頭を深々と下げた。

テーブルを囲んでいる仲間は静まり返り、浩志の顔を見た。

「俺はおまえを軍人としても人間としても高く評価している。だが、仲間になるかどうかは別問題だ。なぜなら俺たちは傭兵だからだ。おまえは一時の激情で判断しようとしている。自分の信念を貫きたいのなら、まずは冷静になれ。世話になった上司に辞表を送付するなどもってのほかだ」

浩志は冷たく言い放った。

一色ははっとした様子で立ち上がると、頭を下げて席を外した。

「あんなに一生懸命してくれたのに、冷た過ぎない？」

美香はレストランを出て行く一色の後ろ姿を見ながら、溜息を漏らした。

「俺たちは仲良しクラブじゃない。何もかも捨てて闘うことを傭兵は要求される。だからこそちゃんとけじめをつけなきゃならない」

浩志の言葉に仲間は大きく頷いた。

二

夕食の終わりに浩志はワットが無事に戻って来たために、仲間に解散を告げた。もともと彼の無実を証明するための捜査にチームをかり出していた。傭兵代理店の池谷も交通費や宿泊費ばかりか武器の資金まで出してくれている。これ以上、甘えるわけにはいかなかった。

仲間は当初難色を示したが、自腹で来ているわけではないので最後は浩志の言葉に渋々従い、翌日にホテルを引き払うことになった。

「うん?」

美香の車椅子を押して部屋に戻ると、ドアの前に一色が立っていた。食事中に席を外してすぐに自分の荷物をまとめたらしく、スーツケースを持っている。

「これから、上司の下に出頭して詫《わ》びてきます」

一色は緊張した面持ちで言った。

「傭兵なんていつだってなれる。瀬川が言っていたが、おまえのような男が、自衛隊には必要だ。よく考えろ。おまえの人生だからな」

浩志は一色の肩に手を置き、食事中とは違い優しく言った。

「ありがとうございます。生意気《なまいき》言うようですが、藤堂さんこそ、日本に必要な人です。あなたのような人が自衛隊に力を貸してくだされば、日本は変わるでしょう」

一色は浩志の言葉をそっくり返して笑ってみせた。

「冗談だろう」

浩志も笑って答えた。

「失礼します」

最後は軍人らしく敬礼して、一色はエレベーターでなく階段を使って降りて行った。

「いい人ね。あなたを慕《した》う人はいつだっていい人ばかり」

美香が二人のやり取りを見て微笑んだ。

「不器用な男ばかりだけどな」

「よかったわ。あなたが鈍い男で」

「どういう意味だ？」

「深い意味はないわ。あなたが女心を分かるようになったら、私は困るということ」

美香は悪戯《いたずら》っぽく笑ったが、浩志にはさっぱり意味が分からない。考えても仕方がないと彼女の車椅子を押して、部屋に入った。

浩志は喉の渇《かわ》きを癒《いや》そうとグラスに氷を入れて冷蔵庫を覗いたが、バーボンがなかったので諦めた。腹が膨《ふく》れているので今さらビールという気分でもなかった。

「ミスティックに戻りたいな」

浩志の仕草を見ていた美香がぽそりと言った。

「お店のカウンターに立って、いつ来るか分からないあなたを待っていた頃が懐かしい。あなたの前にショットグラスを置いて、ターキーを注ぐ。そしてあなたがおいしそうにグラスを空けるのを見るのがとても好きだった」

美香は遠い目をして言った。内調の特別捜査官だった彼女にとって、ミスティックは単なる隠れ蓑《みの》に過ぎなかったはずだが、いつの間にか店に立つことが日常になっていたのだろう。浩志にとっても死を覚悟するような任務から解放されて、店でターキーを飲むのは格別の楽しみだった。

「私、絶対諦めない。どんなことをしても必ず、カウンターに再び立つつもりよ」

浩志の仲間が身内を心配するように美香を気遣ってくれたことに、彼女は刺激されたらしい。怪我や病気で大切なことは気力を衰《おとろ》えさせないことだ。彼女が復帰しようと意欲を燃やすことは重要だった。

浩志はいつものように彼女にシャワーを浴びせて着替えさせると、ベッドまで抱きかかえて行った。

「私、幸せよ」

浩志の手を握っていたが、すぐに美香は眠りについた。彼女も浩志らの帰りを待って徹夜したようだ。車椅子生活で彼女の体力がかなり落ちたことが分かる。

ドアが微かにノックされた。

「浩志、俺だ」

ドアを開けるとワットが手招きしてきたので、彼の部屋まで付いて行った。

「……」

部屋にはメンバーが全員揃っていた。彼らが素直に帰るとは思っていなかったので、驚きはしなかった。

「驚かないとこを見ると、分かっていたのか」

ワットは浩志の様子を見て笑った。

「まあな」

浩志は口元に笑みを浮かべて部屋の奥に用意された椅子に座った。

「実は、ヘリを撃墜した犯人を捜す件を仲間に相談したのだ。どの道、二人だけでできるものじゃないからな。それに俺たち二人で捜査するにしても、美香さんの護衛は必要になる。しかも彼女の今後のことも考えなきゃならない」

同意を求めるようにワットは話を区切ってきたので、浩志は頷いて話を進めさせた。

「まず、彼女の治療だが、このままスタンフォード大学の研究所が再開されるのを待っていてもいいのかということだ。この問題は、池谷が山本教授に打診《だしん》したら、東南大学にある彼の研究室で設備を整えた方が、一から作り直すスタンフォード大学よりもはるかに早いということだ。日本では医療法の関係上、移植手術を伴《ともな》う臨床試験の認可は当分期待できそうにないが、その前の段階なら、今の日本でも問題ないそうだ。警備の都合上もある。一度美香を日本に帰した方がいいと思うんだ」

ワットは長々と語った。

「ここから離れることは全然考えてなかったな」

美香から皮膚細胞を取り、神経組織に変質させるまでの段階を日本でできればそれに越したことはない。

「美香を安全に日本に送るために、日本に帰る仲間を彼女の護衛に付ける。残りの半数はヘリを撃墜した犯人を捜すべく行動にでる。もっとも、これまで俺たちを狙っていた犯人と同じだったらの話だがな」

「同時に違う犯罪者から狙われているとは思わない。ペダノワの話がすべて真実とは限らないが、彼女が言っていたFSBの下部組織である〝ヴォールク〟がブラックナイトと関係しているという話は説得力があった。そのために俺や仲間を執拗《しつよう》に狙っているというのなら、納得できる。だが、単純に捜査をするだけではだめだ。俺たちの捜査が陽動作戦でなくては、美香の乗った飛行機が今度は撃墜されるかもしれないからな」

戦闘機と違い、一般の旅客機は追撃ミサイルから身を守る術はない。

「とは言ってもなあ。俺たちは警官じゃあるまいし、派手に動き回ることはできない」

ワットは提案をしたものの腕組みをして首を傾げた。

「そもそも、ヘリでソトニコワを移動させることをどうして敵が知っていたかということだ。俺たちですら、空港に向かっていることしか知らなかった。連中が俺たちを尾行していたとしても携帯式地対空ミサイルを用意できるはずがない。軍から情報が漏れたはずだ」

浩志は軍に内通者がいると確信していた。

「確かに情報源は軍内部だろう。軍でも今頃チェックしているはずだ。だが、行動していたのは米軍きっての特殊部隊だぞ。その辺の分隊じゃやない」

ワットはデルタフォース出身だけに信じられないと首を振った。

「だが、重要な証人の移送作戦は諮問委員会の方向性を決定するものだった。それだけに関わっていたのはデルタフォースだけじゃないはずだ。捜査をしていたＣＩＤや受け入れ先の基地はどうなんだ」

殺されたマクナイトは、証人を得たことをＣＩＤにも知らせてあると言っていた。

「解任されたスコット・ガーランドを調べ上げる必要はあるんじゃないのか」

「やつは俺を敵視していた。怪しいと言えば怪しいが、それは単に軍事費を他の国家プロジェクトに回すべきだと主張する上院の差し金だったらしい。裏が分かればある意味納得できる。だが、やつは捜査担当者であり、いわば検察側に立つ人間に、移送作戦の詳細は知らせないはずだ」

ワットの言う通り、諮問委員会ではガーランドは言わば敵である。マクナイトが彼に詳しい情報を教えるとは思われない。

「関係者の金の流れを見れば、分かるんじゃないのか。裏切り者は必ず金で動く。その道筋を逆に辿れば、犯人に繋がるはずだ」

「それだ！　さすがに元刑事だけのことはあるな」

ワットは指を鳴らして感心してみせた。

「友恵、ここから先はおまえの仕事だ」

浩志は部屋の隅《すみ》に借りて来た猫のように立っていた友恵を見た。

「任せてください」

やっと出番が来たかと言わんばかりに友恵は笑みを浮かべて頷いてみせた。

三

友恵が真に能力を発揮するのはハッキングかもしれない。大手企業のサーバーから顧《こ》客《きゃく》データの流出やパスワードの盗用など、他人のコンピュータに不正に侵入する行為としてハッキングはマスコミ等で日常的に使われる。

パソコンが普及《ふきゅう》しはじめた頃、ハッキングは単にコンピュータのセキュリティーを破ることにあり、高度な技術と知識が要求されるため、ハッカーはコンピュータの開発者からも尊敬を集めていたが、現代では犯罪行為に走る者が自らハッカーと名乗っているため、悪いイメージしかない。特に中国では軍でハッカーを養成し、他国にサイバー攻撃を仕掛けている。それにならって欧米諸国でも今では陸、海、空の次にくる四番目の軍隊としてハッカー軍団の構想があるようだ。

友恵は父親である土屋勝也《かつや》が大手コンピュータ会社の技術者であった関係で、子供の頃からパソコンに接することができ、インターネットが大学や企業で試験的に使われるようになった頃にすでに企業のサーバーの覗き見（ハッキング）をして遊んでいたという履歴を持つ。

防衛庁（現防衛省）の情報局（現情報本部）に傭兵代理店の池谷が勤めていた頃、勝也は情報局にパソコンを導入する際の責任者として出入りするうちに池谷と知り合った。池谷は特殊な部署にいたためにセキュリティーに関する質問をすると、当時のインターネットは脆弱《ぜいじゃく》であると勝也から忠告を受けた。というのも彼の娘は小学生でありながら、どんなサーバーのファイアーウォールでもくぐり抜けることができると、勝也は半ば自慢したのである。

日本のＣＩＡと言われた情報局に友恵は必要な人材だと瞬時に判断した池谷はまだ小学五年生だった彼女に面談した上で、勝也に彼女の教育費の援助を申し出た。こうして池谷はまんまと後に世界屈指のハッカーとなる友恵に高度な教育を受けさせ、有能な部下を獲得することに成功したのだ。そのため、彼女は池谷と二人だけの時は子供の頃の癖が出て、池谷のことをおじさんと呼ぶことがあるそうだ。

浩志はデルタフォースのヘリが撃墜された事件を捜査するにあたって、関係者を友恵に調べさせた。彼女はまず国防省のサーバーに侵入し、命令書か報告書の有無を調べた。命令書はなかったが、事実だけを記載した報告書は見つかった。だが調査中のためか、わずか数行の記載という簡単なもので参考にはならなかった。

次にボリーナ・ソトニコワを引き取ることになっていた基地の司令官および関係者、それに今回の作戦に関わったデルタフォースの隊員の預金口座など丹念《たんねん》に調べたが、怪しいものはなかった。もっとも友恵にかかればすべてを調べるのに一時間もかからなかった。

「隠し口座か、あるいは現金で渡されていた可能性もある。だが、さすがにそれは調べられないなあ」

友恵の作業を見守っていたワットは、関係者に今のところ不正が見つからないことに胸を撫で下ろしつつも、捜査の糸口が見つからないことに苛立ちを見せた。作業は友恵の部屋で行われており、立ち会っているのは彼女の作業の邪魔にならないように浩志とワットだけだった。

「待てよ。外部の人間で昨日、ブラックホークのことを知り得た人間がいたぞ」

浩志はソファーから立ち上がった。

「当事者の俺たちですら、直前まで知らなかったんだぞ」

ワットは首を振った。

「サンノゼ国際空港の職員だ。少なくとも管制官は軍から着陸要請を受けているはずだ。友恵、すぐ調べてくれ」

浩志は友恵の背後に立って画面を見ながら言った。

「分かりました。……ちょっと待ってください」

友恵は作業を続けながら首を捻った。

「どうした？」

「昨日の未明に管制塔に勤務していた職員で今日欠勤している者が一名いるんです。とりあえず職員の預金口座を調べてみます」

「いや、その前にその職員の名前と現住所を教えてくれ」

浩志は画面に出たアドレスをホテルの備え付けのメモに書き取り、ワットとともに部屋を出た。途中で瀬川の部屋のドアを四回ノックし、そのままホテルの駐車場に急いだ。いつものようにジープの乗車前の点検をしていると、浩志の合図で部屋を飛び出してきた瀬川が田中と加藤を伴って現れた。友恵が作業を進めている間に出動の際のチーム分けをしておいた。ワットを加えたイーグルチームが捜査を行い、その間、パンサーチームが美香の警護をすることになっている。

瀬川らの乗るバンも安全が確かめられると、浩志はジープを出した。

メモに書き写した管制官はタイラ・ウイバー、三十四歳、サンノゼ国際空港にほど近い住宅街に住んでいる。ワットが携帯で何度かウイバーの家に電話をしてみたが、誰も出なかった。時刻は午後十時二十分、遅い時間ではあるが、留守とは考え難い。

ハイウェイ一〇一をサンノゼで降りて、路面電車が通るノース・ファースト・ストリートから住宅街の狭い通りに入った。芝生《しばふ》がきれいに刈られた家並みが続き、暖炉《だんろ》があるのだろう、レンガで組まれた煙突がある家が多い。

「遅かったか」

１ブロック先に赤と青のパトライトを点滅させているパトカーと大勢の野次馬が見え

る。浩志は険しい表情になり、車を停めた。

「俺が野次馬から話を聞いてくる」

助手席に座っていたワットが車を降りて走って行った。

しばらくして戻って来たワットは浮かない表情で助手席に乗り込んで来た。

「浩志、おまえの勘が当たったようだ。タイラ・ウイバーが妻と子供一人と一緒に殺されていた」

「家族を人質に取られて、脅されていたんだろうな」

浩志は舌打ちをすると、車をUターンさせた。

ハイウェイ一〇一をパロアルトに向けて走っていると、ワットの携帯が鳴った。電話に出たワットは、深刻な顔をしていたが、そのうちにやりと笑った。

「浩志、友恵からだ。ガーランドの隠し口座を見つけたそうだ。やつはいつも使っているカードの引き落とし先が、別名義の銀行口座になっていたらしい。カード会社のサーバーから、調べて分かったようだ」

友恵は浩志が運転中と分かっていてワットに連絡したようだ。浩志がＣＩＤの捜査官だったスコット・ガーランドを疑っていたために、集中的に調べたらしい。

「しかも、隠し口座にはこの一週間の間に五万ドルの振り込みが二回もあったようだ」

「振り込んだやつは分かったのか？」

「サンフランシスコのATMから振り込まれていたようだが、架空の名義だったらしい」

「今どこにいるんだ?」

「CIDの司令部はバージニア州にあるが、あいつは更迭されてしまったからな。とりあえず軍の知り合いに聞いてみるか」

ワットが携帯をポケットから出すと再び呼び出し音がした。

「何! 分かった。サンキュー」

電話に出るなり、大きな声で応答したワットは満面の笑みを浮かべた。

「友恵のことだ、居場所まで突き止めたのだろう」

「どうして友恵からだと分かったんだ」

ワットの顔を見なくてもタイミングで分かるというものだ。

「どこにいる?」

「サンフランシスコのホテルだ。まったく友恵は天才だぜ。今度はカード会社のサーバーにハッキングして、ついさっきガーランドがカードを使ってホテルにチェックインしたのを確認したそうだ。今度会ったら、彼女を抱きしめてキスしてやるよ」

「面白い、やってみせろよ。股間に注意するんだな」

友恵は気が強いため、以前京介に腹を立てて股間を蹴りあげたことがある。

「止めておく。とりあえず、サンフランシスコだ」

ワットも思い出したらしく顔を引き攣《つ》らせている。

「分かっている」

浩志はすでにスピードを上げていた。

四

カリフォルニア州の州都はどこかと尋ねれば、大抵の人は知名度があり経済の中心地でもあるサンフランシスコと答えるだろう。正解は大きなダウンタウンもなく街に緑溢れるのどかなサクラメントである。

一八四八年にはじまるゴールドラッシュで沸《わ》いた西海岸の小さな開拓地サンフランシスコは米大陸どころか世界中から一攫《いっかく》千金を狙う人々を呼び寄せ、この地に住んでいた先住民族を駆逐《くちく》し、瞬く間に巨大な都市へと発展した。

一八四六年から四八年に亘って米国と闘って敗れたメキシコは、グアダルーペ・イダルゴ条約で、現在のカリフォルニア州、ネバダ州、ユタ州、テキサス州、コロラド州、アリゾナ州、ニューメキシコ州、ワイオミング州の一部を含む百三十六万平方キロの広大な土地を米国に割譲《かつじょう》した。

ゴールドラッシュはまさにこの条約締結を前後して起きるわけで、米国は巨万の富を得て栄《さか》えることになる。もし、メキシコが依然として所有していたのなら、今日における両国の世界的地位は変わっていたかもしれない。

友恵からCID（陸軍犯罪捜査司令部）の捜査官だったスコット・ガーランドの預金口座が不審であると報告を受けた浩志は、ガーランドが宿泊しているホテルに直行した。

サンフランシスコに入り、ミッション・ストリートを経て市の中心であるマーケット・ストリート沿いにあるブティックが並ぶ街角で車を停めた。浩志は車を降りると、後ろに停められたバンにハンドシグナルで合図を送った。いつでも車が出せるようにバンには田中を残し、ジープには加藤が運転席に座るように指示をした。浩志と行動を共にするのはワットと瀬川である。

マーケット・ストリート沿いのブティックがテナントとして軒を並べる大きな建物は、堅牢な八階建てで歴史と風格を感じさせるビルだ。近くにユニオンスクエアがあり、ダウンタウンの中心地である金融街にも近い。それだけに近代的な高層ビルに混じり歴史的な建造物も多い。次の交差点の一方通行になっている路地を右に曲がって五十メートルほど進むと、りっぱなビルのエントランスがあった。

「パレスホテルか。軍人の給料だけじゃ泊まれないな」

ワットはエントランスの大理石の階段を前に鼻から荒い息を吐いた。

一八七五年に創業し、一九〇六年の大地震から三年にも及ぶ改修工事を経て一九〇九年に再オープンしたパレスホテルは歴代の大統領や海外の国賓や実業家が利用し、社交界で確固たる地位を持つ。

宮殿のように高い天井と磨き込まれた大理石の床のエントランスを抜け、赤いバラが飾られた大きな花瓶の前にあるフロントの前に立った。三人とも銃を隠すために上着は着ている。浩志はベージュの麻のジャケットを着ているが、ワットはトレーニングウエア、瀬川にいたってはウィンドブレーカーでしかも三人ともジーパンだ。ホテルの警備員やベルボーイが気にしていることが分かる。田中が綿のカジュアルなテーラードのジャケットを着ていたことを思い出し、彼を連れてくるべきだったと後悔した。

「友人に会いに来たんだが、部屋の番号を教えてくれ」

一番ましな格好をしている浩志がフロントに尋ねた。

「どちら様に御用でしょうか？」

怪しげな三人を目の前にしてもフロントは優雅な態度で対処して来たが、顔つきはいささか緊張している。

「スコット・ガーランドだ。四十分ほど前にチェックインしたと、彼から連絡があった。それで飲みに誘いに来たんだ。シスコは、やつははじめてだからね」

シスコはサンフランシスコの愛称で、他にもフリスコやサンフランなどの略称がある。フロントはチェックインした時間を言われて納得したらしく、笑顔に変わった。

「ガーランド様でしたら、三十分ほど前にお一人で〝パイド・パイパー・バー〞に入られるのを拝見いたしました。よろしければ、ご連絡いたしますが」

フロントはそう言って、ワットと瀬川にちらりと視線を移した。浩志はともかく後の二人はドレスコード上、バーには入れませんと暗に言ったのだろう。米国の場合、ビジネスカジュアルでもノータイのスマートカジュアルに近い場合もあるが、やはりジーパンでは断られるのがおちだ。

〝世界で最も偉大な七つのバー〞の一つとして授賞された〝パイド・パイパー・バー〞は、画家マックスフィールド・パリッシュが描いた壁画〝ハーメルンの笛吹き〞をカウンターバーの上部に飾った格式があるバーだ。向こうから断られなくても、普段着で入れるような雰囲気でないことは誰にでも分かる。

「肩が凝《こ》る場所は苦手なんだ。バーが終わった頃、部屋に電話してみる。部屋番号だけ教えてくれ。我々は別の店で飲んでいる。それから俺たちが誘いに来たことは内緒にしてくれ。これから行く店は楽しいんだ。分かるだろう」

浩志が苦笑してみせると、隣に立っていたワットがフロントにウインクして親指を立ててみせた。

部屋番号を聞き出すとホテルを出た。どのみちサンフランシスコのど真ん中にある高級ホテルで荒っぽいことはできない。作戦を立てるべく浩志らは一旦ホテルを出た。特に指示はしなかったが、田中と加藤はホテルの玄関が見える場所に車を回していた。

ジープに加藤を残して、浩志とワットと瀬川の三人はバンの後部座席で相談をした。

「その辺のビジネスホテルなら、襲うのは簡単ですが、どうしますか？」

瀬川は腕組みをして唸《うな》った。身長一八六センチ、鍛え上げた身体は筋肉に覆《おお》われ、大型バンでもこの男が乗り込むと狭く感じる。まして、その隣に牛のように胸板が厚いワットが座っているのだから、息苦しさを覚える。

「とりあえず、あの男を拉致するのが一番だろう。他の場所に連れて行き、尋問しよう。事件に関係がないとしても、こんな高級ホテルに泊まるのは裏があるに決まっている。叩けばいくらでも埃《ほこり》が出るさ」

ワットの意見は単純だが、彼の提案に異存はなかった。浩志は友恵にセキュリティーや建物の構造などを調べるように瀬川に連絡を取らせた。加藤を先に潜入させ、従業員に扮《ふん》装《そう》させた上で清掃《せいそう》スタッフなどが持つ合鍵を手に入れさせるつもりだ。古典的な手口だが、内部に潜入のプロを送り込めば後はどうにでもなる。

——リベンジャー、男が出かけます！

見張りも兼ねてジープの運転席にいる加藤からの連絡だ。

ガーランドが玄関先に降りてくると、ホテルのガードマンが手を振ってタクシーを呼び寄せた。

「忍び込む必要はなくなったな」

浩志はワットとともにバンからジープに移った。

「我々は気付かれたのでしょうか？」

ハンドルを握る加藤は港に向かうタクシーを追いながら心配げに尋ねてきた。

「大丈夫だ。俺たちを誘《おび》き出すつもりならともかく、人気《ひとけ》のない方角に向かうということは誰かと落ち合うつもりなんだろう」

浩志は追跡のプロである加藤に運転を任せて、助手席に座っている。

タクシーはミッション・ストリートから四番通りに出て、そのまま港の運河を渡った。この先は埠頭《ふとう》になるために人気はないはずだ。

埠頭の手前には広大な敷地に駐車場があり、周回する道路を通ってタクシーは埠頭の先へと向かい、チャイナ・ベージン・パークの前で停まった。昼間はともかく夜は男でも単独行動は慎《つつし》むべき場所である。もっとも人目を忍ぶには都合がいいかもしれない。

浩志とワットはタクシーから五十メートルほど離れたところに停めてあるダンプカーの後ろに車を停めて尾行した。埠頭前に大きな駐車場があるにも拘らず、道路沿いには乗用車やコンテナ輸送トラックが駐車してあった。

ガーランドは後ろを振り返ることもなく、公園に沿って歩いている。公園の端には海に面した小さな野球グランドがあった。バックネットはあるが、観客席はなく低いフェンスに囲まれているだけなので、ヒットならともかくホームランを打てば確実に海まで飛んで行ってしまうだろう。

「おい、こら！　貴様、それは俺の物だ」

二十メートル先を歩いていたガーランドが不意に大声を出して走り出した。

バックネット側のグランドの外に観戦用ベンチがあり、そこにスポーツバッグが置かれていた。ところが暗闇から出て来たホームレス風の男がそれを持ち去ろうとしたのだ。

浩志とワットは第三者がまだ近くにいる可能性があるために公園の木陰から成り行きを見守った。

「うるせえ、俺が先に見つけたんだ」

ホームレスはバッグを脇に抱えている。

「忘れたバッグを取りにきたんだ。泥棒！」

ガーランドは高圧的な態度で男に迫り、バッグに手を伸ばした。ホームレスはバッグを両手で抱きかかえて抵抗した。

「このバッグを置いて行ったのはおまえじゃない。俺は見ていたんだ。おまえなんかに渡せるか！」

ホームレスは事情を知っているようだ。彼からも後で事情を聞くべきだろう。

「ふざけるな！」

ガーランドは男に背中から飛びかかった。その瞬間、暗闇にまばゆい閃光が走り、ワンテンポ遅れて大音響が轟《とどろ》いた。

「何！」

浩志とワットは慌てて白煙たちこめる爆発現場に急行した。辺りはホームレスの肉片と血が散乱しており、火薬の匂いが立ちこめている。ガーランドは十メートルほど離れた車道まで飛ばされていた。

「ガーランド！」

浩志はガーランドの肩を摑んで呼びかけた。腹から内臓が飛び出している。ホームレスがクッションになり即死は免《まぬか》れたが、助かる見込みはない。

「……？」

ガーランドはうつろな瞳を向けて来た。損傷が酷く痛みも感じないのだろう。

「誰にやられた？」

「騙……された。……金をもらうはず、だったんだ」

ガーランドの目の光がなくなって来た。

「しっかりしろ！　誰に騙された」

「ドメニカ。ドメニ……カッ」

最後の言葉は引きつけのようだった。ガーランドはがっくりと首を垂れた。

「ドメニカ?」

人の名前らしいが、フルネームで言って欲しかった。だが、浩志はなぜか引っかかりを覚えた。

遠くからサイレンの音が聞こえてきた。巡回中のパトカーが爆発音を聞きつけたのかもしれない。

「ポリスが来る前に行こう」

ワットが肩に手をかけて来た。

すぐ近くに加藤がジープを停めた。

浩志はガーランドのジャケットを探ってホテルの部屋の鍵を抜き取ると、急いで車に乗り込んだ。

五

隠し預金口座への不可思議な送金や贅沢なホテルへの宿泊など、不審な行動を取っていたCIDのスコット・ガーランドはホームレスとベンチに置かれていたバッグを奪い合っている最中に爆死した。おそらくガーランドに送金していた犯人が現金を渡すと言ってバッグに時限爆弾か、衝撃で起爆する爆弾を口封じに仕掛けておいたのだろう。

浩志はガーランドの死を見届けると、彼が宿泊していた〝パレスホテル〟に急行した。

全米でもトップクラスのホテルは午前零時近くになっても人の出入りはある。客の振りをして浩志と田中はホテルの客室がある階まで来ることができた。

ガーランドのジャケットから抜き取った鍵で五階の部屋に入った。室内はシックなベージュでまとめられ、天井からシャンデリアがぶら下がり、木製のクラシカルな家具が置かれている。ソファーの後ろの壁には植物が描かれたリトグラフが飾られ、ヨーロッパの金持ちの住居を思わせる品と格式があった。さらにその奥には天蓋付きのゆったりとしたキングサイズの木製のベッドが配置されている。

「評判通りのホテルですね」

後から入って来た田中が感心してみせた。

浩志は室内の装飾《そうしょく》に目もくれずにベッドの脇に置かれている大型のスーツケースの中を調べた。小型のノートブックパソコン以外には着替えや軍服などで手がかりになりそうなものはない。そのまま持ち出したいところだが、宿泊客だとしてもスーツケースを持ってフロントの前を通れば呼び止められるだろう。あと数分で午前零時になろうとしている。バーも終わってしまうので、宿泊客でなければやはり疑われる。

「他に手荷物はないようです」

部屋の隅々まで調べた田中が、報告した。

時間がないので浩志はパソコンだけ持ち出し、スーツケースに付いた指紋を丁寧にハンカチで拭き取った。

「よし、行くぞ」

二人は一階のロビーフロアーに降り、閉店までバーにいたドレス姿の若い女とスーツを着た中年の男のすぐ後ろに付いて、和やかに談笑する振りをしてホテルを出た。

シェラトンに戻った浩志は、パソコンを友恵に渡して調べるように頼むと、自室に戻り、熱いシャワーを浴びた。長い一日が終わろうとしている。手がかりを引き寄せようとしたが、またしてもすり抜けられた。さすがに疲れを感じた。

シャワーを浴びて、上半身裸で冷蔵庫から缶ビールを出して飲んだ。渇いた喉に冷えたビールを流し込むと、その荒々しい刺激が疲れた身体を解きほぐす。

「お帰りなさい」

いつの間にか美香が起きていた。缶ビールのプルトップを開ける音で起こしてしまったようだ。

「浩志、もし、私の皮膚細胞を取り戻そうとしているのなら、無理をしないでね」

美香が腕の力だけで身体の向きを変えて言った。最近では車椅子の扱いや手の使い方がうまくなってきた。それだけ今の生活に慣れて来たということなのだろう。

「敵をこのままにはしておけない。この闘いはすでに俺たちだけのものじゃなくなった」

浩志は罪なき人々が殺され、その怨念《おんねん》も背負っていると思っていた。

ドアを数回ノックする音が聞こえた。浩志はTシャツを着ると、銃を持たずにドアを開けた。瀬川が外にいることは分かっていた。ドアをノックする方法をモールス信号のように複雑にし、誰がノックしたのか分かるようにしたのだ。

「よろしいでしょうか?」

瀬川の背後にワットが立っていた。

浩志は振り返って美香に軽く頷いて部屋を出た。瀬川は友恵の部屋に入った。スコット・ガーランドのパソコンと自分のパソコンを並べて、友恵はベッドに胡座《あぐら》をかいて座っていた。

「俺たちを呼び出すということは、まさか、もう敵の正体が分かったんじゃないだろうな」

ワットは友恵の肩越しにパソコンを覗き込んだ。

「まずガーランドが言い残したドメニカ、おそらくスペルはdomenicaでしょう。ラテン系の人名かもしれませんが、イタリア語では日曜日を意味します。カリフォルニア、パロアルトなどの単語を加えて絞り込みをしようと思いましたが、ドメニカという人名は、カリフォルニアにはヒスパニック系が多いので絞り込みは不可能でした。そこでガーランドのパソコンを調べてみました」

そう言って、友恵はガーランドのパソコンの画面を浩志たちが見えるように向きを変えてみせた。

「このパソコンは初期状態なのです。おそらくハードディスクを物理フォーマットしたと思われます」

「何！　証拠隠滅を図っていたのか」

ワットが声を上げた。無理もない。

パソコンを扱っていて要《い》らないデータをゴミ箱に捨てる作業は、画面から見えなくなっているだけでハードディスク上には残っている。専用のツールか、専門業者なら消去されたデータを回復することができる。だが、物理フォーマットは文字通りディスクをゼロクリアにして初期化する。したがって書き込まれたデータは消えてなくなるのだ。

「どうりで呼び出すのが早いと思ったぜ」

ワットは口を尖らせて小刻みに首を横に振ってみせた。

「そこで、絞り込み検索をするために、何か思い当たることはありませんか？」

どうやらさすがの友恵もお手上げらしい。

「いきなりそんなこと言われてもなあ」

ワットは瀬川と顔を見合わせて互いに頷き合っている。ところが浩志はガーランドから聞いた直後からドメニカという言葉が気にかかっていた。

「藤堂さんは、何か思い当たるのですか？」

浩志が腕組みをして考えている様子を見て、瀬川が尋ねてきた。

「ドメニカという単語をどこかで聞いたか、見たような気がするんだ。だが、まったく思い出せない」

考えても何も思い浮かばなかった。

「それじゃ、これでどうでしょうか？」

友恵がパソコンに〝domenica〟、〝California〟といくつか単語を入力して、画像検索をした。すると百万件まで絞り込みされた画像の一覧が出て来た。それを今度は、スライドショーの設定にし画面に一杯になるように表示させた。

「二秒間隔で表示させます」

友恵がパソコンのエンターキーを軽く叩くと、様々な写真が次々と表示された。植物、建物、家族写真などジャンルはもちろん様々で膨大な数の写真が走馬灯のように映し出されて行く。インターネットに掲載されている写真はそれぞれ記載されている記事の内容を反映しているために、キーワードを入れても固有名詞でない限り、必ずしも関係する写真が出てくるとは限らないのだ。

十分ほど眺めていると、一緒に見ているワットが欠伸をはじめた。

「うん？　止めてくれ！」

浩志は大声で叫んだ。

「これですか？」

友恵は画面に表示されている一枚前の建物の写真を表示させた。

「違う、その前だ」

「これですか？」

友恵は画面に看板を載せたワゴン車を映し出した。

「何だこれは？　〝ドメニカ・ピザ〟」

ワットが看板の文字を読んで吹き出した。

「これだ。俺たちが、ジョバニ・トラドを急襲する際に封鎖地点から出て来た車だ」

浩志はギャング団、〝コンパニエロ〟のボスであるトラドのアジトを襲撃する直前に宅配ピザの車を目撃していた。

「宅配のピザショップか。どこにでも走っているぞ」

「そうでしょうか。ギャングたちのビルに我々が踏み込む直前に、宅配ピザに扮《ふん》した犯人が爆弾を仕掛けたとしたら、タイミングは合いますよ」

瀬川は現場に居合わせただけにワットの言葉を否定した。

「偶然という気もするが、米国人ならピザの宅配を疑うやつはいないからな。ありえない話でもないか」

ワットは半信半疑のようである。

エレーナ・ペダノワが、鍛え抜かれた部下が短期間に次々と殺されたことに恐怖を感じるとともに疑問を覚えると言っていたことを、思い出した。宅配ピザなら家の近くをうろついていたとしても疑われない。

ピザショップと殺人をつなげるのはいささか乱暴ということは分かっている。元刑事の勘と言えばそれまでであるが、可能性が零《ゼロ》ではない限り、突き詰めて調べるしか捜査の糸口はつかめない。

「友恵、俺の勘違いかもしれないが、このピザショップを調べてくれ」

浩志は拳を握りしめて言った。

疑惑の国旗

一

サンフランシスコ、ノースビーチは、全米最大のチャイナタウンに隣接する地域でイタリア系移民のエリアとして発展したために〝リトルイタリー〟と呼ばれている。

コロンブス・アベニューをメインにイタリア語の看板を出した飲食店が軒を連ね、イタリア生まれの米国育ちというピザショップが、この界隈に多いのも頷ける。

四十六階建てで二百六十メートルという、サンフランシスコで最も高いビル（二〇一一年現在）であるトランスアメリカ・ピラミッドを起点として北西に延びるコロンブス・アベニューに沿《そ》った低層の建物が建ち並ぶ一角に〝ドメニカ・ピザ〟の店舗があった。

ワゴン車の〝ドメニカ・ピザ〟を友恵に調べさせたところ、サンフランシスコにある店が本店らしく、支店はニューヨーク、ワシントンにもあるそうだ。三店舗というのはチェーン展開している宅配ピザでは極めて小さく、一見地域に密着した店に見える。だが、不可思議なことがあり、支店の数が著《いちじる》しく変動するのだ。

理由は分からないが、これまでロサンゼルスやシカゴやヒューストンなどの大都市に半年ほど支店があったと思えば、ネブラスカ州にある人口五十万人にも満たないオマハやカンザス州の人口三十六万人ほどのウィチタという日本人には馴染《なじ》みのない地方都市にまで出店した記録も残っていた。だが、いずれの都市においても準備段階で営業にまでは至っていない。またどの店舗もそうだが、営業許可や登記もされていなかったらしい。

店舗計画がいい加減と言えばそれまでだが、これほど出店と閉店を繰り返せば経営状態は悪くなり、倒産してもおかしくない。登記上の正式名称はドメニカ・カンパニーで、〝ドメニカ・ピザ〟は二〇〇一年から営業されており、大都市に三店舗維持しているということは、それなりに利益を出しているのかもしれない。

問題は、ガーランドと関わっていたのは、ドメニカ・カンパニーの一部の人間なのか、会社そのものなのかということである。会社全体が犯罪組織であれば、本支店入れて三店舗を同時に捜査、あるいは急襲し、一網打尽にしなければ意味がない。それには、世界屈指の傭兵特殊部隊といえども少人数の〝リベンジャーズ〟だけではとてもできない。また、会社の一部の人間が関わっているのなら、人物を特定する必要があった。

「もし連中がロシアの〝ヴォールク〟だったら、あの店に掲《かか》げられた三色旗はまさに疑惑の国旗だ」

ワットはフォードの八人乗りEシリーズワゴンの後部座席に座り、壁にイタリアの国旗を彩《いろど》った三色のペンキが塗られた店を映し出しているモニターを見つめていた。レンタカーであるワゴンは〝ドメニカ・ピザ〟の斜め向かいにあるイタリアンレストランの前に停めてあった。場所はトランスアメリカ・ピラミッドから5ブロック北西、ブロードウェイの交差点の近くである。

〝ドメニカ・ピザ〟は二階建ての低層コンクリートのビルで一階が店舗で二階を事務所にしているらしい。向かって右は二階建てのイタリアンカフェで、左は三階建てのイタリアン料理の店になっている。どちらもローマの下町にありそうな気取らない雰囲気の店だ。

「俺もラテン系だから、この界隈の店は残らず制覇してみたいと思っているよ。だが、サンドイッチはイタリア料理じゃない」

遅い昼飯として加藤が近くにあるイタリアンレストランでサンドイッチを買って来たのだが、ワットは気に入らないらしい。

「ワットさん、パニーニは立派なイタリア料理ですよ。モッツァレラチーズとローストビーフを挟んであるところなんか、おしゃれじゃないですか」

加藤も画面を見ながらパニーニにかぶりつき、ワットに反論した。

パニーニはイタリア語でハンバーガーやホットドッグも含むサンドイッチの総称として

使われる。もっともケチャップやマヨネーズを使うハンバーガーやホットドッグの類《たぐ》いは、パニーニとは呼ばないというイタリア人もいるそうだ。

浩志は面が割れているので、〝ドメニカ・ピザ〟の店舗近くの監視はワットを指揮官にして、田中と加藤の三人がワゴンに乗り込んでいる。長時間停めていると怪しまれるので、三時間ごとにトヨタのハイエースに乗った辰也と宮坂と京介に交代することになっていた。レンタカーや監視ビデオなどの装備を整えるのに時間がかかったため、監視をはじめたのは午後になってからだった。

ワットのチームが店舗近くで活動している間は、辰也のチームはわずか2ブロック、四十メートル離れたチャイナタウンの中心であるグランド・アベニューの路上に駐車して待《たい》機《き》していた。観光客の白人や黒人も中にはいるが、行き交う人の大多数は中国系の米国人のため、ここにいれば目立つこともない。

よくこのグランド・アベニューだけを散策してチャイナタウンは大したことがないという観光客がいるようだが、大きな間違いだ。観光マップやガイドブックには東西は、グランド・アベニューを中心にカニー・ストリートとストクトン・ストリート、南北はサター・ストリートとバレイヨ・ストリートに囲まれた二十四ブロック、東京ドームのおよそ五・五倍にも亘る地域とされている。

これだけでも充分広いのだが、今日の中国の繁栄を背景にしてか中国人の領域は拡大しており、実際はその一・五倍は超えるだろう。チャイナタウンから結構離れたつもりでも、通行人が中国人で近辺にある店の看板が漢字ということに驚かされる。

数時間後、日も暮れて辰也のチームに代わってワットのチームが再びイタリアンレストランの前に停車した。

「さて腹も膨れたし、働くか」

ワットはチャイナタウンで早めの晩飯を食べて機嫌《きげん》が良かった。

「それにしても、動きがありませんね」

監視カメラのモニターを見て加藤が溜息をついた。午後七時十分、監視活動をはじめて六時間半が経つ。日曜日ということもあり、観光客の姿が目立つ。

赤外線カメラと通常のカメラの二台が、昼間から閉ざされたままになっている〝ドメニカ・ピザ〟の店舗を捉えていた。

「あの店の表の看板は、偽物ということなのだろう。本業はやはり暗殺稼業なんじゃないのか」

ワットも加藤の背中越しにモニターを見て言った。

「おっ！」

二人は同時に声を上げた。

〝ドメニカ・ピザ〟の店のドアが開き、男が二人出て来た。

タイミング良く店の前に現れたタクシーに二人の男が乗り込んだ。反対車線で見張っているワットたちの車がUターンする間もなく、タクシーは次の角で右折して行った。

「しまった！」

運転席の田中が慌てて車を出そうとすると、その鼻面をかすめるようにトヨタのランドクルーザーが通り過ぎて行った。

——こちら、リベンジャー。ピッカリはそのまま監視を続けるんだ。追跡は任せろ。

「何！」

ワットらの無線機に浩志の声が飛び込んできた。

「どういうことだ」

「ワットさん、今通り過ぎたランドクルーザーを藤堂さんが運転していましたよ」

田中の苦笑いにワットと加藤は目を丸くした。

ランドクルーザーはタクシーを追ってブロードウェイの交差点を右折した。

「愉快《ゆかい》でしたね。ワットさんたちは相当驚いていたみたいですよ」

助手席の瀬川が笑いながら言った。

「当然だ」

浩志もにやりと笑った。

ジープは敵に認知されているために返却して別の車を借りた。馬力のある車をと、二〇

○九年型、V型6気筒DOHC、三九五五CC、トヨタのランドクルーザーTXだ。海外でも人気の車種のため目立つこともない。
市内のレンタカーショップから借りたその足で監視チームの様子を見に来たら、たまたま〝ドメニカ・ピザ〟から男が出て来たのを発見したのだ。

「どこまで行くのか。楽しみだ」

浩志は前方のタクシーのテールランプを目に焼き付けた。

二

タクシーに乗り込んだ〝ドメニカ・ピザ〟から出て来た男たちは、ブロードウェイを港の方角へ向かっている。この先は港沿いの通りであるザ・エンバーカデロとの三叉路《さんさろ》の交差点だ。2ブロック進んだところでタクシーのテールランプがふいに消えた。モンゴメリー・ストリートを越えた辺りから港に向かって急な坂道になるのだ。

タクシーを追ってスピードを緩めずに坂道に入ったため、車体が一瞬宙に浮いた。やがて緩やかな坂道になり、正面に〝ウォーターフロント・レストラン&カフェ〟が見える三叉路に出た。タクシーはそこでザ・エンバーカデロに右折した。

このまま南に下って行けば、フリーウェイに繋がるが、少し回り込めば、オークランド市と接続する〝サンフランシスコ・オークランド・ベイブリッジ〟を渡ることもできる。

左手前方にライトアップされたフェリービルの白い時計台が、ベイブリッジを背景として夜空に浮かび上がっている。サンフランシスコならではの美しい景色だ。

「むっ！」

フェリービル前の大きなロータリーでタクシーはふいに左折し、ビルの裏にあるフェリーターミナルの前に停まった。

「フェリーに乗るのか」

浩志はターミナル前の駐車場に入り、できるだけタクシーから降りた二人から見えないように駐車場の中央のガンジー像の後ろにランドクルーザーを停めた。昼間はかなり目立つ像だが、夜ともなるとライトも当てられずに闇に埋没《まいぼっ》する。

観光客はガンジー像がなぜここにあるのかも知らずに記念撮影をするが、この像の寄贈者であるインドのグランディーという人物は、有名人の像を寄贈することで政財界に入り込み、見返りを求める詐欺師だったために米国では問題になった。日本ならいわれが怪しければ即撤去となるのだろうが、寛容な米国ではその後、像の出自は問題にならなくなった。

「私が二人の乗るフェリーを確かめてきます」

瀬川が衛星携帯にも使えるハンズフリーのヘッドセットを持って助手席からさりげなく

降りてターミナルに向かった。耳にすっぽり収まるブルートゥース（無線通信）のヘッドセットだ。いつも作戦に使うヘッドギアを使う無線機もハンズフリーだが、マイク部分が飛び出しているために目立ってしまうのだ。

さっそく携帯が振動した。

――二人の男はヴァレーホ行きの切符を購入しました。乗船時間は約一時間だそうです。

もしフェリーに乗るようなら、時間的に最終便なのだろう。

「了解。確実にフェリーに乗り込むか確かめてくれ」

携帯をダッシュボードの上に載せ、浩志は車に搭載されているカーナビでヴァレーホを入力して、到着予定時間を見た。カーナビには〝サンフランシスコ・オークランド・ベイブリッジ〟を渡り、八〇号線、イーストショア・フリーウェイを北に進む経路を四十分で到着と表示された。飛ばせばさらに時間は短縮できるだろう。

ダッシュボードの上に載せた携帯が振動で躍った。

――あと五分で出発です。二人の男は乗船しました。彼らを追って私もフェリーに乗り込んでいいでしょうか？

軍事活動の最小単位は二人であり、一人というのは基本的にありえない。一人では攻撃も退却《たいきゃく》も身動きがとれなくなる可能性があるからだ。しかも小型フェリーでは敵に発見されやすい。

「フェリーが出航したら、すぐに戻れ。高速を飛ばせば四十分でヴァレーホの港に着ける。先回りするんだ」

——了解しました。

五分後、時間を見計らって浩志はターミナルのすぐ前に車を回し、瀬川を待った。出港のためにフェリーの渡り板が外されたのを確認した瀬川は走って助手席に戻って来た。

「彼らはどうしてフェリーを使うのでしょうか？」

瀬川は自問するように浩志に尋ねてきた。

「追手を撒くというのが一つの理由だろう。一時間も閉ざされた空間にいれば、尾行はばれやすい。あとは目的地が近いということか」

浩志はザ・エンバーカデロから右折し、標識に従いベイブリッジの導入路に入った。

東京のレインボーブリッジや横浜《よこはま》ベイブリッジのように日本の橋は基本的に対面通行の形をとる。ところがさすが米国と唸りたくなるのが、〝サンフランシスコ・オークランド・ベイブリッジ〟で、橋は一方通行の二重構造になっており、サンフランシスコからオークランド方面は下部で、逆方向は上部を使う。そのため道は五車線も確保されている。ベイブリッジは途中でイェルバブエナアイランドのトンネルを経由し、対岸のオークランドでイーストショア・フリーウェイに接続する。

「うん？」

道は混んでいなかったのだが、リッチモンドの手前で前を走る車との車間距離がみるみるうちに短くなり、四車線の道路は車で埋まった。停まることはないが、十数キロという低速まで落ちた。

「まずいな」

フェリーの到着時間の差は二十分あり、カーナビでは渋滞の表示はなかったので油断していた。

五分ほどのろのろと走っていると、一番右側の車線に二台の車が停まっていた。前の車は前輪を外し、予備のタイヤを出している。パンクを修理していた車に前方不注意の車が衝突《しょうとつ》したようだが、大した事故ではない。事故車をやり過ごすとあっという間に渋滞は解消された。浩志は遅れを取り戻すべくアクセルを踏んだ。

前方に海峡を渡るカークィネス橋が見えて来た。対岸は、ヴァレーホだ。橋を渡り、一般道であるソノマ・ブルバードに出た。

「七分か」

フェリーの到着予定時刻まで十分を切った。途中の渋滞が痛かった。

ソノマ・ブルバードから港に出るカートラ・パークウェイに左折する。カーナビによればここから〇・五マイル、二分もあれば着けるはずだ。だが、すでにフェリーの到着時刻になっている。

「今のがそうです！」

瀬川が悲鳴にも似た声で言った。

「何！」

浩志は急ブレーキをかけて停まった。

前方の交差点に二つの円錐《えんすい》形の屋根を持つ大きな建物があったために、フェリーターミナルだと勘違いしたのだ。建物はカフェレストランとフェリーのインフォメーションセンターで一応はターミナルの付属施設らしいが、肝心のターミナルは五十メートル手前にある桟橋に屋根が付いただけの簡単なものだった。接岸されたフェリーからは乗客が降りている。

「行ってきます」

瀬川が桟橋に駆けて行った。

次の交差点を左折してターミナルの駐車場に車を入れ、入り口近くで停車した。車から降りたい衝動を抑えた。瀬川はタクシーから降りた二人の男の顔を見ているが、浩志は見ていない。逆に彼らは浩志を知っている可能性があった。せめて二人で行動している男はいないか、監視をした。

携帯が振動した。

「最後の乗客が降りましたが、見つけることができません。駐車場に二人組の男は行っていませんか?」

「今のところ見当たらない」

「インフォメーションセンターとカフェレストランも見てきます」

「駐車場の入り口に車を停めている」

「分かりました」

五分後、瀬川は疲れた表情で駐車場に現れた。

「ついてなかったですね」

助手席に座った瀬川は溜息をついた。

「現場百遍」

警視庁の刑事だった頃、合言葉のように言っていた言葉を呟いた。無駄を無駄と思わず、足を使って情報を集める。捜査は泥臭《どろくさ》いものだ。ツキなんてものはない。努力した分、結果は出るのだ。

「現場百遍？……なるほど。足を使えということですか」

瀬川は納得したようだ。

「帰って、チャイナタウンで飯を食うか」

晩ご飯は食べていなかった。食って気持ちを入れ替える。傭兵の慣《なら》わしだ。

「はい」

大きく頷いた瀬川の顔が綻《ほころ》んだ。この男も傭兵として馴染んで来た。

三

翌日の朝、浩志はサンフランシスコの傭兵代理店がある〝マディソン・ホテル〟の一室で目覚めた。ワットがリーダーである二つのチームが、コロンブス・アベニュー沿いの〝ドメニカ・ピザ〟を監視しているためにパロアルトに戻るわけにはいかなかった。近くにホテルはいくらでもあるのだが、代理店に予備の弾丸を買いに来たついで、瀬川と一緒に泊まることにしたのだ。ここなら現場まで数分と時間のロスもない。

シェラトンホテルに滞在している美香には黒川と中條が護衛に就いていた。また友恵は浩志の代わりに美香の身の回りの世話をしながら、昨日逃した二人をエシュロンのネットワークをハッキングし、監視カメラの映像を分析してその行方を追っている。

部屋でストレッチ運動と腕立て伏せをした後、シャワーを浴びた。着替えをすませて窓にかかるカーテンの隙間から通りを見下ろしていると、黒いフォード・エクスプローラーがホテル前に停車した。

浩志は腕時計を見た。午前六時十五分、エクスプローラーから背の高い男が二人降りて来るのが見える。二人ともかなり警戒した様子でホテルに入った。

部屋の内線電話が鳴った。

「ミスター・藤堂、お客様がお見えになりました。五階の打ち合わせルームにご案内します。階段に通じるドアのロックは解除しておきますので、そちらからお上がりください」

代理店の前社長であるマイク・エルバードからの連絡だ。六時半に客が来ることは事前に連絡をしておいた。

浩志はエレベーターのすぐ近くにある〝Staff only〟と書かれたドアを開けて階段を上がった。このビルは四階まではホテルになっているが、五階は傭兵代理店の打ち合わせスペースと武器の倉庫で、六階は事務室兼自宅になっているようだ。

米国では戦地に傭兵を斡旋《あっせん》する傭兵代理店は違法ではないが、州によって銃の規制が異なるために五階の武器庫は違法になる。浩志に個人的に武器の販売を渋ったのもそういう事情があったためらしい。

階段を上がり、五階のドアを開けるとエレベーターのすぐ横に出た。目の前に立っていた二人の男が、ドアが開いた音にぎょっとして振り返った。

「ミスター・藤堂。驚かさないでくれ」

デルタフォースの幹部であるジョナサン・マーティンが気さくな笑顔で握手を求めて来た。浩志も右手を差し出し、固い握手をした。

「紹介しておこう。ヒース・クレガソン中佐、亡くなったゲーリー・マクナイト中佐とは親しかった」

「ヒース・クレガソンであります」

マーティンに紹介され、クレガソンは一歩前に出て敬礼してみせた。身長は一八〇センチほど、首と肩の発達した筋肉が現役のデルタフォースの隊員であることを物語っている。歳は三十半ばか。

「堅い挨拶は止めてくれ」

浩志は軽い敬礼で返し、二人にソファーを勧《すす》めて自分も奥のソファーに座った。

「それにしても、ただでさえテンダーロイン地区にあるホテルと聞いて驚いていたのに、フロントで特別の鍵を渡されて、こんな豪華な特別室に通されるとは思わなかった。よくこんなホテルを知っていたね。ここは会員制なのかい」

マーティンは部屋の奥の方を見ながら言った。バーカウンターとグランドピアノを見て感心しているようだ。

「会員制はよかったな。ここは傭兵代理店だ。ホテルは趣味でやっているそうだ」

「傭兵代理店！」

クレガソンの声が裏返った。

「傭兵代理店なのか。現役の将校が二人揃って、来るとはな。うっかり仲間に知れたら、転職するつもりかとからかわれそうだ」

マーティンは苦笑してみせた。

代理店の社長であるマット・エルバードが顔を出さないのは、マーティンらに気を使ってのことだろう。

今日の打ち合わせは浩志が呼び出したわけではなかった。浩志が仲間とブラックホークを撃墜した犯人の捜査を続けているという報告をワットから受けたマーティンの求めに応じてのことだった。

政府はテロによりブラックホークが撃墜されたことを隠して事故と発表した。事実をメディアに流すことで市民がパニックに陥ることを怖れたのだろう。だが、一番の理由は、ブラックホークで密かに移送しようとしていたのが、ロシア連邦保安庁、ＦＳＢの元秘密情報員で、しかも米軍の軍法会議に証人として出廷する予定になっていたからに違いない。ロシア政府が知れば当然国際問題に発展したに違いない。あるいは事前に察知したために〝ヴォールク〟という暗殺集団を使って強硬手段を取ったのかもしれない。

「今回の事件をペンタゴンで分析している。もしロシア政府が亡命を希望した元情報員を米国内で抹殺したというのなら、我が国の主権を脅《おびや》かす戦争行為だと言える。大統領からも真相を究明するように命令が出された」

「大統領？」

浩志は右眉を上げて舌打ちした。陸軍は国防相を通じて大統領に報告したのだろう。だが、大統領が真相を究明するように命じるということは、大統領の直轄《ちょっかつ》機関であるCIAが動くということになるからだ。CIAには何度も煮え湯を飲まされている。関わりを持ちたくなかった。

「さすがだ。君はすでに私が言わんとしたことが分かったようだね。捜査の主体は軍から離れ、CIAに移った。攻撃を受けたのは陸軍のブラックホークであり、乗員と直属の部下を失った我々デルタフォースが所属する陸軍は捜査からはずされたのだ」

マーティンは興奮したらしく、デルタフォースの名を出してしまった。傍《はた》で聞いていたクレガソンがはっとした表情を見せたが、浩志は気が付かない振りをした。デルタフォースは政府ですら公式に存在を認めない特殊部隊である。一般人との会話で出て来て良い名称ではなかった。だが、それだけにマーティンは浩志を信頼しているという証拠であり、ゲーリー・マクナイト中佐をはじめとした部下を失ったことに深い悲しみと政府に対する怒りを覚えているのだろう。

「君たちが捜査を続行していることは、ワットから聞いている。捜査を任されたCIAはまだ動き出していない。彼らに先を越されたくないのだ。我々に協力させて欲しい」

ワットからマーティンに報告させているのは、彼の部下が犠牲になったということもあるが、いずれは彼の力を借りることもあると予測してのことだ。

「いいだろう。こちらとしても力を借りたいと思っていた」

〝ドメニカ・ピザ〟を仲間六人で交代して監視しているが、すぐに限界がくることは分かっていた。早期に決着をつけるのなら、ピザ店がある、サンフランシスコ、ニューヨーク、ワシントンの三つの店舗を同時に強襲することだ。

「プランはあるのか?」

「〝ドメニカ・ピザ〟の拠点であるサンフランシスコ、ニューヨーク、ワシントンの三カ所を同時に押さえたい。サンフランシスコだけなら、我々だけで充分だが、その他の二つを頼めないか」

浩志の提案にマーティンがにやりと笑ってみせた。

「残念だが、私は立場上現場に出ることはできない。そこで協力するチームの指揮をクレガソン中佐に任せようと思って、ここに伴ったのだ」

彼らは作戦チームをすでに用意していたようだ。

「連係プレイが取れるようにしたい。再度ブリーフィングをさせてくれ」

「朝早くから来ただけのことはあったな」

マーティンは立ち上がった。

「そうだ。ちょっとミスター・藤堂と話がある。クレガソン中佐、先に一階のラウンジで待っていてくれたまえ」

「はっ！」

クレガソンは立ち上がってマーティンと浩志に敬礼をすると、エレベーターに乗って一階に降りて行った。

エレベーターが下に降りたことを確認するとマーティンは真剣な表情になった。

「ここだけの話にしてくれ」

他には誰もいないのにマーティンは周りを気にするように浩志に近付いて切り出した。

「大統領は確かにＣＩＡに事件の捜査を依頼した。だが、それはポーズで事件の早期の幕引きを考えているようだ。ペンタゴンではエレーナ・ペダノワから膨大な量の極秘情報を得たらしい。そのため、ボリーナ・ソトニコワが米国に情報を漏らす前に死んだことは、都合がいいのだ。彼女の死は囮《おとり》になったと考えているらしい」

「都合のいい解釈だ。敵の攻撃意図が分かっているだけに、同じようなテロは起きないと政府では見ているんだな」

米国政府としてはロシアに対して表向きは何もなかったことにしたいのだろう。それにロシアもペダノワが米国の手に陥っているとは思ってもいないはずだ。

「だが、軍で今回の事件を知っているのはごく一部の幹部だけだが政府が報道を隠したことも、捜査を打ち切ろうとしていることも許せないというのが、大半の意見だ」

「今回のサポートはある意味、軍の総意ということか」

「徹底的に闘う。ロシアと戦争になっても構わないとさえ思っている。正義は我々にあるのだ。大統領にも最後はそう決断してもらうべきだと我々は考えている」

マーティンの大胆な言葉にさすがの浩志も目を見張った。だが、自国内で非武装のヘリを敵国に攻撃されたのだ。軍人として怒って当然だと言える。

「分かった。俺たちもベストを尽くそう」

浩志が右手を差し出すと、マーティンは腕が痺《しび》れるほどの力を込めて握手をしてきた。男の熱い気持ちが伝わって来た。

四

ニューヨークの中心マンハッタン。州都は人口がわずか九万人弱というオールバニであるが、米国だけでなく世界で一番発展しているマンハッタン区がニューヨークの実質的な州都であることは間違いない。

国際連合本部ビルはマンハッタン島の東部、イースト川沿いにある。敷地の西側は一番街に面し、北は東四十八番通り、南は東四十二番通りに接している。国連ビルから西に2ブロック、東四十四番通りに築七十年を超える四階建てのビルがある。間口が十メートルにも満たない矮小《わいしょう》なビルでいずれ再開発のために壊される運命にあるのだが、一階と二階に〝ドメニカ・ピザ〟のニューヨーク支店があった。

マンハッタンの中心でもないので寂《さび》れた雰囲気が漂《ただよ》う界隈だが、ピザ店の斜め向かいにある十二階建てのビルの前には運送会社の大型バン・トラックが停車している。バンのボディには十一人のデルタフォースの精鋭がいつでも出動できるように待機していた。

米国の首都、ワシントン・コロンビア特別区（District of Columbia）、略してワシントンD.C.。その中心にはサンフランシスコほどの規模はないがチャイナタウンがある。中国人は、どこの国に行ってもその国の文化、風習に溶け込むことなく街の中に中国を形成する。中国こそ、世界最高峰の文化だと彼らが認識しているからにほかならない。米国発祥《はっしょう》のレストランやファーストフードの看板を漢字表記にするのは当たり前のことで、NBAの会場にもなるベライゾン・センターも漢字の看板が英語表記よりも大きく目立つ。

チャイナタウンから北に2ブロックの再開発地区であるKストリート・ノースウェスト沿いの道に三階建ての小さなビルがある。一階には〝ドメニカ・ピザ〟の看板が掲げてあった。店の前の道は片側二車線あり、歩道は車道と同じぐらい幅があるのは、将来道路を拡張するためだろう。この広い通りを隔てて六階建ての真新しいビルがあり、その横にある駐車場にも十一名のデルタフォースの隊員を乗せた運送会社の大型バン・トラックが停車していた。

サンフランシスコ、コロンブス・アベニュー沿いの〝ドメニカ・ピザ〟の本店から1ブロック北の交差点近くに、ボディに〝Office supplies（事務用品）〟と書かれた大型トレーラー・トラックが停車している。米国でコンボイと呼ばれるトラックだ。

巨大なコンテナの中は米国陸軍の最新の歩兵戦略システムである〝ランドウォリアー〟のコンピュータや通信機器が詰め込まれていた。〝ランドウォリアー〟とはIT化された装備を身につけた兵士が航空機などから情報や攻撃的支援を受け、指令室では兵士から送られてくる音声、画像情報で命令を発することができるというものだ。

実際の個人装備は、情報を映し出すヘッドアップディスプレイと暗視カメラの付いたヘルメットを装着し、指揮官は腕に装着する小型ノートパッドで航空・砲撃などの支援の要請、または指示ができる。ＳＦ映画の戦闘シーンを再現したような形態と考えればいい。

戦術情報共有システムと呼ばれるデジタル情報通信システムを通じて得られる情報は、有人の航空機や戦車や艦船だけでなく、特別なコードで無人偵察機からも直接情報を受け取ることができるようだ。実験段階のものは公開されているが、実戦配備された部隊の装備については今のところ公開されていない。

ヒース・クレガソン中佐はデルタフォースにおける〝ランドウォリアー〟の実戦部隊の指揮官で、三人のシステムオペレーターと五人の重装備の部下とともに指令室となっているトラックのコンテナに詰めていた。内部には複数のモニターがあり、ニューヨークとワシントンD.C.に展開しているデルタフォースの隊員の位置を確認するとともに、各隊員から送られてくる映像を同時に見ることができた。

情報は衛星回線を通じて繋がっており、クレガソンは居ながらにして現場の兵士に命令を出すことができた。指揮官はパソコンの戦略ゲームをしているようなものだ。

浩志はクレガソンが特別な機器を使って指示を出すことだけ聞いており、はじめて会った翌日に綿密な打ち合わせをしたが、さすがにデルタフォースとしても近未来型の戦術兵器の存在を浩志に教えるつもりはなかったようだ。

また浩志らが使っているヘッドギアの通信周波数は教えてあり、クレガソンは〝リベンジャーズ〟の通信をモニターすることになっていた。形の上では〝リベンジャーズ〟もクレガソンの指揮下に入ったことになるのだが、浩志は気にしていなかった。

ニューヨークとワシントンD.C.へデルタフォースのチームが派遣されたのは、浩志とジョナサン・マーティンが〝マディソン・ホテル〟で会ってから二日後のことだった。地元警察からCIAにいたるまで他の政府機関に知られずに隠密《おんみつ》行動をするのに慎重だったらしい。

サンフランシスコ、コロンブス・アベニューに面した〝ドメニカ・ピザ〟の前には、二台の同じバン・トラックが駐車されており、通りからピザ店は目隠しされていた。ボディには、〝Moving Up in Truck Rental〟と書かれている。バジェットレンタカーの引っ越し専用車だ。

午前二時二十六分、さすがにこの時間に歩行者の姿はない。コロンブス・アベニューと鋭角にクロスするカニー・ストリートのナイトクラブやアダルトショップも三時で閉店しているが、二十四時間営業のストリップ劇場〝ハッスル・レディ・シアター〟のネオンが唯一人気のない通りに輝いていた。

「それにしてもコンビニじゃあるまいし、二十四時間って儲《もう》かるんですかね」

ランドクルーザーを運転する瀬川が横目で劇場のネオンを見ながら言った。

劇場前のパーキングエリアはバンや乗用車が五台も駐車してある。

「意外に儲かっているんじゃないのか。車が何台も停まっている」

浩志は助手席のシートに深く腰掛けて答えた。友恵に念のためにストリップ劇場のことも調べさせた。すると意外にもこの界隈では老舗《しにせ》的な存在で三十年以上営業しているらしい。古くからのファンもいるに違いない。

劇場は〝ドメニカ・ピザ〟があるビルのちょうど真裏に位置するため、ビルの裏側からの侵入はできない。もっともピザ店のビルの出入り口は一つしかないので、突入するにしても正面からするほかないだろう。建物の構造はデルタフォースが軍事衛星で写真を撮って確認していた。

この二日間の監視活動で浩志らが逃がした二人とは違う三人の男が夕方店に入ったが、

それ以降の人の動きはなかった。二階の事務所スペースは宿泊できるようになっているのかもしれない。

急襲は三つの都市で同時に午前二時三十分を予定している。敵は国家レベルのテロリストという想定で米軍は行動することになっていた。そのため非常時の軍事行動にあたり警察行動も許されるという。目的は犯人の手がかりとなる証拠品の押収がメインだが、人がいれば拘束して尋問する。

いつの間にか主体はデルタフォースになっていた。浩志たち傭兵チームは作戦に参加する形になっているが、正規の部隊でない以上致《いた》し方がない。それでもデルタフォースの元指揮官であるワットがチームにいるため、同等に扱われているようだ。

浩志と瀬川は周辺の見回りをして異常がないことを確かめた。カニー・ストリートを右折し、コロンブス・アベニューに入り、〝ドメニカ・ピザ〟の前に停めてあるバン・トラックの後ろにランドクルーザーを停めさせた。両隣の店は昨夜の午後九時に閉店して無人であることはすでに確認済みだ。

「リベンジャーだ。攻撃二分前、全員態勢を整えよ」

ヘッドギアの無線を通じ、待機している仲間に連絡をした。

――こちらピッカリ。イーグル、オーケー。

ワットは見張りをしていた時と同じ、加藤と田中と一緒にランドクルーザーのすぐ前に停めてあるバン・トラックの後部座席に隠れて待機している。

——こちら爆弾グマ。パンサー、オーケー。

辰也のチームは、宮坂と京介の三人でもう一台のバン・トラックに乗り込んでいた。

急襲の準備は整った。これまで一方的に攻撃され続けたが、やっと反撃する番が回って来たのだ。闘いは劣勢《れっせい》であっても耐え忍んで兵力を保てば、いつか反撃できる。大事なことはチャンスを逃さないことだ。

五

午前二時二十九分。

——こちら、〝ベーター24〟。

ヘッドギアにデルタフォースのヒース・クレガソン中佐からの通信が入った。

「リベンジャーだ。いつでもオーケーだ」

——他のチームも予定通り、決行します。現在三十秒前。

「リベンジャー、了解」

通信を終えた浩志は腕時計でカウントダウンすると瀬川を伴い、ランドクルーザーから降りた。

二人ともサンフランシスコの傭兵代理店から改めて借りたサプレッサー付きMP5SD1を構えている。今回の作戦行動はすべて傭兵代理店から資金が出ている。米軍から資金が流れたようだ。そういう意味では米軍から雇われた形になっている。

二人は〝ドメニカ・ピザ〟の出入り口の前に立った。周囲に人がいないことを確認すると、瀬川がドアノブの下にある鍵孔の上に極少量のプラスチック爆弾を貼り付け、起爆装置を取り付けた。

「リベンジャーだ。イーグル、パンサー、配置に就け」

浩志の命令で先頭のバン・トラックの後部ドアが開き、ワットと田中と加藤がMP5SD1を構えながらピザ店の壁に張り付くように並んだ。遅れて二台目のバン・トラックから降りて来た辰也と宮坂と京介は手に何も持っておらず、ワットたちとは反対側の壁に並んだ。彼らの携行している武器はグロックだけだ。

浩志が拳を握ると、瀬川が起爆装置のスイッチを押した。

押し殺した爆発音を上げ、ドアは白い煙を吐いて開いた。すかさず瀬川がドアを蹴って突入すると浩志、ワット、田中、加藤の順に続いた。

辰也は開いたドアを閉め、普段は吸わない煙草を取り出した。すると宮坂と京介はポケットから缶ビールを取り出し、片手で煙草を吸いはじめた。辰也は一八〇センチ、宮坂は一八二センチと二人の背丈《せたけ》だけでなく鍛え上げた身体は威圧感がある。京介は一六六センチと身長は低いが、仲間の中では一番凶悪な顔をしている。三人がたむろしていれば、たとえ通行人がいたとしても店の前は避けて通るだろう。街中だけに自然に振る舞えば下手に隠れて見張りをするより効果的なのだ。

「うん？」

浩志は踏み込んですぐに人の気配がないことに気が付いた。

ハンドライトに浮かび上がるのは木箱の山だけだ。広さは三十平米ほどの部屋で、レストランとして使われていたのかもしれない。左手の壁際にテーブルと椅子が積み上げられ、その前に木箱が整然と積み上げられていた。

右手の壁際に狭い階段がある。田中と加藤にハンドシグナルで階段を指差して二階に行かせ、部屋を調べるためにワットを残して浩志は瀬川とともに店の奥へと向かった。

狭い通路を進むと以前は厨房《ちゅうぼう》だったのだろう、業務用のコンロや冷蔵庫があった。

「何だ？」

壁を照らすと、無数の写真が壁に貼ってあるのが分かった。確認は後だ。

「誰もいない。二階か」

浩志は瀬川を促し、二階に上がるべく階段を目指した。

――こちらへリボーイ。リベンジャー応答願います。

田中から連絡が入った。

「リベンジャーだ。今、そっちに向かう」

——それが、二階を調べましたが、誰もいません。

二日間も監視をして、三人の男が入ったまま出て来ていないことは確認している。とすれば、表の出入り口以外に抜け道があるのか、あるいはパニックルームのように外敵を一時的にしのぐための小部屋があるかのどちらかだ。

「全員に告ぐ、隠し部屋か脱出口があるに違いない。床や壁を徹底的に調べろ。二階は天井も調べるんだ」

浩志はすぐさまワットや瀬川とともに壁や床を叩いて調べはじめた。

——こちらトレーサーマン。天井裏に通じる階段を見つけました。

「リベンジャーだ。すぐそっちに行く」

加藤からの連絡を受けて浩志は階段を駆け上がった。その後をワットと瀬川が続く。睨んだ通り、二階は宿泊施設になっていた。間取りは一階と同じだが、手前の部屋にはベッドが二つ置かれており、廊下を隔てた奥にも部屋があるようだ。

「こっちです」

田中が廊下にある階段の中ほどから手招きをしている。階段は折り畳み式で天井のフックを引っ張ると伸びてくる仕掛けになっていた。

加藤がすでに天井裏に上がっているようだ。

階段の上は天井までの高さが一・八メートルほど、広さは八畳ほどの小部屋があった。ベッドが一つ置かれ、エアコンも完備されている。ドアの向こうにも部屋があり、同じようにベッドが一つだけ置かれているがもぬけの殻だった。敵が建物から脱出したとなると外にいる辰也らだけでは手が足りない。

「〃ベータ－２４〃、応答せよ」

何度か呼びかけたが返事はない。

「くそっ！　こんな時に限って」

彼らも三都市での同時攻撃のためにサポートが手薄になっていた。あてにはしていなかったが、数人でもバックアップが欲しい。

「藤堂さん、外に出られます！」

加藤が奥の部屋で脱出口を見つけたようだ。はやくも天井にある九十センチ四方の抜け穴に掛けられている階段から出るところだった。浩志が来たために安心したのだろう。だが、敵は外にまだいる可能性がある。

「待て！　加」

パンッ、パンッ！

呼び止める間もなく銃声がし、加藤がハシゴから転げ落ちて来た。

「いかん！」

慌てて駆け寄った。加藤が左腕を押さえている。かすり傷で大したことはなさそうだ。

「敵は?」

「ハシゴに向かって九時の方角です」

「田中!」

浩志は田中に加藤を任せると階段を上り、MP5SD1だけ外に出し、九時の方向である左に向けて連射し、すばやく屋上に飛び出した。

左隣には三メートル近く高い三階建ての建物がある。その壁に備えられたハシゴを一人の男が上っているところだった。

MP5SD1を構えた。

「むっ!」

殺気を感じた。斜め右方向の三階の建物屋上から、別の男が銃を構えていた。浩志は咄嗟に近くにあるダクトの陰に飛び込むように隠れた。途端に凄まじい銃撃を受けた。サブマシンガンなのか屋上のコンクリートが火花を上げて炸裂《さくれつ》する。

浩志もMP5SD1をダクトの上に出し、屋上の敵に向けて連射しながらダクトを伝って位置を変えた。

新たな銃声がした。振り向くとワットが屋上に出て援護している。

浩志はダクトから身を乗り出して、敵がいないことを確認するとハシゴに取り付いた。

「爆弾グマ。敵は左隣のビルに移った。裏に回れ！」

命令を出しながら、浩志は隣のビルの屋上に上った。

「くそっ！」

すでに敵の姿はなかった。屋上を走った。このビルは裏通りになるカニー・ストリートに面したビルと繋がっている。しかも裏通りに面したビルには非常階段があった。ビルの端まで行き、銃を構えた。男が非常階段を下りている。階段が邪魔で撃つことができない。

浩志はＭＰ５ＳＤ１を肩に掛け、屋上に伸びているハシゴをビルの三階にある非常階段の踊り場まで滑《すべ》るように降りた。

男が非常階段から路地に飛び降りた。

浩志は階段から身を乗り出して銃を構えた。

「むっ！」

別の男が駐車している車の陰からハンドガンを両手で構えていた。瞬時にストックの下に円柱形の筒が付けられているのを確認した。

浩志は迷わず、銃を持っている男を連射した。十数発の弾丸が男と車に命中した。男は車道の反対側まで吹き飛ばされたが、ハンドガンが衝撃でマシンガンのように銃弾を吐きだした。

ハンドガンでフルオート（連射）ということは、グロック一八なのか改造された銃を使っていたのだろう。しかもマガジンは連射用のドラム式を装塡していた。ハンドガンをフルオートにすればリコイル（反動）が大きくなるために命中率は格段に下がるが、数十発も連射すれば当たる。浩志が先に撃ち殺さなければ確実に蜂《はち》の巣にされていた。

隣のストリップ劇場〝ハッスル・レディ・シアター〟の前からグレーのバンが急発進した。浩志は素早く銃を構えた。

「くっ！」

舌打ちをして、撃つのを止めた。敵とは限らない、ストリップ劇場の客が慌てて逃げ出したのかもしれないからだ。

交差点から、ランドクルーザーが現れた。

――リベンジャー、乗ってください！

辰也の声だ。

浩志は非常階段を駆け下りた。

六

〝ドメニカ・ピザ〟急襲作戦は失敗した。

軍事衛星を使ったデルタフォースからの情報が間違っていたこともあるが、敵が少人数のため、大掛かりな封鎖を行わなかったのが、何よりの敗因だ。

浩志は辰也が運転するランドクルーザーの助手席に乗り込み、後部座席には宮坂と京介が座っている。ピザ店裏にあるストリップ劇場〝ハッスル・レディ・シアター〟の前から急発進したグレーのバンを追っていた。前を走る車は二〇〇八年型クライスラーの〝ボイジャー〟三千三百ＣＣで足回りがいい。

他の仲間はピザ店と周辺を捜索している。だが、深夜の街に銃撃音が轟いただけに通報はなくても、パトカーは駆けつけてくるだろう。その前に撤収するように現場で指揮を執《と》っているワットには指示してあった。

ようやくデルタフォースのヒース・クレガソン中佐から通信が入ってきた。

――こちら、〝ベーター２４〟、他の現場からの通信が錯綜《さくそう》して、連絡が遅くなりました。現状を報告してください。

「敵は屋上から脱出した。一人を射殺。仲間が乗っていると思われる車を現在、追跡中だ。そっちはどうなった？」

――それが、ニューヨーク、ワシントンともに脱出口があり、どちらのアジトも犯人を拘束できませんでした。少人数の敵と思って対処したのが、間違いでした。

連絡が遅れたのは、敵を発見できなかったために現場からの無線と映像を確認するのに手間取ったためだろう。彼らは最新の歩兵戦略システムである〝ランドウォリアー〟を採用した部隊だ。それだけに慢心していたに違いない。

世の中の事象《じしょう》はすべてＩＴ化されようとしている。本来備わっている機能をＩＴで置き換えることにより、自らを脆弱《ぜいじゃく》で感性の鈍い動物に貶《おとし》めていることに人は気付いていない。

——部下をピザ店に向かわせました。市警が来ても軍の捜査中ということにします。

「頼む」

これで、ピザ店から急いで撤収する必要はなくなった。

——引き続きニューヨークとワシントンの捜査を続けます。追跡のバックアップができませんので、よろしくお願いします。

ストリップ劇場から走り去ったミニバン、〝ボイジャー〟が劇場の客でないことはすぐに分かった。カニー・ストリートが両面通行なのは、劇場前の１ブロックだけだが、車は南にあるパシフィック・アベニューとの交差点を越えて一方通行のカニー・ストリートを逆走したからだ。

だが、それは作戦だったのかもしれない。浩志らはスピードを上げて〝ボイジャー〟に迫り、彼らと同じく一歩通行を逆走した。マーケット・ストリートを右折したところで、パトカーに追われるはめになった。

　米国は日本と違い、交番による警察官の配備と巡回というシステムがない代わりにパトカーによる巡回という方法を日常業務としている。そのため応援の要請を受けると、本署だけでなく巡回していたパトカーがあっと言う間に集まってくる。

　マーケット・ストリートを右折し、サウス・ヴァン・ネス・アベニューに入ったところでパトカーは二台に、二十四番通りからカストロ・ストリートに右折したところで三台に増えていた。ちなみに通り名のカストロは、キューバのカストロではなく、十九世紀に米国の侵略に抵抗したメキシコ人の指導者にちなんで付けられたそうだ。今では米国のゲイ・コミュニティーの中心地になっている。

「ちっ！　金魚の糞《ふん》じゃあるまいし」

　ハンドルを握る辰也がバックミラーを見ながら忌々《いまいま》しげに言った。うるさいとはいえ、パトカーだけに乱暴なことはできない。どこまでも先を走る〝ボイジャー〟を追いかけて行くまでだ。はぐれてしまえば、パトカーをすべて引き受けることになってしまう。

　坂道を登る形でカストロ・ストリートを北進すると、やがて下り坂になり中央分離帯があるディヴィサデロ・ストリートに入った。片側二車線、別に駐車帯もあるので道の広さはカストロ・ストリートと変わらないが、中央分離帯があるせいで圧迫感がある。だが、〝ボイジャー〟の運転手は相当な技量があるらしく、走行している車を縫《ぬ》うように走り抜け、ともすると撒かれそうになる。しかも、この通りは巡回しているパトカーが多いのか、後ろにはいつの間に五台のパトカーが連なっていた。

急な上りの坂道になったかと思えば、アップダウンのある下り坂になった。

「まったく、とんだサンフランシスコツアーだぜ」

交差点で信号無視をして左から進入してきた車を、見事なハンドルさばきで避けた辰也が悪態をついた。浩志はすぐ後ろのパトカーが信号無視の車と激突したのをバックミラーで見て苦笑した。

「捕まったら、百年ほど刑務所に入れられそうだな」

宮坂は振り返って笑ったが、市街地をハイスピードで飛ばす車に乗るだけでもただごとではない。アップダウンの坂道を走るだけで、頭を天井にぶつけそうになるのだ。

カリフォルニア・ストリートを越え、中央分離帯はなくなり、上り坂になる。ブロードウェイとの交差点で坂を上りきり、視界が開けた。今度は下り坂になり、サンフランシスコ湾が見渡せる風景になった。もっとも夜中のために絶景とは言えない。

急な坂だが交差点だけ道路が平《たい》らになるために、減速しないと車は派手に交差点からダイブして坂に頭から突っ込むようになる。しかもこの辺りの交差点には手前にストップの赤い看板があるだけで信号がない。後続の三台後ろのパトカーが今度は交差点に右から進入してきた車と接触事故を起こした。だが、別のパトカーがまるで補充されるがごとく応援に駆けつけてくるために、五台から数は減らない。

坂を下りきったロンバード・ストリートで〝ボイジャー〟は腰を振りながら右折した。ここから一・六キロほどは平坦で片側三車線となる。

後続のパトカーが停止させようと横に並んで体当たりをしてくる。辰也はなんとか踏み堪《こた》える。跳ね返してクラッシュさせることも可能だが、こちらから進んで警官に怪我を負わせるわけにはいかない。辰也は横に並ばせないように車線を跨ぎ、蛇行《だこう》しながら走行する。

やがて〝ボイジャー〟はヴァン・ネス・アベニューとの交差点を渡り、道は片側一車線の狭い急な上り坂になった。このまま進めばまたコロンブス・アベニューに出るため、サンフランシスコの四分の一である北東部をぐるりと回ったことになる。

坂道では逃走を続ける〝ボイジャー〟と同様、フルタイム４ＷＤのランドクルーザーは圧倒的なパワーを見せる。後続のパトカーとの距離が開いた。

「待てよ」

二百メートルほど進んだところで、浩志は首を捻った。頭に地図を思い浮かべた。

「まずい！　辰也、スピードを落とせ！」

前を行く〝ボイジャー〟のテールランプをハイド・ストリートの交差点を越えて突然見失った。辰也が急ブレーキを踏んだ。

目の前の道は急なヘアピンが続く〝ルシアン・ヒル〟と呼ばれる坂道になっていたの

だ。二十七度という急カーブが八つも続き、世界で最も曲がりくねった道と呼ばれる観光名所なのだ。

辰也は腰高ほどの縁石にバンパーを擦り付けながら、坂道を降りて行く。

「パトカーが先回りをして来ます!」

宮坂が交差点で追いかけて来たパトカーが左折したのを見て叫んだ。地理を知り尽くした市警の警官は大回りをして、坂の下を封鎖するつもりなのだろう。

〝ボイジャー〟が最後のカーブを曲がりきってスピードを上げた。左から前方を塞《ふさ》ぐ形で飛び出して来たパトカーのフェンダーにぶつけてそのまま直進した。パトカーはスピンして交差点の角にぶつかった。

二台目のパトカーが飛び出して来た。

「どけ!」

辰也は叫びながらハンドルを切って避けた。パトカーに車の後部をぶつけられ、バンパーをもぎ取られながらもすり抜けた。

「どこに行くつもりなんだ」

浩志は逃走車のテールランプを見つめて考えた。

〝ボイジャー〟はコロンブス・アベニューを越えて、メースン・ストリートからベイ・ストリートに出た。道はやがて港沿いの通りであるザ・エンバーカデロにぶつかる。このまますサンフランシスコの街中をパトカーの追跡を振り切るつもりで走っていても、いつかは応援のパトカーで道は完全に封鎖されてしまうだろう。

〝ボイジャー〟はザ・エンバーカデロに右折した。中央にヤシの木が植えてある分離帯に挟まれて路面電車の軌道があるために片側二車線になっている。だが、直線が続くために見通しはいい。

逃走車の三十メートル後方に辰也は付けている。そのまた二十メートル後方をパトカーが団子状態で五台連なっていた。

「何！」

辰也が声を上げた。助手席の男が長い筒状の物を持ち、〝ボイジャー〟のルーフから身体を乗り出して来たのだ。

「まさか……」

浩志は右手でグロックを握りしめて窓を開けた。

「宮坂、RPGだ。助手席の男を撃て！」

浩志らが銃を構えて窓から身を乗り出すのと、男がRPG7を構えるのとがほぼ同時だった。

「ちくしょう！」

浩志らがトリガーを引く直前にRPG7が火を噴《ふ》いた。

浩志と宮坂は咄嗟に車内に身を引いた。辰也が左に急ハンドルを切った。ＲＰＧ７の流弾が白煙の尾を引きながらランドクルーザーの車体をかすめるように飛んで行った。車は中央の分離帯を乗り越え、勢い余って路面電車の軌道も越えて、さらに隣の分離帯に乗り上げて椰子《やし》の木にぶつかる寸前で停まった。

浩志はまるでスローモーションを見るように流弾が追跡してくるパトカーの先頭車両のボンネットに命中するのを見た。爆発して火の玉と化したパトカーは、後方に回転しながら後続の車を次々と巻き込んで爆発炎上させていった。

〝ボイジャー〟はすぐ次のブロードウェイとの交差点を右折して行った。

辰也はすぐさま車を路面電車の軌道に戻して、ブロードウェイに入ったが、脇道に入ったのか〝ボイジャー〟の姿はなかった。

「くそったれ！」

辰也は激しく舌打ちをし、ハンドルを叩いた。

これ以上廃車寸前の車での追跡は不可能だ。敵を見つけるどころか、今度こそパトカーとのカーチェイスの末に捕まってしまう。

「ピザ店に戻るんだ」

浩志は辰也に虚しく指示を出した。ピザ店は軍が押さえている。そこに行けば、市警の追跡は避けられる。

ラスベガス

一

〝ドメニカ・ピザ〟から逃走した敵を追跡した浩志らは、湾岸の幹線でＲＰＧ７を使用するという卑劣な攻撃により、振り切られてしまった。

午前三時半、真夜中のサンフランシスコは、いたるところでパトカーや消防車や救急車のサイレンが響き渡る異常事態になっていた。

追跡を断念した浩志たちは、急襲作戦の責任者であるデルタフォースのヒース・クレガソン中佐と合流するため、すぐにピザ店に戻った。幸いにも敵を見失った地点からコロンブス・アベニューのピザ店までは一キロと離れてはおらず、パトカーと遭遇することもなかった。

ピザ店の前にはデルタフォースの指令車である大型トレーラー・トラックが停車してい

た。店の入り口には二人の完全武装した兵士がM4カービンを肩から下げて立っている。

傷ついたランドクルーザーをトラックの後ろに停めた。

浩志は辰也と宮坂と京介を伴い、店の前に立った。二人の兵士は浩志を見ると敬礼してみせた。軽い敬礼を返し、店の中に入った。建物の中は照明が点けられ、うずたかく積まれた木箱の前にワットと瀬川が立っていた。

「疲れた顔をしているぜ。それとも腹が減っているのか」

実際疲れた顔をしているようだ。指揮官らしくないと、ワットはさりげなく注意しているのだろう。

「腹が減っただけだ」

「それならピザの宅配を頼もうぜ」

「身体に悪そうだから止めておく」

浩志がにやりと笑うと、ワットも笑って頷いた。

「これは！」

ワットの背後に積まれた木箱を改めて見た浩志は驚きの声を上げた。木箱の側面には〝Black Coffee〟と刻印されている。テンダーロイン地区に巣食っていたギャング、リカルド・ベラの自宅にも同じものがあった。

「中身はそこにある」

ワットは部屋の奥の壁際に寄せられたテーブルの上を指差した。

「ほう」

浩志はテーブルに近付き黒光りする武器を見て唸った。小型短機関銃であるＭＡＣ一〇が五丁と予備のマガジンが並べてある。ＭＡＣ一〇はリカルド・ベラの手下も使っていた。浩志が追っている〝ヴォールク〟と見られる闇の組織は、請負の暗殺だけでなく武器の密売もしていたようだ。

「ギャング一味のアジトをボスのジョバニ・トラドもろとも爆破させたのは、ブレンダ・シールズの偽の証明書の件もあったのかもしれないが、もともと武器の取引があったトラドの口封じと証拠隠滅を図ったのだろう。地下室にボリーナ・ソトニコワが捕われていたのはおまけだったに違いない」

ワットはＭＡＣ一〇を手に取って太い首を振ってみせた。もっとも、爆破させた犯人は木箱に入れた武器が手下の倉庫に移されているとは思わなかったに違いない。

「クレガソンはまだトレーラーの中か？」

浩志はクレガソンと今後の打ち合わせをしたかった。

「やつは今、上層部との連絡でパニクッているだろう。街中騒がしいが、何があった？」

「市街地でＲＰＧ７をぶっ放すとは思わなかった。認識が甘かったようだ」

浩志はＲＰＧ７の流弾で、パトカーが数台も大破した状況を説明した。

「異常だ。相手を俺たちと同じ戦争屋だと思ったらだめだってことか」

浩志らの無線は全員モニターしている。ワットもおおよその状況は分かっていたはずだが、改めて聞かされて厳しい表情になった。

「浩志、こっちに来てくれ」

ワットは建物の奥へ向かった。もと厨房らしき部屋には埃を被ったキッチンと冷蔵庫があり、壁にはいくつもの写真が貼り出してあった。

「もうすぐ、ＣＩＤの鑑識が来る。調べるのなら今のうちだ」

ＣＩＤ（陸軍犯罪捜査司令部）を呼ぶということは、軍はこの現場を市警に渡すつもりはないようだ。サンノゼ国際空港のブラックホークの撃墜事件は政府により、うやむやにされてしまった。だが、今回はＲＰＧ７によりパトカー数台を大破させるという凶悪事件に発展している。もはやテロを疑う者はいない。国家非常事態として軍は堂々と対処できるというものだ。

壁に貼り出されている写真は知らない顔ぶれの白人の男女だったが、エレーナ・ペダノワやボリーナ・ソトニコワの写真もあるために、ペダノワがロシアから引き連れて来た一団の顔写真だと推測できる。しかもペダノワ以外の写真には赤いマジックペンでバツ印がされていた。殺害が完了したことを示しているのだろう。

「この部屋だけでなく、この建物内部をすべて撮影済みです」

後から部屋に入って来た瀬川が報告した。さすがに手際《てぎわ》がいい。浩志の影響で仲間も捜査の基本はしっかり身に付いている。

「ＣＩＤの鑑識が得た情報は俺たちも得られるのか？」

浩志は正直言ってＣＩＤにはあまりいい感触がなかった。

「おそらくな。ただ、確約はできない」

軍とパイプを持っているだけで、ワットも退官しているだけにもはや軍人ではない。いささか自信なさげに答えた。

「ところで俺が撃った男の死体は？」

警察に任せるのなら死体は手つかずのはずだが、銃撃したのが浩志と分かっているためにすでに処理されているはずだ。

「トレーラーに保管されている。俺も驚いたが、あのトレーラーは指令室としての機能だけじゃなく、兵士の収容も考えて作られているようだ。死体を安置するための冷蔵キャビネットまで備わっている」

ワットの現役時代にもＩＴ化された〝ランドウォリアー〟の部隊はあったようだが、彼は関わりがなかったらしい。

「死体は写真ならすぐ見せられる」

ワットはポケットからスマートフォンを出して、画面を表示させた。浩志が殺した男の死体が写っている。

「手元の銃を拡大して見せてくれ」

ワットは頷くと、画面に親指と人差し指を当てて広げて写真を拡大した。

男の銃はグロック一八で、連射用ドラム式マガジンを装填していた。構造上百発以上収納できるに違いない。だが、すべてを連射すれば銃は焼き付いて使い物にならなくなる可能性もある。そもそもグロック一八が他のハンドガンではない連射モードを備えているのは、オーストリア軍の特殊部隊からの要請に従って開発された特殊な銃だからだ。

「このマガジンはおそらくロシア製だ。ちょっと待っていてくれ」

〝Black Coffee〟と刻印された木箱が積まれた部屋に戻ってマガジンを取って来た。すでに調べてあったようだ。長さが二十五センチほどあるマガジンの左右に直径十センチのドラムが二つ付いている。

「以前、これと同じロシア製のマガジンを陸軍でグロック一八に装填し、リコイルを押さえるために延長ストックも付けて試射したことがある。だが、所詮ハンドガンの連射なんて弾の無駄遣いで意味がない。笑い話で終わったよ」

「だが、チンピラが持つのなら話は別だ」

多量の弾丸を撃ち込むことで、敵を圧倒する。しかもマガジンと別に持っていれば、かさ張らない。おそらく他の木箱を調べれば、グロック一八が出てくるだろう。

「この手の銃を好むのは、チンピラか銃のマニアだ。ということは全米に何万人もいるストリートギャングが対象と言えなくもないなあ。だがこんな物でギャングどもが武装したら、米国に明日はなくなる」

ワットも納得したようだ。

「俺たちの敵は、際限のない悪党ということだ」

浩志たちは捜査を降りるべきでないと、今さらながら確認した。

二

午前三時四十分、ＣＩＤの鑑識課が二台の黒いフォードのバンと現場を封鎖するためと思われる兵士を乗せたハンヴィーをともないピザ店に到着した。

独自に現場検証を進めていた浩志は止むなくチームを撤収させた。

騒々しいサンフランシスコを離れ、拠点とするパロアルトに戻るべき二台のバン・トラックに分乗した。浩志たちが借りたトヨタのランドクルーザーはパトカーにぶつけられ、バンパーももぎ取られてしまったため、軍に処理は任せておいた。すでに高速の出入り口などには市警の検問が設けられていると情報が入っていたのだ。

武器は浩志とイーグルチームが現場を調べている間に、辰也のパンサーチームが傭兵代理店に返却したので、検問を怖れる必要はなかった。

ハイウェイ一〇一を降りてパロアルト市内に入ると、サイレンの音がない静まり返った街に懐かしさすら覚えた。

疲れた身体を引きずるように浩志は自室に入った。部屋はフットライトの明かりだけ点されている。

「お帰りなさい」

美香がベランダから顔を覗かせた。帰ることは連絡をしておいたので、部屋には彼女の他には誰もいない。

「眠っていなかったのか」

浩志は着替えや銃を入れたスポーツバッグを床に置き、ベランダに出た。

「星空がとてもきれいで、眠るのが惜しくなっちゃったの」

「なるほど」

東の空はうっすらと明るくなってはいるが、雲のない空には名残りを惜しむかのように星が瞬いていた。毎日のように夜遅くまで敵を求めて動き回っているが、星を見ようと思ったことなどなかった。

「ごめんなさい。疲れているのに」

美香が自分で車椅子を動かそうとしたので、椅子を押すために浩志は後ろに回った。

「大丈夫よ。自分でやらせて。私、自分を甘やかさないことにしたの」

そう言って彼女は車椅子のハンドリム（駆動輪握り）を握って、自分で室内に戻った。

「シャワーを浴びてくる。先に寝るか？」

念のために聞いたが、美香は首を横にゆっくりと振ってみせた。

熱いシャワーに身を委《ゆだ》ね、しばらく何も考えずに立っていたが、RPG7の流弾がパトカーを直撃し、後続のパトカー数台を巻き込んで炎上した光景が脳裏《のうり》に浮かんで来た。思わず拳を握りしめた。ハンドルを握っていたのは辰也だったが、避けるしかなかった。無関係な人々が犠牲になるのは堪《た》え難いことだった。

シャワーを浴びて、ジーパンだけ穿いた。上半身は裸のままでいつものように冷蔵庫から缶ビールを出して、プルトップを引いた。

「ビールの後は、ターキーにする？」

振り返るとナイトテーブルの横で、美香はワイルドターキーの瓶を胸元に抱えるように持っていた。しかも浩志の好きな八年物だ。

「そっ、それをどこで？」

浩志は飲みかけのビールをあやうく吹き出しそうになった。

「今日買って来たの。寝酒で疲れを癒すのは、どうかしら」

悪戯っぽい顔で美香は答え、まるで手品でもするかのような手さばきでショットグラスをテーブルの上に置いてみせた。

「買って来た？」

「いつまでも籠《かご》の鳥じゃ何もできないでしょう。だからみんなで〝ターゲット〟まで出かけたのよ。最初は黒川さんと中條さんは反対したけど、友恵さんと二人でこっそりと出かけようとしたら、渋々付き合ってくれたの。でも結局四人で出かけて、買い物をしたり、食事したりして本当に楽しかったわよ」

美香がこの何日かで一番楽しそうに話している。浩志は彼女のはつらつとした笑顔を見て疲れも忘れ、じっと聞き入った。

浩志はTシャツを着るとベッドに座り、ショットグラスを手に取った。飲み口は細く、カットもシンプルできれいだ。グラスを美香の前に置いた。

「ターキー、ダブル」

すると美香はいつも店でしているように、グラスになみなみと注いでくれた。

「相変わらず、商売が下手だな」

浩志はそう言うと、一口目は喉の奥に放り込むように飲み、喉が焼けるような八年物の刺激を楽しみ、二口目は嚙み締めるように口に含んで香りと深みのある味を楽しんだ。いつも飲んでいた酒だが、今日はこの世の物とも思えないほどうまく感じられる。

「うまい！」

これ以上の言葉が出なかった。

「私にも少し飲ませて」

美香にグラスを渡すと、四分の一ほど残っていたターキーをゆっくりと口に運んだ。

「お店ではあまり飲まなかったけど、本当においしい」

「お代わり」

空になったグラスを受《う》け取り、テーブルの上に置いた。ターキーが注がれる。グラスを握り、まるで餓えた動物のように急いで琥珀《こはく》の液体を喉に流し込む。芳醇《ほうじゅん》で野性味のあるバーボンが舌から喉へ、そして食道を潤し、胃に染みて行く。強ばった身体を弛緩《しかん》させていくのがよく分かる。

ふと美香を見ると、彼女の目から一筋の涙が溢れた。

「どうした？」

「あなたがおいしそうに飲むところを見ていたら、うれしくなっちゃった」

涙を人差し指で拭き取った美香は、笑ってみせた。

浩志はふいに立ち上がり、ナイトテーブルの近くに置かれていた木の椅子を持ち上げて、ベランダに運んだ。

「どうするの？」

美香が不思議そうな顔をした。

「星を見ながら飲みたくなった」

「もうすぐ夜が明けちゃうわよ」

浩志が疲れていることを心配しているようだ。

「たまには日の出を見るのもいいんじゃないか」

「仕様がないわね。付き合ってあげる」

美香はわざと膨れっ面をしてみせた後、おかしそうに笑った。

ベランダに置いた椅子に座ってグラスを差し出すと、ターキーがボトルから気持ちのいい音を立てて注がれた。美香の口元にえくぼができた。渋谷の〝ミスティック〟のカウンターで飲んでいた頃を思い出した。

時計を戻して、何もかもリセットしたかった。だが、グラスを重ねるうちに彼女の笑顔に変わりがないことに気が付いた。あるがままの彼女への気持ちも変わらない、むしろ以前にも増して強く思っているのかもしれない。相変わらず自分の気持ちを理解していなかったのだと我ながら呆れ果てると、なぜか口元が緩んだ。

「どうしたの？　うれしそうな顔をして」

美香は浩志の顔を覗き込むように首を傾げ、長い髪がはらりと落ちた。そのかわいらしいしぐさに思わずどきりとさせられた。

「なんでもない」

浩志はオレンジ色に染まりはじめた空にグラスをかざし、ターキーの琥珀色に朝日をブレンドさせた。自分の心の内を吐き出すような真似はしない。それが傭兵を生業《なりわい》とした男の定めだからだ。

三

〝ミスティック〟のいつもの席に浩志は座っていた。

空になったショットグラスがカウンターの上に転がっている。ツマミを入れる鮮やかな江戸切り子の美しいガラスの器がその側に置かれているが何も入っていない。

ターキーのお代わりをするために、グラスを起こした。よく見ると美香がパロアルトで買って来てくれたものだ。気が付くと不思議なことに店には浩志以外誰もいない。

「ターキー、ダブル」

と叫んだ。すると、酔ってもいないのに身体が勝手に揺れはじめた。

「浩志、起きて」

「うん？……」

夢が途切れ、日の光が瞼《まぶた》の隙間から差し込む。

「お客様が見えているの」

美香が肩口を優しく揺すっていた。

「客？」

「ラウンジにいらっしゃるそうよ。今、ワットさんが対応してくださっているわ」

「分かった」

腕時計を見ると、午前十時半を過ぎている。六時に寝たので四時間以上寝てしまったようだ。風通しのいい綿のジャケットをTシャツの上から羽織《はお》り、ラウンジに降りた。客はデルタフォースの幹部であるジョナサン・マーティンと聞いていたが、ワットが座るソファーの前には、別の男が二人座っていた。しかも二人とも浩志にとっては懐かしい顔ぶれだった。

一人はスパニッシュ系で、アンディー・ロドリゲス、もう一人は黒人でマリアノ・ウイリアムスという名でワットの現役時代の部下だった。浩志の顔を見ると、二人とも立ち上がって敬礼をしようとしたが、ホテルのラウンジだけに上げかけた手を振ってみせた。

浩志が仲間とともに防衛省からソマリア沖の海賊を取り締まる任務を受けた際に、ロシアの特殊部隊〝スペツナズ〟と闘った。ワットはウイリアムスとロドリゲスの二人だけを伴い、浩志のチームに参加していた。

「改めて紹介する必要はないようだな。二人はまだ私の部下だが、君とワットが我々と作戦行動を取っていることを聞きつけて、君たちの下で作戦に参加したいと志願してきたんだ。異例のことだが、まったく先例がないわけではない。彼らの希望を叶《かな》えてやりたいと思うが、いかんせん、チームの指揮官であるミスター・藤堂の許可がいることだからね。早々に足を運んで来たというわけだ」

ワットは現役時代にデルタフォースでもさらに精鋭を集めた少人数のタスクフォースと呼ばれるチームを率いていたらしい。極秘の作戦行動を取ることで知られているが、実態はまったく知られていない。軍歴を抹消されるか、あるいは別の軍歴で隠密の行動を取っているに違いない。

「その前に、昨日の作戦の失敗を受けて、米軍は今後どう動くのか教えてくれ」

彼らのポテンシャルの高さを充分に知っている。二人が参加することに異存はないが、軍の思惑を知りたかった。

「未明にかけて彼らが、RPGを使って五台のパトカーを大破させ、市警の警官六名が死亡、四名に重傷を負わせた。さすがに政府は自らの判断が間違っていたことを認めたよ。前回、ロシアとの対決を避けるためにブラックホークを事故と処理したのは大きな過《あやま》ちだったとね」

「十名の死傷者を出したのか」

浩志は舌打ちをした。

ブッシュ政権からオバマ政権に至るまで、米国政府はとかく軍事的な衝突を怖れて、ロシアや中国と友好ムードを演出してきた。だが、相手国はどちらもしたたかで、牙《きば》を見せない米国はくみしやすいと判断し、軍事的な作戦を次々と展開してきた。ブッシュがロシアのプーチンの口車に乗って、ロシアのチェチェンへの攻撃を支持したためにロシアの行為は侵略戦争ではなく単なる地域紛争だと世界は見るようになった。また近年ではロシアは米国の後《うし》ろ盾《だて》が弱くなったグルジアに戦闘を仕掛け、南オセチアを分離独立させて、実効支配している。

中国はその経済力にものを言わせて軍備を拡大し、核心的利益の名の下に、南シナ海に南下することでベトナム、フィリピンなど周辺国と摩擦を起こしている。今さらながら、米国は虚勢を張るように両国に対して強い姿勢を取り出したが、時すでに遅しである。国際紛争の原則は武力で奪った者の勝ちというのが常識であり、それを忠実に実行しているロシアと中国は今後も支配権を拡大していくだろう。

「大統領からは軍も動くことを認められた」

マーティンは含みのある言い方をした。

「CIAと一緒に行動するのか?」

「そういうことになるだろう。正直いって、今回の三都同時の〝ドメニカ・ピザ〟急襲作戦で、我々の最新鋭のチームはまったく成果を上げられなかった。そこで軍の高官は君のチームに正式にオファーを出し、我々の側面支援をしてもらいたいと考えている」

マーティンは身を乗り出して、浩志の目を見つめて来た。

「しがない傭兵チームに協力を求めるとは、藁《わら》をも摑むということか。いいだろう。我々も捜査を降りるつもりもないし、戦力不足だと思っていたところだ。二人を臨時のチームの一員として迎えよう」

浩志の承諾を受けたウイリアムスとロドリゲスは親指を立ててみせた。

「ところで、一つ、やっかいなことがある。我が国に協力をしているエレーナ・ペダノワが約束を果たすように抗議をしているのだ」

「約束？」

「彼女とはワットの無実を証明する証言をした後は、すみやかに解放するという約束をしていたのだが、彼女の身柄は現在ＣＩＡが押さえている。彼らは彼女からさらなる極秘情報を得ようと、解放する意思はないらしい」

ペダノワは亡命を希望していない。証言をした後は、自由にするように浩志にも言っていた。

「ＣＩＡにモラルはないからな」

浩志は不機嫌そうに言った。

「我々としても抗議をしたのだが、聞き入れられなかったよ。それにペダノワは君に会いたがっている。君になら重要な情報を教えると言っているそうだ。面倒な話だが、ご足労願えないか」

最初にペダノワとの約束を交わしたのは浩志であっただけに米国の片棒を担ぐのは嫌だが、彼女が何か希望があればできる限りのことはしてやりたかった。

「いいだろう」

浩志は二つ返事で引き受けた。

四

ネバダ州の南部に位置する全米で屈指の大都市であり、世界最大のギャンブルの街、ラスベガス。ゴールドラッシュ後の一九二九年の大恐慌により、産業の乏《とぼ》しいネバダ州は二年後に賭博《とばく》を合法化した。この法律により、砂漠の街が生まれ変わることになるのだが、カジノの街として発展するのは戦後になってからの話である。

害虫の意味を持つバグジーというあだ名のギャングがこの街を開発させるきっかけを作った。彼はハリウッドの華やかさを砂漠の田舎町で再現させようと構想を描いていたそうだ。本名はベンジャミン・シーゲル、一九〇六年にユダヤ系ウクライナ人の移民である貧しい両親の間に生まれる。

シーゲルはマフィアのヒットマン、酒の密売、カジノなど闇の世界で次第に力を付け、第二次世界大戦中に大型カジノ付きホテル、〝フラミンゴホテル〟の建設をはじめる。だが、一九四六年十二月に途方もない金を使って開業するも、赤字続きで一時休業を余儀なくされる。営業を再開し軌道に乗るのだがマフィアから借金を重ねて恨みを買っていたシーゲルは、志半ばで四七年六月に暗殺されてしまう。だが、ラスベガスはその後〝フラミンゴホテル〟の成功をきっかけに発展して行くのである。

浩志はデルタフォースのジョナサン・マーティンと打ち合わせした翌日ラスベガスにいた。マーティンを経由してCIAから単独で接触したいというメッセージを受け取っており、宿泊施設から待ち合わせ場所、それに方法まで細かく指定されていたのだ。

準備を整えて出発したのは夕方の四時であった。トヨタのランドクルーザーに乗り、指定のホテルに到着したのは八時間後の午前零時二十分だった。カリフォルニア州パロアルトからネバダ州のラスベガスまで五百四十マイル、約八百六十四キロ離れている。飛行機が便利だが、銃を持っているのであえて車で移動することにした。

チェックインしたのは〝ベラージオホテル〟という、一九九八年に三億七千五百ドルを投じて建設されたという高級ホテルだった。市の中心であるラスベガス・ブルバードでも最も繁栄している、通称〝ストリップ通り〟に面している。ホテルの前にある巨大な人工湖と噴水が有名で、美しい音楽に合わせてライトアップされた噴水ショーを目当てに観光客は必ず訪れるという。

久しぶりにぐっすりと眠り、ホテルの周辺を走って汗を流した後、朝食を摂った。待ち合わせはベラージオのカジノではなく、なぜか別のカジノだった。おそらく浩志が移動することにより、尾行や仲間がいないかを見極めるつもりなのだろう。しかも接触方法は、カジノの決められたスロットマシンで遊びながら待てというのだ。

ギャンブルの街だけに自然な行為と言えたが、ここまで細かく指定されているにもかかわらず、時間は決められていなかった。そのため、朝の九時過ぎからマシンに向かっているのだ。不思議なことにマシンは負けそうになると適当に当たるということを繰り返し、今のところ三十ドルほどの金が動いているに過ぎない。そのため退屈することはなかった。

マシンは〝BLAZING 7's〟というどこのカジノにもある数字の7を並ばせるタイプで、高額賞金を狙う〝メガマックス〟とは違うが、当たりの〝ジャックポット〟は出る確率が高いようだ。

十分ほど前から、六十代前後とみられる白人の男が浩志の右隣に座り、スロットマシンで遊びはじめた。

「ゲームを楽しみながら、顔をこちらに向けずに話を聞いて欲しい」

しばらくして男はマシンで遊びながら声をかけてきた。

「なんでこんなところに呼び出した？」

年齢的に情報員ではないと思っていたが、ＣＩＡはありとあらゆる経歴や技能を持った人材を抱えているので不思議には思わない。

「君は、敵に常に狙われている。尾行の有無を確認する必要があった。敵に彼女の居場所を教えるわけにはいかないからね。もっとも君は敵ばかりか警察からも目を付けられているから、やっかいなんだ」

警察というのは、パロアルト署の刑事であるザック・ブロクストンのことだろう。毎日のようにシェラトンホテルに顔を出して、浩志の行動を確認しているようだ。市民の安全を願う気持ちは尊重するが、迷惑なだけだ。

「まるで、スパイごっこだ」

浩志は苦笑を堪えたが、いかにＣＩＡがエレーナ・ペダノワを重要な人物として扱っているのかがよく分かる。

「我々は君をパロアルトから監視を続け、ラスベガスに着いてからもずっと見張っていた。敵の姿がないことを確認したので、声をかけたのだ。だが、まだ安心してない。我々ですら感知できない方法で、君は尾行されている可能性も捨てきれない。ボリーナ・ソトニコワの轍《てつ》は踏みたくないのだ」

「それで？」

浩志は男の説明が長いので先を急がせた。

「君のこれまでの行動は、傍から見ればラスベガスに遊びに来た観光客そのものに見えるはずだ。だからそのまま我々の描くストーリーに従ってもらう。とりあえず、夕飯までは観光客として自由に過ごして欲しい」

「馬鹿馬鹿しい。何をそんなに怯えている。それにここはカジノの街だぞ。ギャンブルで半日も時間を潰せというのか。俺はおまえたちに協力してやっているんだ。勘違いするな」

思わず右手で男の首を絞めてやりたい衝動を、拳を握りしめることでなんとか抑えた。

「心配はいらない。君にわざわざご足労願ったのだ。我々もてなしの心得はある。経費はすべて事前に支払う。ちなみに夕食は、〝ウィン・ラスベガスホテル〟の〝ＳＷステーキハウス〟でご馳走《ちそう》するつもりだ。ドレスコードがあるから、きちんとしたスーツを着ていくことをお勧めするよ」

行ったことはもちろんないが、〝ウィン・ラスベガスホテル〟といえば、総工費二十七億ドルをかけたという世界で最も高級と言われているホテルだ。

「ふざけるな！」

浩志はコインを入れて、プレイボタンを乱暴に叩いた。その途端、目の前のマシンからベルの音が鳴りだし、コインが嘘のように吐き出されてきた。

「何！」

マシンに7の数字が横一列に並んでいた。ジャックポットだ。

「賞金は四万九千ドルのようだ。もう少し出ると思っていたが、残念だ。もっともこの手のインハウス型マシンでは高額賞金は出ない。小額だが、経費としてくれ」

〝メガマックス〟など、系列のカジノのマシンと広域に連動させて当たりの賞金を積み立てて行くプログレッシブ型スロットマシンに対して、カジノ内の限られたエリアで連動させるインハウス型マシンがある。最近では不況の影響と、マシンの管理費が高いということでプログレッシブ型は減少しているようだ。

「貴様、マシンに小細工をしたのか」

ベルのけたたましい騒音に苛立ちを覚えた。

「これは数学的な確率なのだ。私は昨日からこのカジノで台ごとの確率を計算した。こう見えても私は数学と物理学で博士号を持っているんだよ。君は一時間以上このマシンでプレイをしたのだ、正当な報酬と思ってくれ」

男は何食わぬ顔で、浩志のマシンにジャックポットが出たことを賞賛すべく拍手をしながら立ち上がった。周囲の客も浩志に拍手を送って喜んでいる。

〝メガマックス〟では、二〇〇八年に三千九百七十一万ドル（当時のレートで約四十八億円）という高額賞金も出ているそうだ。そういう意味では四万九千ドルは驚くに値《あたい》しないらしい。

浩志はフロアーの係りに案内されて、賞金を受け取った。百ドル紙幣《しへい》で四百九十枚、大してかさ張らない。ＣＩＡから胡散《うさん》臭い金をもらったのでなく、イカサマでないカジノで儲けただけに後ろめたさは感じない。浩志は納得するとジャケットのポケットに札束をねじ込んだ。

五

ラスベガスはカジノだけでない。一流の豪華なショーやショッピングも楽しむことができる。浩志はとりあえず〝ベラージオホテル〟に戻った。このホテルは一流ホテルとしてカジノだけでなく、レストラン、バー、ショッピングエリアも充実している。

吹き抜けの豪華なロビーの右手を進むと、ヴィアベラージオと呼ばれるアラブの宮殿を思わせるドーム型のアーケードが出現する。浩志はシャネルの向かいにあるジョルジオ・アルマーニのショップに入り、スーツ、シャツ、ネクタイ、靴と一式買い求め、一万ドルほど使った。ブランドに興味があったわけでも高価なものを買おうとしたわけでもなく、ただ買いそろえたら、その金額になったというだけだ。所詮汗水垂らして得た金でないだけに未練はなかった。

午後七時、浩志はＣＩＡの連絡要員に指示された通り、高級ホテル〝ウィン・ラスベガスホテル〟の〝ＳＷステーキハウス〟に行った。店に電話をしてみると、すでに予約はとられていた。

このホテルは、〝ミラージュ〟、〝トレジャー・アイランド〟、〝ベラージオ〟とラスベガスで次々と高級ホテルを手がけて来たスティーブ・ウィンによるもので、ギャンブル機器の製造会社であるアルゼなど日本企業が多額の出資をしている。

ボーイに案内されたのは、ホテルの前にある人工湖が見渡せるパティオ席だった。しかも、赤いドレスを着た金髪の女が席に座っていた。

「ここは俺の席か？」

「もし、あなたが藤堂という名なら、正解」

透《す》き通るように白い肌で、深いブルーの瞳をしている。歳は二十代半ば、目鼻立ちのはっきりとした美人だ。胸元まで深く切れ込んだドレスから大きく張り出した胸の谷間が見える。ＣＩＡの情報員としてはラスベガスの雰囲気によく溶け込んでいた。

浩志は席に座ると女ではなく人工湖を見た。〝ベラージオ〟と違い、緑が深く滝もあった。湖では三十分に一回の割でショーが行われるらしい。

人工の滝なのに水は轟々《ごうごう》と流れ、見ているだけであきない。とかくカリフォルニアは乾燥しているので、ほっとさせられる光景だ。

「仕事だから、仕様がないけど。私、男に無視されたのははじめて」

滝をあきもせず眺めていると、なぜか女が膨れっ面をしていた。

「うん?」

「今日は変わった仕事だと思っていたの。ウィン・ラスベガスでお客と食事をするだけでいいって。だからてっきり、食事した後は同伴すると思っていたのに、馬鹿みたい。あなた女じゃなくて、男がよかったんでしょう」

女は軽蔑《けいべつ》したような目で見ている。

「俺はここで食事するように言われただけだ。女がいることも知らなかった。それに俺は男の趣味はない」

「あらっ、そうなんだ。ごめんなさい。私、自分の身体に自信があるから、無視されてあなたはてっきりホモだと思ったの。私、ジュディス。ジュディって呼んで」

女はそういうと屈託《くったく》なく笑った。演技なのかもしれないが、CIAの情報員ではなさそうだ。ホテルのレストランはどの席も着飾った男と女が座っている。たまにグループや家族づれも見られるが、一人で食事している者は皆無《かいむ》だった。目立たないように、CIAはカップルを偽装するために、高級クラブのホステスかコールガールでも雇ったのかもしれない。

「腹が減った。お勧めはなんだ?」

浩志は女に向き直った。

「私のお勧めは、ボーンイン・リブ・アイ・ステーキだけど、ニューヨークステーキもいいわね。ここの肉は日本の神戸牛を使っているから、とてもおいしいの」

浩志はボーイを呼び、ボーンイン・リブ・アイ・ステーキにパンとサラダを付け、カリフォルニアワインもボトルで頼んだ。

ワインを飲みながらジュディスの話に適当に相槌を打っていると、ステーキが運ばれて来た。二十オンス（約五百七十グラム）の骨付きのステーキだ。柔らかい肉は噛み締めると、肉汁が溢れだし、芳醇な香りがする。顎が鍛えられるような米国の繊維質《せんいしつ》の硬い肉とは比べものにならない。

「ところで、あなたはどんな仕事をしているの？　アルマーニを着こなしているけど、弁護士や医者には見えないわね」

食事が終わってデザートを頼むと、ジュディスが好奇心を込めた目をして尋ねてきた。

「聞かない方がいい」

浩志はぼそりと答えた。詳しく話せばこの女は狙われる可能性があった。

女の溜息を無視して、ボーイに勘定を頼んだ。浩志はレシートの金額を見て、チップも入れて現金で払った。それを見て女が目を丸くした。高級店でクレジットカードを使わない人間を見たのははじめてなのだろう。

「うん？」

レシートの裏を見ると、〝ベガス・レディー〟と店名らしき名前の下に〝スージー〟と書かれてある。次の指令らしいが、今度は女を指名しろということか。

ジュディスをホテルの玄関まで送って行った。

「本当にこれでおしまいなの?」

恨《うら》めしそうな目でジュディスが見た。

「仕事だ。今日は家にまっすぐ帰れ」

百ドル紙幣を二十枚、二つ折りにしてさりげなくジュディスに握らせた。彼女なら一晩で二千ドルは稼げるだろう。

「お金はもうもらっているわ。チップのつもり?」

ジュディスは目を見開いたが、すぐに落ち着いた表情になりバッグに金を仕舞った。

「タクシー代だ」

「分かった。気が向いたら連絡をちょうだい」

ジュディスは、〝アリスの館〟と店名の書かれた名刺を浩志に握らせ、タクシーに乗り込んだ。名刺の住所はナイ郡パランプ、ホームステッド・ロード、ラスベガスから八十数キロ西の砂漠の街だ。ネバダ州ではナイ郡など限られた地域で、公認の売春宿がある。おそらくその一つなのだろう。

彼女の乗ったタクシーがストリップ通りに出て行くと、浩志もタクシーに乗り込んだ。

行き先を告げると、運転手は意味ありげににやりと笑った。

ストリップ通りから北に向かいワイオミング・アベニューを経由し、数分後にラスベガス・フリーウェイの脇を通るウェスタン・アベニュー沿いの駐車場の前でタクシーは停まった。運転手が笑った意味が分かった。近くにあるのはアダルトショップや下着ショップなど、ナイトライフと言われる部類に属する店の看板がライトアップされている。しかも〝ベガス・レディー〟はストリップ劇場だった。

中に入ると前金で三十ドル取られた。そこそこ高いということは、この店がボトムレス（全裸）の店だということになる。ラスベガスには大小様々なストリップ劇場があるが、二つのグループ分けができる。トップレスまでだが、アルコール類を出せる店と、ボトムレスだがアルコール類を出せない店の二種類だ。前者はアルコールで儲けるために入場料は安い。一方客とのトラブルを避けるためか、ボトムレスの店ではアルコールは禁止されている。

これはかつてラスベガスにはびこったマフィアを追い出すためにできた法律によるもので、売春も厳しく処罰されている。囮捜査も頻繁《ひんぱん》に行われるので、雰囲気に飲まれて市内で女を買うような真似をしてはいけない。

ステージショーが終わり、ダンサーが客席に降りて来て、前列の客を誘ってステージの脇にある通路の暗がりに消えた。ボーイに〝スージー〟と指名した。

待つこともなく、浩志の座っている席の横に革ジャンのショートジャケットを素肌に着て、下はティバックの下着姿の女が現れた。ラテン系らしく、肌は小麦色で髪は黒い。瞳は大きく、厚い唇にピンクの口紅を塗っているのがよく似合っていた。

「いらっしゃい。指名してくれたのは、あなた?」

女は右手を浩志の首筋から肩に這わせるように触って来た。この手の店は直接指名をするか、ショーの終わったダンサーから誘われて、個室で〝プライベートダンス〟が見られる。つまり個人的にストリップショーを楽しむのだが、それ以上の行為はできない。

浩志はスージーに誘われるままにステージの奥にある個室に向かった。〝ウィン・ラスベガスホテル〟で食事をしたように、CIAのストーリーに従えば、いつかはエレーナ・ペダノワに辿り着くのだろう。最初に会った連絡要員はもてなすと言っていたが、浩志に女を付ければ喜ぶと勘違いしているらしい。

暗い廊下には星空を思わせるLEDの照明がしてあり、ドアがいくつもあった。女は一番奥の部屋に入って行った。四畳半ほどの部屋に、一人掛けのソファーが置いてある。

「別に踊らなくてもいいぞ」

はっきり言って面倒臭かった。浩志を一人の客としか見ていないストリッパーに文句を言ったところで仕方がないことは分かっている。だが、くだらない手順を踏まずにさっさと次の場所に案内してほしかった。

「冗談言って、いいから座って。指名してくれたから、うんとサービスしてあげる」

スージーは、下品に笑うと部屋の照明を消した。同時にスポットライトが天井からぶら下がる小さなミラーボールに当たり、部屋は大小様々な光が流れる異様な空間に変わった。

「手順を省《はぶ》くことはできないのか？」

一刻も早く閉ざされた空間から抜け出したかった。

「すぐ脱げってこと？　あなたも好きねえ」

スージーはウインクをしてお尻を突き出して見せた。何を言っても無駄なようだ。

仕方なく浩志が足を組んでソファーに座ると、スージーは部屋の壁に埋め込んであるスピーカーから流れる音楽に合わせて踊りはじめた。狭い部屋なので、浩志の顔に触れそうなほど接近してはポーズをとり、時折誘惑するように浩志の頬や肩にタッチしながら、ジャケットのボタンを一つずつ取りはじめた。

ボタンを全部外すと、女はジャケットの両裾《すそ》を持ち、胸を揺らしながら近付いて来た。そしてジャケットを一気に両手で広げ、Ｆカップはあるかと思われる女の乳房があらわになった。瞬間、顔面に何かが吹き付けられた。

「むっ！」

妙に甘い匂いを嗅いだ途端、目が霞《かす》んで来た。

「……しまった」

立とうとしたが、膝に力が入らずに腰からソファーに落ちた。

「油断したわね。ミスター・藤堂。でも心配しないで、あなたは夢を見ながら導かれるの」

胸の谷間に小さな黒い箱が挟み込まれてあった。麻酔薬がそこから噴出されたに違いない。女を見上げるといつの間にかマスクをしていることがおぼろげに分かったが、その姿はやがて闇の中にフェイドアウトしていった。

六

グッチの香水、〝エンヴィ〟の香り。

〈美香か？〉

浩志はふと目を開けると、長い髪が顔に触れた。

「……？」

女が体重を乗せて頬ずりをしてきた。〝エンヴィ〟の香りは艶かしく、美香の持つ清々《すがすが》しさはない。

「ペダノワか。どいてくれ」

浩志は女の肩を摑んで起き上がろうとした。

「このままでいて、盗聴器が仕掛けてあるから」

ペダノワは浩志の耳元で聞き取れないような小声で囁いてきた。

「どういうことだ？」

「ここは、私が閉じ込められている部屋。だけど、部屋中、盗聴器と監視カメラだらけ。シャワールームにもある。だけどシャワーを使えば、話ができる。怪しまれないように恋人のように振る舞って」

「馬鹿な。おまえと接点はない。都合良くそんなことで騙せるはずがないだろう」

「連中には、あなたと山荘でセックスをしたと信じ込ませてある。だから、あなただけに本当のことを話すと言ったの」

ペダノワが浩志を指名してきたのも驚きだが、ＣＩＡがそれを真に受けて、特殊なエージェントを使ってまで連れて来た理由がこれで分かった。

「迷惑な話だ」

「付いて来て、重要なことを話すから」

そう言うと、ペダノワは浩志の頰にキスをして立ち上がった。

浩志は上半身を起こした。長いソファーに寝かされていた。

部屋は十八畳ほどの広さで左端にベッドとテーブルに冷蔵庫まであり、その反対側の壁はワードローブになっている。生活に必要なものは揃っているが、時計はどこにもない。浩志の腕時計もなくなっていた。正面奥の壁にドアがあり、ペダノワは浩志の顔を見て頷いてみせると、そのドアの向こうに消えた。

立ち上がって振り返ると、ソファーの横に別のドアがあり、試しにドアノブを回そうとしたが、ロックされていた。部屋に窓がないため、これが唯一の出入り口なのだろう。

浩志はペダノワが入っていったドアを開けて、中を覗いた。すぐ手前に洗面台があり、正面はトイレになっている。右奥がガラス張りのシャワールームになっており、彼女は全裸になって、シャワーを浴びていた。

「いつまでそこにいるつもり。服を脱いで早く私を抱いて」

ペダノワは笑いながら手招きしてみせた。

浩志は舌打ちをして、中に入った。彼女の策略に乗せられていると分かっていても、従うほかない。洗面所の前でジャケットを脱ぎながら、さりげなく周囲を調べた。大きな鏡の左右に電球が付いている。

「……」

鏡の上の天井と壁の間に小さな丸い穴が開いていた。位置からして監視カメラが隠されているようだ。シャワールーム全体を見渡せるようになっている。

服をすべて脱ぐと、ガラスの扉を開けてシャワールームに入った。するとペダノワが両腕を浩志の首に絡ませてきて、身体を回転させ、カメラに背を向けた。そして、浩志の唇にキスをしてきた。

「やり過ぎだぞ」

浩志はすぐにペダノワを引き離して言った。

「カメラに唇を読まれないようにして。音が拾えなくても読唇術で分かってしまう」

ペダノワは両腕に力を入れて浩志に密着し、耳元で言った。彼女の豊満な胸が浩志の筋肉に押し付けられた。

「あなたは私の裸を見ても、眉一つ動かさない。彼女のことをよほど思っているのね」

「俺を呼びつけて、何を企んでいる」

「私を強く抱きしめて、あなたに恋人になってもらおうとは思っていないから、振りをしてちょうだい」

浩志は仕方なく、両腕をペダノワの背中に回した。

「私は、一刻も早く、ここから出たいの。だけど米国政府は私との約束を破って、拘束している」

「知っていることをすべて吐けば、自由になれるんじゃないのか？」

「甘いわね。たとえ、私がすべてを話したところで、彼らは私をロシアに捕われているＣＩＡの情報員との交換に使うつもりなの」

「だが、おまえをここから助け出す義理はない」

抜け目ないCIAなら充分考えられることだった。仕方がないとはいえ、色仕掛けで迫られているようで浩志はあえて冷たく言った。

「あなたは言ったでしょう。友人を救い出し、あなたの恋人の皮膚細胞も返して、さらの状態にしろと。私はあなたの友人を助けた結果が、囚《とら》われの身よ。あなたにまったく責任がないわけじゃないでしょう」

「おまえが捕まったのは俺の責任じゃない。論点をすり替えるな」

無実のワットが捕まったのは、ペダノワがホテルを指定したことが原因なのだ。証言するのは当たり前のことである。

「分かったわ。それなら彼女の皮膚細胞を渡すと言ったら、どう？」

「モスクワまで取りに行くつもりはない」

「知り合いの科学者のミハイル・シロコフに実験資料を持たせたのは、本当のこと。でも成長途中の皮膚細胞を持ってモスクワに行くのは無理な話なの。ある場所に隠してある。脱出させてくれたら、教えるわ」

「先に教えろ。確認しなければ、意味がない」

騙されるのはもう沢山だ。

「あなたが皮膚細胞を手に入れたら、私には何も残らない。切り札をなくした私は一生、日の目を見ることはできないわ」

浩志はペダノワの両肩を摑み、彼女の瞳を見つめた。

「俺を信じろ」

ペダノワは不安そうな顔で浩志を見つめていたが、しばらくすると大きな溜息をついて首を振った。

「私の負けね。あなたの彼女が羨ましいわ」

そう言うと、ペダノワは再び抱きついてきて浩志の耳元で隠し場所を白状した。

「まさか」

皮膚細胞は驚くべき方法で隠されていたのだ。

「ん……？」

話し終えたペダノワが唇を嚙んでいた。その唇から血が滴《したた》り落ちている。彼女にとって皮膚細胞の隠し場所は最後まで取っておいた武器のようなもの。すべてを失ったことへの口惜《くちお》しさ、悔しさなのか。所詮、無粋《ぶすい》な傭兵に女心など分かるはずがない。

浩志は恋人の振りを続け、優しく背中を叩いて彼女から離れた。

七

シャワー室から出たペダノワは落ち着きを取り戻した。

対面する形でソファーに座った浩志を前に一時間ほど彼女は話し続けたが、ＣＩＡの情報員が部屋に入ってくることはなかった。彼らにしてみれば、監視カメラと盗聴器で内容をモニターしているために、あえてペダノワを刺激することを怖れたのだろう。

彼女はＦＳＢが下部組織に依頼した暗殺計画を三つ白状した。一つはすでに実行に移されていたために、確認作業をするだけだったが、残りの二つは実行前の情報として有効であった。浩志を呼び出すために取っておいた話らしい。

彼女から話を聞き終えた浩志は、部屋の出入り口のドアを叩いて人を呼んだが、何の応答もなく、その代わり天井から白い煙が降りて来た。徹底してペダノワを匿《かくま》っている場所を秘密にするつもりらしい。浩志とペダノワは口元を押さえたが、あえなく深い眠りについてしまった。

「うん……？」

気が付くと車の後部座席に寝かされていた。頭が痺れたような不快な感覚がする。起き上がって運転席を見ると、浩志が借りているランドクルーザーだった。周囲に無数の車が停められている。〝ベラージオホテル〟の四階建ての駐車場の二階に停めた記憶があった。ここは無料駐車のため、外部からも侵入しやすい。気を失っている浩志を部屋まで送る必要はなく、停められている車に手軽に戻したのだろう。

左腕を見るとなくなっていた腕時計が巻き付けられていた。午前九時二十分。眠っていたので、どれだけ移動したのかも分からない。

浩志はホテルの自分の部屋に戻り、シャワーを浴びて頭をすっきりとさせた。ジーパンにTシャツ、それに麻のジャケットに着替え、朝食をとるのももどかしくチェックアウトした。

ランドクルーザーに乗り、ストリップ通りからラスベガス・フリーウェイに入ったところでジャケットの携帯が振動した。

「俺だ」

浩志はすぐさま電話に出た。

――車に取り付けられていた盗聴器と位置発信器は、浩志がチェックアウトをしている間に除去しておいた。

ワットからの連絡だ。ＣＩＡは抜け目なく、ラスベガスにいる間にランドクルーザーに小細工《こざいく》をしていたようだ。

――ラスベガスはいいところだろう。ずいぶんといい思いをしたようだし。

「馬鹿を言え。二度も麻酔薬で眠らされたんだぞ。それより、ちゃんと俺をトレースできたのか？」

――むろんだ。こっちにはトレーサーマンとモッキンバードという世界最強のコンビがいるんだ。ＣＩＡなんて屁だぜ。

携帯からワットの低い笑い声が響いた。

「次の作戦に移る前に、一旦パロアルトに帰る」

――了解。

携帯を切った浩志は右手を上げて、後ろを走るフォードのバン、〝エクスペディション〟に合図を送った。バンのハンドルを瀬川が握り、助手席にはワット、後部座席には、田中と加藤と友恵が座っていた。

浩志がＣＩＡの要請により単独行動をするにあたって、彼らは人知れずに尾行していた。そのため、浩志は腰に貼り付けた樹脂製の人工皮膚の下に小型の高性能位置発信器を隠し、常に仲間に居場所を知らせていた。もっとも、高性能といえども、ラスベガスから離れると電波が途切れてしまう。そのため友恵は軍事衛星を使って浩志の位置を確認し、かなり距離を取ってワットと瀬川と田中が車で、さらに加藤はバイクで単独に尾行するという態勢で臨んでいた。

二台の車はほとんど休むこともなく七時間半後には、パロアルトのシェラトンに戻った。

その夜、浩志はワットと辰也だけ伴い、スタンフォード大学の幹細胞研究所に向かった。大学構内は週末の夜ということもあり、閑散としていた。

シェラトンホテルを出る直前に自宅にいた山本教授に電話し、研究所前で待ち合わせをしていた。午後八時、山本は十分ほど遅れてやってきた。

「遅くなりました。さっそく行ってみましょう」

車から下りて来た山本はいささか興奮した様子で、研究所の出入り口を自分のＩＣカードで開けた。幹細胞研究所はメディカルセンターの奥にある独立した三階建てのビルの中にあり、地下室もあった。

山本はエレベーターには乗らずに、階段を下りた。地階には三つの部屋があるらしい。

「我々の研究グループにはこの建物は広過ぎるため、地下室は使用していませんでした。そのため、もっぱら不要品などを置いておく、倉庫として使っていました」

一番奥にあるＢ一〇三という部屋もＩＣカードで開けた山本は、照明のスイッチを入れた。確かに倉庫として使われているらしく天井近くまで段ボール箱が積み上げられている。

「おかしい。以前はこんなに荷物は置かれていなかったはずだが」

山本は壁のように高く積み上げられた段ボール箱を見上げて、首を傾げている。

「退《ど》けてみよう」

浩志らは段ボール箱を右端から、崩すように取り除いた。すると、段ボール箱の向こうには実験装置のようなものが置かれていた。

「おおー」

山本は声を上げて、装置に走り寄った。

「これは皮膚細胞を神経組織に育てるための装置です。盗まれたとばかり思っていたのに、こんなところにあったのか」

「壊れていませんか?」

実験装置もそうだが、細胞自身も健在か心配だった。浩志は恐る恐る尋ねた。

「装置は大丈夫のようですが、細胞は顕微鏡《けんびきょう》で確認しないと分かりません。ただ、盗まれた日からこの状態なら、細胞は順調に育っているはずです。ひょっとするとすでに神経細胞に変わっているかもしれない。明日の朝一番に研究員を総動員して、装置を元の場所に戻して、調べてみます」

山本は目を輝かせながら答えた。

翌日の昼過ぎに、山本から連絡が入った。美香の皮膚細胞は見事に神経細胞に変わっており、いつでも移植手術ができるそうだ。当初の予定通り、早い段階で移植ができるために美香が完治する確率が増したことになる。

その夜、浩志は美香とホテルのベランダにテーブルと椅子を出して、二人だけの祝杯をあげた。手術を控え緊張しているせいもあるのだろうが、美香は喜びを表には出さずに、淡々と事実を受け入れているように見える。ようやくリセットされたのだが、手放しで喜ぶにはあまりにも色々なことがあり過ぎたからだろう。それでも彼女の横顔からは憂いは感じられない。

美香は赤ワインを飲んでいたが、グラスをテーブルに置くと、車椅子を浩志の座っている椅子につけて寄り添って来た。

「私、本当いうと、諦めかけていたの。お店を改装して、車椅子でカウンターに入れるようにしようかとも思っていたわ。でも、決して諦めないあなたを見て、励《はげ》みになった。あなたはどうしてそんなに強い意志を持ち続けることができるの？」

「……信じているからだ」

浩志は言葉少なに言った。

「信じている。何を？」

「仲間を、そして自分を」

「信じる。……信じ続けることね」

美香は繰り返し言って夜空を見上げた。

浩志はグラスのターキーを呷《あお》ると、美香を抱き寄せた。

秘密施設

一

翌日の午前八時半、浩志はワットとホテルの駐車場でワットの愛車フォード〝F一五〇〟に荷物を積んでいた。五千四百CCのピックアップだけに荷物が沢山積める。

背後に人の気配を感じた。様子を窺《うかが》っているのかじっとしている。しばらくしてゆっくりと近付いてきた。一般人でない。つま先で歩くのでない特殊な訓練を受けたことがある人間の歩き方だ。浩志は一瞬脇の下のグロックに手をかけたが、すぐに何食わぬ顔で作業を続けた。

「また、出かけるのかね」

振り返るとパロアルト署のザック・ブロクストンが立っていた。刑事になる前は特殊部隊にでもいたのかもしれない。米軍には特殊部隊は腐るほどある。元兵士だったかもしれないが、警察にも特殊部隊ＳＷＡＴがある。見てくれはさえないが、ブロクストンが若い頃、特殊な訓練を積んだ兵士か警官だったとしても不思議ではない。だが、この男は身体に染み付いたヤニの匂いで殺人者として浩志に近付くのは無理だろう。しかもこの男の場合、煙草のヤニと体臭が混じり独特の匂いがする。常人には区別がつかないだろうが嗅覚が鋭い浩志には区別できた。

「暇なのか？」

嫌みの一つも言いたくなる。

「そう言わないでくれ。あんたに一度協力してもらったが、犯人の目星もつかない。連続殺人事件は収まったが、お手上げの状態なんだ。また、ちょっと手伝ってくれないか」

ブロクストンは苦笑いをしながら言った。

「見ての通りバカンスに出かける。関わっている暇はない」

美香の手術は二日後に行われる。パンサーチームの辰也らが彼女の身辺警護を受け持っている。また山本豊教授の研究室の警備も強化され、心配することはなくなった。

「そう言えば、この街に留まっていたのは、怪我をした彼女の世話をするためだったな。自分のことがクリアされれば、それでいいというのか」

「当たり前だ。誰でもそうだろう。俺たちにだって休暇はいる。邪魔しないでくれ」

「それにしてもすごい荷物だ。どこまで行くんだ？」

ブロクストンは執拗に尋ねてきた。

「どこでもいいだろう」

浩志は釣りの道具やゴルフバッグを車に積み込みながら冷たく答えた。朝早く出かけるため、荷物は前日に留守《るす》を預かっていた辰也らパンサーチームが浩志の指示により整えていた。ラスベガスから片道八時間かかったが、無駄にはしていなかった。

「釣りにゴルフか。釣りなら私も好きだ。カリフォルニアのいいポイントを案内しようか」

「俺たちが行くのはラスベガスだ」

ラスベガスは飛行機ならともかく車で行くには遠い。どのみち事件に追われている警官に行けるようなところではない。

「ラスベガス！　それは贅沢だ。あそこならカジノだけじゃなくてゴルフや釣りまで、考えられる限りの遊びができる。羨ましい。……いつ帰ってくるんだ？」

口笛を吹いてブロクストンは目を丸くしたものの、さすがにラスベガスと聞いてトーンダウンした。

「……」

浩志はもう何も答えるつもりはなかった。

「分かったよ。また声をかける。私も、休暇でも取ろうかな」

荷物を積んで運転席のドアを開けると、ブロクストンは諦めて駐車場から出て行った。

「まったくしつこい野郎だな。もっとも刑事はあれぐらい根性がないと、勤まらないかもしれないがな」

ワットは浩志を横目でちらりと見て運転席に乗り込んだ。

美香の護衛をしている黒川の話では、ブロクストンが毎日顔を出すのは午前十時過ぎだったという。朝早く出発する浩志らを見つけたということは、未だにシェラトンホテルに見張りを付けているからに違いない。彼は、浩志らを尾行することで犯人へと導かれるのを待っているのだろう。

「他人を当てにすることを根性とは言わない」

浩志は憮然《ぶぜん》とした表情で助手席に座った。

ハイウェイ一〇一から一五二号、バチェーコ・パス・ハイウェイに乗り換えて東に進み、一時間半ほどで西海岸線沿いを縦断する州間高速道路五号線に入る。北はカナダの国境から南はメキシコの国境まで三つの州を貫く、全長二千二百二十二キロという長大な高速道路だ。

「美香を日本に帰すという計画は頓挫《とんざ》したが、なんとかまるく収まったな」

ハンドルを握るワットはしみじみと言った。

「油断はできない。今の敵は〝ヴォールク〟という犯罪組織かもしれないが、そのバックにはＦＳＢがあり、それはとりもなおさずロシアだ。俺は一国を相手に互角に戦えると思っていない」

変わることがない地平線が続く景色を見ながら浩志は返事をした。

「俺たちがいつかは敗北するというのか」

「今のままじゃなあ」

エレーナ・ペダノワは部下を連れて米国に隠れ住んでいたが、結局すべてを失ってしまった。隠れるだけでは仲間を守ることはできない。

「だったら、どうするつもりだ？」

「〝ヴォールク〟だろうと、ＦＳＢだろうと、結局は組織である以上、命令系統がある。その元を絶たなきゃだめだ」

「元？……まさかロシアの大統領だなんて言わないでくれよ」

「俺をロシアの大統領や首相が気にしていると思うか。俺を目の敵にしているのは組織の上層部だが、表舞台に立つような人間じゃないはずだ。ペダノワは復讐すると言っていた。彼女の敵と我々の敵は同じらしい」

大統領と聞いて、浩志は苦笑を漏らした。

「さんざん俺たちを騙した女の言うことを信じるのか」

ワットは首を振ってみせた。

「俺に美香の皮膚細胞のありかを教えてくれた」

ペダノワがシャワールームで語ったことは真実だった。しかも、彼女にとってそれは残された切り札だった。すべてを失っても彼女は浩志を信じることにかけたのだ。

「もっとも、彼女を救おうというその馬鹿正直さに付いて行くんだから、俺たちも相当クレイジーだな」

「今頃気が付いたのか。クレイジーじゃなきゃ傭兵は勤まらない」

「確かにそうだ」

ワットは腹を抱えて笑い出した。

浩志はバックミラーを見た。ロサンゼルスの手前まで〝ウエスト・サイド・フリーウェイ〟と呼ばれる州間高速道路五号線は、直線の見通しが利く道が続く。サンノゼを過ぎた辺りから、気になる車が二台あった。

一台はフォードのピックアップ〝レンジャー〟で、もう一台はホンダのシビックだ。どちらもアメリカではよく見かける車種である。すでに出発してから四時間が経過し、四百キロ以上走っている。サンノゼから後ろに付いていたピックアップは、二時間ほどでシビックに変わり、ついさきほど最初のピックアップに変わった。まるで二時間ごとで交代しているかのように浩志の運転する車の百メートル後ろに付いてくるのだ。

インターチェンジで側道に右折し、ラスベガス方面に向かうベアー・マウンテン・ブルバードに入った。後方のピックアップも曲がった。ラスベガスに向かうのだったら別に不思議なことではない。だが、浩志は最大限の注意を払った。

「やっぱり付いて来たか」

バックミラーを見ていたワットも気になっていたようだ。

「楽しみだ」

浩志は口元を弛めた。ペダノワを脱出させるのと同時に敵をあぶり出すことも作戦のうちだ。むしろ尾行されるのは歓迎だった。

二

午後六時に浩志とワットはラスベガスに到着した。二人がチェックインしたのは、前回CIAに指定された高級ホテルである〝ベラージオホテル〟だった。

玄関前に停められたフォード〝F一五〇〟からベルボーイが荷物を降ろしている。大きなスーツケースが四つにゴルフバッグが二つ、釣り竿を入れるケースと、ラスベガスでは馴染みのある風景と言える。もっとも釣り竿はカジノを目的とした観光客には関係のない話だ。

ラスベガスから約四十九キロ東南に、コロラド川をせき止めたフーバーダムがあり、このダムによって生まれた〝ミード湖〟と呼ばれる米国最大の人工湖は、フィッシングをはじめとしたウォーターレジャーが有名である。マリーナまで車で五十分以内という手軽さも手伝い、ラスベガスの避暑地として機能している。

水上バイクや釣り用のプレジャーボートから大型のパーティーボートに至るまで様々な船は日本と違い船舶免許がいらない。クレジットカードと身分証明書さえあれば誰でも借りられる。事故の際の補償能力さえあればいいという米国の合理主義がこんなところにも見られる。

浩志とワットの荷物を見て、目的がバカンスだと疑う人間は誰もいないだろう。フォード〝F一五〇〟をラスベガスまで尾行して来た二台の車はいつの間にか姿を消してしまったが、どこかで監視しているに違いない。今頃、二人のお気楽な荷物を見て首を捻っているはずだ。

部屋に荷物を運び終えると、二人はさっそくホテルのカジノを覗いた。さすがに一流ホテルだけあってカジノも大きい。三十分ほどスロットマシンで遊び、駐車場に向かった。

「ラスベガスは俺の庭のようなものだ。案内するぜ」

張り切るワットに車の運転を任せて浩志は助手席に乗った。

さすがにネバダ州生まれだけあって、ワットは道に詳しい。ストリップ通りから左折してラスベガス・フリーウェイを越してウエスト・フラミンゴ・ロードを西に向かい、途中で住宅街を抜けて、二十キロ北西にある〝レッド・ロック・カジノ・ホテル〟に到着した。

ワットの魂胆は市内の中心では人も車も多過ぎるために尾行の見極めが難しいからだろう。案の定、住宅街で五十メートルほど後方にホンダのシビックとフォードの〝レンジャー〟を確認することができた。

ホテルはこぢんまりとしており、このあたりまで来ると荒れた空き地や植栽のない中央分離帯が目に付き、ラスベガスが砂漠の中の街であることがよく分かる。

「ストリップ通りもいいが、観光客が多過ぎてうんざりすることがある。そんな時は少し郊外のカジノで遊ぶのがいいんだ。それにレストランも安くてうまい」

ワットは車をボーイに任せるとさっさとエントランスに入って行った。

外見に派手さはないが、ロビーは三階までの吹き抜けになっており、天井から巨大なシャンデリアがいくつも垂れ下がっている。さすがラスベガスといったところだろう。ワットはロビーを抜けて、迷わず〝フィースト・バッフェ〟というレストランに入って行った。

バッフェは日本でいうビュッフェのことで食べ放題のレストランを意味する。おしゃれなレストランを想像していた浩志は店名を見て、思わず吹き出してしまった。

寿司はともかくイタリアン、中華、バーベキューなど、どれをとってもなかなかの味をしている。浩志は食べなかったが、ワットは五人分の食事をした後に数種類のスイーツをプレートに載せてご満悦《まんえつ》の様子だ。

「やつら、腹を空《す》かしながら見張っているのかな?」

ワットはチョコレートケーキを頬張りながら言った。かれこれ一時間近く食べ続けている。スイーツもお代わりをしていた。

「そうだろうな。今頃、おまえに憎しみをたぎらせているだろう」

浩志はワットの食べっぷりに半ば呆れながら、コーヒーを啜《すす》った。

三十分後レストランを出た。支払いはワットのおごりだったが、彼がホテルの〝コンプカード〟を持っているために、二人とも十八ドル九十九セントのところを十三ドル九十九セントという驚きの低価格だった。ちなみに〝コンプカード〟はラスベガスのホテル共通のポイントカードで、様々な特典や割引があり、カジノでプレーする金額によりポイントが溜まる。また溜めたポイントを食事や宿泊代として使うことができる。

「さて、どこまで追ってくるのか楽しみだなあ」

ワットは腹を叩きながら、ハンドルを握り、ホテル前のチャールストン・ブルバードを西に向かった。ラスベガスの郊外を環状に走るブルース・ウッドベリー・ベルトウェイを抜けて一キロほど過ぎると、景色は一変する。

午後八時十分、街灯もなくどこを見ても闇が延々と続き、ヘッドライトの光線が照らす道路だけがこの世のすべてとなる。チャールストン・ブルバードは人も住まない荒野を大きくうねって南に進んでいるのだ。

「仕方なく、ヘッドライトを点けたな」

バックミラーを見てワットは笑った。

尾行している二台の車は気付かれまいとヘッドライトを消していたようだが、さすがに前後も分からない闇に包まれてライトを点けたようだ。

二十五キロほど進むと大きな半円を描いて南下した道は、ラスベガスから延びてくるブルーダイヤモンド・ロードとぶつかる。ワットは右折してブルーダイヤモンド・ロードの先の一六〇号に曲がり、再び西に向かう。後続の二台も続いて来た。

さらに三十八マイル、約六十一キロ進み、左折してマンス・ロードという片側一車線の田舎道に入り、しばらくして左折すると、民家が点在するようになった。

「ホームステッド・ロードだ」

「ここがそうなのか」

浩志はジュディスというコールガールから公認の売春宿である〝アリスの館〟という店名が記された名刺を渡された。住所はホームステッドになっていたため、てっきりネオンが煌《きら》めく街を想像していたが、周囲は深い闇にどっぷりと浸《つ》かっている。

「あそこが有名な〝チキン・ランチ〟だ」

創業が十九世紀半ばという養鶏場の名を持つ老舗的な店らしい。道路脇にある控え目な看板があるだけで、店は田舎風の木造の屋敷だ。公認売春宿というのは飽くまでも認められているというだけで、堂々としているわけでもなさそうだ。

「俺の行きつけの店は、もう少し南にある。新兵の頃から世話になっている店だ」

二キロほど走ったところで、ワットは白い洋館の前に車を停めた。ここもネオンサインではない、〝ムーン・リバー〟と書かれた小さな看板がライトで慎ましく照らされている。

浩志はワットの後に付いて洋館の玄関前に立った。一階は広いデッキがあり、その中央に玄関がある。両サイドに大きな窓があるシンメトリーの木造建築は映画〝風と共に去りぬ〟に出て来た屋敷を彷彿《ほうふつ》させる。

ワットは咳払いをしてからノックをした。すると紺色のドレスを着た六十前後の品のいい女が玄関のドアを開けた。

「まあ、私のかわいい坊や。久しぶりに顔を見せたわね」

女はワットを抱きしめると頬にキスをした。

「マダム。もう坊やは卒業させてくれ。友人の前ではさすがに照れくさいぜ」

ワットは顔を赤らめて頭を掻いた。

「どうぞ中にお入りください」

マダムと呼ばれた女は、浩志を見てもにこやかな笑顔を崩さず、ゆったりとした動作で手招きをしてきた。彼女の優雅《ゆうが》な振る舞いには売春宿といううらぶれた雰囲気はない。一歩中に入ると、そこには異空間があった。見事な飾りの付いた手すりがある階段が正面にあり、シャンデリアや赤い絨毯《じゅうたん》、それに壁にかかっている印象派の絵画など、どれを取っても絵になる風景だ。

「マダム。話をした浩志・藤堂だ」

「本来ならば、娘たちを紹介するのですが、それは次回のお楽しみということで、私の事務室にご案内しましょう」

マダムは残念そうに大きな溜息をついた。ロビーの右隅にあるドアを彼女に開けてもらい、浩志とワットは中に入った。

十畳ほどの部屋に大きな木製の机と、ソファーが置かれている。ソファーに座っていた長身の男が二人を見て立ち上がった。

「待たせたな。瀬川」

浩志は労《ねぎら》いの言葉をかけた。瀬川は二時間も前から田中とともに〝ムーン・リバー〟で待機していたのだ。ワットと観光を装いながら、すでに作戦ははじまっていた。

「ご案内します」

後から部屋に入って来たマダムは、机の後ろにある棚を移動させて、壁に開いた穴の中に浩志らを引き入れた。五メートルほど暗いトンネルを進んで、マダムは突き当たりのドアを開けた。二台は余裕で停められる車庫にフォードのEシリーズワゴンが置かれている。

運転席には田中が待機していた。浩志が助手席に乗ると、ワットと瀬川は後部座席に座った。瀬川らはワットから今日の行動予定を聞かされていたのだ。

「加藤から、尾行している車に位置発信器を取り付けたと連絡が入りました」

運転席に座る田中がエンジンをかけながら報告してきた。

イーグルチームの瀬川と田中と加藤の三人は、サンフランシスコ空港から朝一番の国内線に乗り、午前中に到着して車など必要なものを取り揃えていた。加藤はラスベガス市内でバイクを借りており、尾行する車に位置発信器を取り付けることに成功したようだ。尾行者は立場が逆転したことも知らずに、売春宿を一晩中見張ることになるだろう。

「出発しよう」

「了解！」

浩志が声をかけると、田中ははりきって返事をした。

車庫の扉が開けられると、車は屋敷の裏に広がる荒野へと突き進んだ。

三

公認売春宿である〝ムーン・リバー〟で遊ぶと見せかけて裏口から密《ひそ》かに抜け出した浩志とワットは、田中の運転するフォードのEシリーズワゴンに乗り込んだ。道もない砂塵《さじん》舞う荒れ地を迂回《うかい》して再びホームステッド・ロードに戻り、一路ラスベガスへ向かった。

助手席に座っている浩志はおもむろに衛星携帯を取り出した。

「俺だ。見張りの位置を割り出したか？」

浩志らを尾行していた二台の車をバイクに乗って監視している加藤に連絡を取った。

――ターゲット1は〝ムーン・リバー〟の北五十メートル、ターゲット2は南四十メートルから動きません。位置発信器から緯度と経度を拾ってモッキンバードに連絡しました。間もなくロックオンできるそうです。

便宜《べんぎ》上、尾行して来たフォードのピックアップ〝レンジャー〟をターゲット1、ホンダのシビックをターゲット2とした。

小型の位置発信器の電波では広範囲な追跡はできない。そこで現時点での正確な位置情報を加藤から友恵に送らせた。データを軍事衛星にインプットすれば、標的を自動的に追尾させることができるそうだ。以前にも試みた方法だが、難点は、軍事衛星を長時間使用することで米軍にハッキングが悟られる可能性があることだ。そこで、友恵は老朽化《ろうきゅうか》してほとんど使われなくなった軍事衛星の回線を開いて使用することにした。精度は落ちるが米軍に知られる可能性はほとんどないらしい。

「了解。軍事衛星がロックオン次第、我々と合流してくれ」

——了解。

浩志を追っている者が何者かを判断する材料は今のところない。執拗に命を狙っている犯罪組織〝ヴォールク〟かもしれないが、エレーナ・ペダノワを監禁しているCIAという可能性もある。いずれにせよこれからの作戦に支障がないように彼らの目を逸らせた上で、管理下に置きたい。

ブルーダイヤモンド・ロードでラスベガスに西南から入り、ブルース・ウッドベリー・ベルトウェイに乗って、ラスベガスの南部を抜けた。道はラスベガス湾に向かう、イースト・レイク・ミード・ドライブになる。

すでに百キロ近く走っており、時刻は午後十一時になろうとしている。さらに十キロ走り、レイク・ラスベガス・パークウェイに曲がって北上した。

〝レイク・ラスベガス〟は、ラスベガスの中心街から東へ約二十五キロの砂漠地帯に造られた広大な人工湖で、湖畔《こはん》にイタリア風リゾートと高級別荘地が開発された。一時は世界中から開発モデルとしてもてはやされたが、リーマンショックによる不動産バブルの崩壊で、ホテルやゴルフ場が相次いで廃業して衰退している。だが、二〇一一年からは閉鎖されていたカジノやホテルが再開されるなど少しずつ改善の兆《きざ》しはある。

レイク・ラスベガス・パークウェイに入って数分で湖に到着した。湖の南側に石橋の上に建てられた〝ラベラホテル〟がある。イタリア中世の街をイメージして建てられた豪華なホテルだ。二〇一〇年に廃業した〝リッツカールトン〟の後を継いで営業している。

〝ラベラホテル〟を右手に見ながら湖岸沿いのモンテラーゴ・ブルバードに右折して、二・四キロほど進むと、道はコンクリートブロックで閉鎖されていた。この先はリーマンショックで開発が頓挫した荒れ地が広がっているだけで、道路も舗装されていない。

コンクリートブロックの近くにトヨタのランドクルーザーとフォードのバン、〝エクスペディション〟がひっそりと停めてある。その横に付けるように田中は車を停めた。するとランドクルーザーから辰也が降りて来た。辰也と宮坂と京介のパンサーチームは瀬川らとは別行動をとって、サンノゼ空港からラスベガスに入っていたのだ。

浩志も助手席から降りて両手を伸ばし、筋肉をほぐしながら辰也に近付いた。

「意外に早かったですね」

辰也はＭＰ５ＳＤ１を肩からかけている。

浩志は〝ベラージオホテル〟にあるカジノのスロットマシンで遊んだ後、コインの受け皿に部屋のキーをわざと置いて立ち去った。それを近くで待機していた辰也が回収し、浩志の部屋に入ったのだ。仲間を飛行機で移動させ、MP5SD1やハンドガンなど作戦に必要な武器は浩志とワットが、ゴルフバッグやスーツケースなどに隠して持ち込んだ。小単位のチームで行動することにより、敵のマークを外す作戦を今回とったのだ。

「動きはないか？」

「現在、宮坂と京介がここから六百メートル北から、ウイリアムスとロドリゲスは北東の三百メートルから監視活動をしています。動きはありません」

辰也の報告に浩志は頷いた。

ワットの部下だったマリアノ・ウイリアムスとアンディー・ロドリゲスの二人も作戦に加わっていた。

エレーナ・ペダノワが捕《とら》われているのは、コンクリートブロックで封鎖された一キロ先にある〝ユリウス・ホテル〟の建設現場だ。建設途中で工事がストップしているので、廃《はい》墟《きょ》と言えなくもない。とはいえ、内装が五十パーセントほどは終わっているらしく、雨風を避けることはできる。

ＣＩＡは撤退したホテルの親会社と闇で賃貸《ちんたい》契約でもしているのだろう。ペダノワが監禁されていた部屋には窓がなかったことから、地下室を改修して使えるようにしたに違いない。浩志は麻酔薬を嗅がされてホテルに運ばれたが、位置発信器の電波を頼りに加藤が追跡して、〝ユリウス・ホテル〟だと特定したのだ。

問題は、建設現場の周囲は荒れ地が広がっているために見晴らしがいいということだ。そのため、車で近付くのは危険だった。徒歩で行くか、あるいはホテルが湖岸に建っているためにボートで近付くかのどちらかだった。

〝レイク・ラスベガス〟は二〇〇〇年から二〇〇五年までの最盛期には、リッツカールトン、ハイアットリージェンシーの高級ホテルとカジノ、それに三つのゴルフ場があり、豪邸街には著名人の屋敷もあったが、今ではゴーストタウンのように静まり返っている。だが、電気水道は通じており、人目を気にすることもない。ラスベガスのマッカラン空港から車で三十分と地の利もいいことから、CIAが秘密の施設を作ったのだろう。

バイクの音が近付いて来る。闇を突いてホンダ〝シャドー七五〇〟が姿を現した。浩志と辰也は特に警戒することなくライダーを受け入れた。単独で行動していた加藤が合流したのだ。

「全員揃ったな」

浩志は仲間の顔ぶれを確認して頷いた。

四

浩志をリーダーとするイーグルチームの瀬川、田中、加藤の四人と、辰也が指揮するパンサーチームの宮坂と京介の三人は、それぞれゾディアック製のインフレータブルボート（ゴムボート）に乗り、闇夜の〝レイク・ラスベガス〟を音もなく漕《こ》ぎ進んでいる。

　黒い戦闘服にタクティカルベスト、バラクラバ（フェイスマスク）にゴーグルと樹脂製のヘルメットを着用し、サプレッサー付ＭＰ５ＳＤ１にグロック一九で武装している。スタングレネード（特殊音響閃光弾）に樹脂製簡易手錠、それにヘッドセットの無線機も備え、装備を見た限りではＳＷＡＴと遜色ない。

　浩志と辰也の二人の銃は〝ベネリＭ４　スペール九〇〟というイタリア製の散弾銃で、米海兵隊ではＭ一〇一四という名で装備されている。ビーンバッグ弾（鉄球特殊散弾）やゴム製スラッグ弾を使えば、相手を死傷させることなく制圧可能だ。急場のことで二丁しか手に入れることができなかった。また、バラクラバとゴーグルで顔を隠すのはＣＩＡの秘密施設を襲撃するにあたって身元を隠すためだ。

　装備はいつものようにサンフランシスコの傭兵代理店でレンタルしたが、今回も軍から闇で資金が出されているため、レンタル料金は発生しなかった。

　イーグルチームとパンサーチームが湖から潜入するのに対して、ワットが指揮するワーロックチームは、正面の陸路から敵の逃亡を防ぐことになっていた。また、イーグルチームのサポートも兼ねているために、浩志たちのチームの潜入が発覚した場合は、彼らが正面から攻撃することになっていた。

湖岸の三十メートル手前に到達した。浩志のハンドシグナルで全員湖の中に入り、頭だけ水面に出してボートを引っ張って行く。ボートの上でいくら身を屈めたところで目立つからだ。

目的地である〝ユリウス・ホテル〟の工事現場は湖中央部の西側にある半島状の突き出た場所の先端にある。地上四階、地下一階で駐車場は北側にあり、周囲は工事用の二メートルのフェンスで囲まれ、監視カメラが要所に設置されていた。友恵が軍事衛星を使って綿密に建設現場の調査をしたが、見通しが利く荒れ地にあるだけに、陸からの潜入は不可能という結論に達した。また建物は建設会社のサーバーから設計図を盗み出し、事前に内部構造は調べておいた。

ホテルの南側の湖岸にはヨットハーバーになるはずだった入り江と桟橋があり、岸辺はこぶし大の石が敷き詰めてある。桟橋の下にボートを隠し、上陸した。

浩志はタクティカルポーチから双眼鏡タイプのナイトビジョンを出した。頭上に半月が出ている。夜目が利く浩志ならそれだけで充分だが、赤外線のセキュリティーを確認するためだ。

ホテルは三メートルの護岸の上にあり、ホテル裏口から護岸に作られた長い石の階段がある。建設計画では護岸からスロープ状に土を入れ、芝生を張る予定だったらしい。階段には赤外線が張り巡らされているのがナイトビジョンではっきりと見える。迂回《うかい》して護岸沿いに半島の裏である北側まで移動すると、同じような形状の階段があった。やはり階段は赤外線でガードされていた。

浩志は辰也と宮坂の二人に護岸を背に違う高さで中腰にさせた。辰也と宮坂の肩を足場にして、加藤の次に自分も続いて護岸を登った。目の前は駐車場になっており、五台の車が駐車してあった。左手にホテルの建物がある。そのすぐ右手の湖側に三階建てのカジノ棟が建つ予定になっていたようだが、基礎部分の工事で止まっている。

ナイトビジョンで見ると、周囲の工事用フェンスの他にも、敷地内は赤外線のセキュリティーが至る所に張り巡らされている。

安全を確認すると、仲間を次々登らせて、最後まで踏み台になっていた辰也にはロープを垂らして登らせた。

全員揃ったところで駐車場に停めてある五台の車を指差して、瀬川と田中の肩を叩いた。二人はサバイバルナイフを逆手に持って、ＣＩＡの情報員の逃走を防ぐために五台の車のタイヤに穴を開けはじめた。

浩志は辰也らパンサーチームをホテルの南側に向かわせた。南側は湖面を見渡せる広いバルコニーが各部屋にあるため、センサーがないデッキからの侵入が可能かどうか調べさせるのだ。また、彼らは敷地内に通信を妨害するジャミング装置を取り付けることになっている。

建物の北側にも湖面を見ることができるバルコニーが各部屋にあるが、赤外線が屋上から地上まで格子状に通されていた。止むなくイーグルチームはホテルの北側の外壁に取り付いた。

屋上まで上り、東側のエレベーター室から潜入し、地下まで降りるつもりだ。ホテルはイタリアの古城を思わせるブロックを使用しているために、足場を確保することができる。浩志が二階まで登る間に加藤は屋上まで登りきった。さすがにこの手の運動は歳がものをいう。浩志がバラクラバのせいもあるが、流れる汗が目に入ってくる。やっとの思いで屋上に辿り着いたが、後からやって来た瀬川と田中の二人と大差がなかった。

建物は半島に沿って百メートルの奥行きがあり、東西に長い。浩志らは湖岸に近い建物の東寄りを登った。屋上には建設資材がシートをかけられて放置されている。先に登っていた加藤は建設資材の陰に隠れて待機している。浩志の顔を見ると、親指を立てて見せた。バラクラバで顔は見えないが、汗一つかいていないだろう。

「……？」

浩志は殺気を感じた。瀬川と田中の腕を引っ張ってしゃがんだ。銃声とともに弾丸が頭上を飛んで行った。西側から狙撃された。

瀬川と田中を南側に行かせると、浩志は加藤を連れて北側に沿って西に向かった。

——こちらピッカリ。銃声が聞こえた。こっちも動こうか？

ワットから連絡が入った。

「屋上の西側に敵がいる。正面から攻撃すれば、狙撃されるぞ。連絡を待て」

――了解。

ホテルの正面玄関は建物の西側にある。工事用フェンスを倒して突入する前に狙撃されてしまう。

――こちら爆弾グマ、南側はすべて赤外線で覆われたようにガードされていました。壁を登って屋上に向かっています。

銃声を聞きつけた辰也が連絡をして来た。

「敵は屋上にいる。気をつけろ。南側にコマンド1とヘリボーイを向かわせた」

廃屋《はいおく》と半ば馬鹿にしていたが、CIAが使用しているだけのことはある。ちょっとした要塞《ようさい》なみに警備されているようだ。

屋上は資材が離島のように置かれている。隠れるのには都合がいいが、油断をすれば背中を撃たれるようなことになりかねない。浩志はグロック一九を出し、加藤に援護射撃を頼むと敵が潜んでいると思われる資材目がけて連射しながら進んだ。ハンドガンとはいえ、サプレッサーを付けたMP5SD1より銃撃音はする。注意をこちらに向ければ、南側を迂回させている瀬川らの攻撃が有利になる。

次の建設資材の島まで、八メートルある。浩志は一気に走った。十七メートル先の島の陰から男が身を乗り出して撃って来た。弾丸がこめかみ近くを飛んで行った。加藤が背後から銃撃し、男の胸に数発当たった。

浩志は滑り込むように資材の陰に飛び込み、休むことなく前進した。

「むっ！」

左の闇に殺気を感じて、咄嗟に避けた。左腕に冷たい痛みを感じた。

ナイトビジョンを装着し、戦闘服を着た黒人がサバイバルナイフを持っていた。銃を使わないのは、浩志の仲間に知られないようにするためということもあるが、腕にも自信があるのだろう。敵の踏み込みが三センチ深かったら、致命傷を負うところだった。

浩志はすぐさまグロックを向けたが、実弾が込められていることを思い出しトリガーが引けなかった。一瞬の迷いを見透かされて、グロックを蹴り飛ばされ、間髪《かんはつ》を入れずに鋭い左の蹴りを食らった。

「くっ！」

浩志は落ち着けようと間合いを取り、わざと上段に構えた。敵は思惑通り、心臓目がけて突き出して来た。浩志は体を落としながら右腕一本の背負いで投げ飛ばし、黒人の後頭部を蹴って昏倒《こんとう》させた。

前方でＭＰ５ＳＤ１の押し殺した銃撃音がした。

——こちらコマンド１。敵は四人。クリアしました。

「了解。そっちに行く」

浩志は加藤に合図を送って、西側の資材が置かれた場所に行った。

瀬川と田中の他に、南側から屋上に登った辰也と宮坂に京介までいた。彼らに背後から襲われてはどんな腕利きでもひとたまりもない。

Ｍ４カービンにゴーグルタイプのナイトビジョンを装備した四人の男が並べて寝かされていた。加藤が最初に撃った男もいる。だが彼らは誰も血を流していない。なぜならＭＰ５ＳＤ１の弾丸は九ミリのゴム弾だからだ。

九ミリのゴム弾は、浩志のＭ一〇一四に込められているゴム製スラッグ弾と違い、非力である。打撃で倒すことができても、敵を昏倒させるほどではない。そのため、全員銃型の麻酔注射器を持ち、敵を眠らせることにしている。ただしゴム弾でも頭部に当たれば、致命的な怪我を負わせる可能性があるために、首より下を狙うように徹底させている。

全員で改めて屋上を調べたが、浩志が倒した男も入れて五人で屋上から見張りをしていたようだ。

「こちら、リベンジャー。屋上はクリアしたが、これより下の階を調べる。ワーロックは待機せよ」

——ピッカリ、了解。

敵は屋上に見張り所を設《もう》けていたようだ。男たちの近くにはコーヒーやサンドイッチが散らばっていた。三、四階の建物の内部からもホテル正面を見渡すことができ、迂闊《うかつ》に侵入すれば狙撃される恐れがある。安心するにはまだ早かった。

五

当初屋上の東側のエレベーター室から潜入する予定だったが、敵が見張り所としていた西側にある非常階段が使えることが分かった。辰也らパンサーチームを予定通り、エレベーター室の東側から潜入させ、浩志たちイーグルチームは非常階段を下りることにした。屋上にいた見張りを倒したからと言って油断はできない。辰也らがジャミング装置を設置したために、携帯電話で外部と連絡をとれないことは分かっているが、妨害できない周波数を使った無線機を使っているかもしれない。屋上の見張りが、仲間に連絡した可能性は充分考えられる。

建物の内部は完璧と言っていいほどの暗闇だった。そのため加藤と瀬川に敵から奪ったナイトビジョンを装着させて斥候《せっこう》に出した。残りの三つのナイトビジョンは、パンサーチームに渡してある。

——こちらコマンド1。四階の西側をクリアし、同じく東側をクリアした爆弾グマと遭遇しました。

浩志は思わず腕時計を見た。五分も経っていない。階によって違うが、四階は四十二部屋ありチェックに時間がかかるはずだが、早過ぎる。

「内部はどうなっているんだ?」

――内装はほとんどされていません。中央の吹き抜けになっている周囲が壁になっていますが、各部屋の壁は間引かれ、まるで体育館のようです。

間引かれているのではなく、強度の問題で、コンクリートで最初から作られた壁と後から設置する壁があるのだろう。設計図では、東西に長いホテルの中央が四階までの吹き抜けになっており、豪華なエレベーターと螺旋《らせん》階段が配置されていた。客室用エレベーターはこの中央部にあるものと東西のものをあわせて三カ所にある。

「リベンジャー、了解。コマンド1とトレーサーマンは、パンサーチームと行動し、一階までチェックしてくれ」

浩志は斥候チームの後を追うべく待機していた田中と二人で非常階段を下りた。二人はゴーグル型のナイトビジョンを持っていないのでハンドライトを点けた。パンサーチームはかなり早いペースでチェックをしている。浩志らが四階の中央まで歩いて行くとすでに三階のチェックを終えたと連絡が入った。

「待てよ?」

浩志は中央の階段を下りようとして、ふと立ち止まった。設計図ではホテルのエントランスがある西側にある四つの客室用エレベーターの他に一つの従業員用のエレベーターがあった。だが、西側のエレベーターホールにはそれらしき物がなかった。もっともエレベーターは備え付けてはいないので、ただの吹き抜けの穴があっただけだ。

浩志は急いで引き返した。

「むっ！」

前方に人の気配がした。浩志は咄嗟にハンドライトを消して田中の肩を摑み、近くの壁の後ろに隠れた。途端、銃撃音と近くの壁が砕《くだ》ける音がした。

——こちら爆弾グマ、銃撃音が上から聞こえましたが、大丈夫ですか？

「リベンジャーだ。攻撃された。西側に従業員用のエレベーターがあるかもしれない。パンサーはそれを見つけろ。コマンド1とトレーサーマンは応援に来てくれ。四階の西側だ」

——了解！

銃撃音は次第に近付いてくる。敵はナイトビジョンを装備しているようだ。

浩志は腰のホルダーに収めていたスタングレネードの安全ピンを抜き、起爆クリップも外すと前方の廊下に投げた。室内だけに凄まじい音が響き、瞼を固く閉じたが閃光が分かった。

「援護しろ！」

身を低くして浩志は壁の陰から飛び出したが、銃撃されなかった。ハンドライトを点けると、数メートル先にナイトビジョンを装着した二人の男が倒れていた。一人が起き上がろうとした。浩志は銃型注射器で倒れている男の首筋に麻酔薬を注入して眠らせ、ふらつきながらも立ち上がりかけた男の喉元にグロックを突きつけた。

「エレーナ・ペダノワのところに案内しろ」

浩志は男のナイトビジョンを乱暴に外し、顔面にハンドライトの光を浴びせた。三十半ばの白人だ。

「貴様ら、何者だ！」

男はライトの光に顔を背けた。

「〝ヴォールク〟と言えば分かるか」

わざと低い声で浩志は言った。

「何！」

男の顔色が変わった。ペダノワからの情報を知っているようだ。

「俺たちは殺すのが趣味のようなものだ。屋上の五人は殺した。おまえたちは二人だけか？」

屋上にいた見張りの応援として二人は少な過ぎる。

「我々は見張りの交代に上がって来ただけだ」

ジャミングが功を奏し、たまたま現れた交代要員と接触してしまったようだ。

「後何人いるんだ？」

浩志は顎の下にグロックを押し付けた。

「撃つな！　四人、四人だ」

「ペダノワのところまで案内しろ」

「わっ、分かった」

男は何度も頷きながら廊下を歩きはじめた。

西側のエレベーターホールの突き当たりにあるむき出しのコンクリートの壁にボルトが突き出ていた。男はボルトを引っ張った。すると壁材を貼ったドアらしく、簡単に開いた。ドアの内側に従業員用エレベーターがあった。このエレベーターはＣＩＡが設置したのだろう。ドアの内側は木枠で囲ったはりぼてのようになっている。

背後に人の気配を感じて振り返ると、銃を構えた瀬川と加藤が足音もなく駆け寄って来た。

「エレベーターで潜入するぞ」

瀬川と加藤は無言で頷いた。

二人を見て、ＣＩＡの情報員はがっくりと項垂れた。

「ペダノワは地下にいるんだな」

浩志は再び男の首に銃を押し当てた。

「……そうだ」

「地下室の構造を教えろ」

男は観念したのか、淀《よど》みなく答えた。

ホテルは工事途中ということもあるが、ＣＩＡは秘密施設として使うために改良を加えたようだ。

地下は機械室と従業員用の宿泊施設が作られる予定で建物の西側だけにある。イタリアをコンセプトにした〝ユリウス・ホテル〟は客用のスペースには太陽光にこだわったために、日が射さない地下はスタッフとメンテナンス用にしたのだ。

男の供述では、ＣＩＡでは従業員用の宿泊施設として作られた三十部屋の内、四部屋の内装を完成させて使用しているらしい。そのうちの一つにペダノワが捕われている。

「こちらリベンジャー。パンサーチームは中央の非常階段より、地下への潜入口を捜せ」

中央の非常階段は未完成の地下部分に通じており、ドアを破壊すれば、敵の背後に回ることができるようだ。

――了解！

「こちらリベンジャー。これより攻撃する。ワーロックは一分後に潜入を開始し、援護してくれ」

——今日は出番がないかと思ったぜ。

ワットのわざとらしい溜息が聞こえた。

浩志は笑いを嚙み殺し、男の後頭部にグロックを当ててエレベーターを待った。

六

二〇〇八年に米国の投資銀行であるリーマン・ブラザーズが破綻《はたん》したことが引き金になり世界中に恐慌《きょうこう》の嵐が吹き荒れた。

発端《ほったん》は二〇〇七年に米国のサブプライムローンという住宅金融が、崩壊《ほうかい》したことがはじまりだった。現象は日本のバブル崩壊に似ている。サブプライムローンは審査も満足に行われずに支払い能力のない低所得者層にまで貸し付けて返済不能に陥るケースが多発していた。その結果、リーマン・ブラザーズも多大な損失を抱えて破綻したのだが、六十四兆円という史上類を見ない倒産は世界中に金融危機〝リーマンショック〟を招くことになった。

〝レイク・ラスベガス〟に建設途中だった〝ユリウス・ホテル〟は竣工が二〇〇九年だったというから、典型的なバブルの崩壊による憂《う》き目を見たようだ。

「さて、連れて行ってもらおうか」

エレベーターのドアが開いたので、浩志は白人のＣＩＡ要員の頭をグロックで押した。すると躓《つまず》いたのか、男はふらついてエレベーターの呼び出しボタンの上部を叩いた。

突然目の前に白い煙と冷気が顔面を襲ってきた。二酸化炭素が高圧で吹き出されたに違いない。

「くそっ！」

浩志は反射的に前に飛び出し、エレベーターに乗り込んだ。目を直撃したらしく、視覚が戻らない。

ボディーに重いパンチを喰らった。ＣＩＡ要員は二酸化炭素ガスが噴き出す位置が分かっていたために、転んだ振りをして屈んだに違いない。

「くっ！」

浩志は全神経を集中させた。目を閉じたまま左からのパンチを左腕で受けた。続けて右からのパンチも払いのけ、男の頭を両手で摑んで膝蹴りを数発喰らわせた。

「ふう」

短く息を吐き、目を開けた。男は口から泡を吹いて倒れていた。

「むっ！」

気絶する前に男は地下のボタンを押していたようだ。慌てて一階のボタンを押したが間に合わずに地下に到着した。

ドアが開くと同時に銃撃された。浩志は身体を押し付けるようにボタンパネルの裏に隠れ、四階のボタンを押したがドアは閉まらない。外部でコントロールされているようだ。

「くそっ！」

激しい銃撃は止むことを知らない。

天井のパネルが落ちて来た。

見上げると、加藤の顔があった。エレベーターシャフトを伝って降りて来たようだ。

浩志はハンドシグナルで命令した。

加藤は頷くと天井の脱出口と思われる穴から、スタングレネードをエレベーターの外に向かって投げた。激しい閃光と爆音が轟き、銃撃は止んだ。

浩志はすぐさま飛び出し、膝をついている男の顔面を蹴り上げて昏倒させ、床に倒れている別の男の首筋に麻酔薬を打った。数メートル先にドアがあり、エレベーターホールは閉ざされた空間になっていた。敵は他にはいない。

「藤堂さん、先に行かないでくださいよ」

加藤の後にエレベーターから降りて来た瀬川が文句を言った。その後ろに田中もいる。

浩志は笑って頷くと、ホールにあるドアに近付いた。ドアは金属製で横に電子式キーボックスがある。ドアノブもかなり頑丈に作ってある。通常のドアならM一〇一四で特殊スラグ弾（散弾ではない破壊力が高い単頭弾）を使って破壊することができるが、このドアは表面が歪《ゆが》むだけだろう。

浩志は瀬川と田中にドアを指差して、ハンドシグナルを送った。二人はすぐさま背負っていたタクティカルバックパックから爆薬や信管などを取り出して、ドアを爆破する準備をはじめた。

「こちらリベンジャー、爆弾グマ、現在位置は？」

――地下通路のドアの前です。頑丈なドアなので、爆薬を仕掛けたところです。いつでも言ってください。

「正面のドアも同じく爆破する。同時に爆破して突入する」

――了解。

「オッケーです」

辰也との連絡を終えると、瀬川と田中も準備を完了していた。全員エレベーター内に入り、手動でドアを閉めた。

「爆弾グマ。準備ができた。カウントダウン三。三、二、一、爆破」

浩志の命令とともに起爆スイッチは押され、頑丈そうな金属のドアは吹き飛んだ。爆破の白煙に紛《まぎ》れてエレベーターから飛び出した。

途端に銃撃されたが、二つのスタングレネードを投げ込んで黙らせた。内部には四人の男がM４で待ち構えていたが、スタングレネードで二人が失神し、残りの二人は裏口から逃げ出そうとして、ホテル中央部の階段から突入した辰也らに銃撃されたうえに、麻酔を撃たれて昏倒した。

四つある地下室の内の三つは、すぐに無人だと確認され、施錠された残りの一つにペダノワがいることが分かった。だが、部屋の中には二人のCIA要員がペダノワとともに隠れていることを捕虜にした男たちから白状させた。

「中にいる者に告げる。お前たちは二人だけで孤立している。抵抗しなければ殺さない」

ドア越しに大声で怒鳴った。中からは返事がなく、静まり返っている。

浩志は背後にイーグル、パンサーの二チームを待機させた。

するとドアの鍵が外れる音がした。

「待っていたわ」

ドアをペダノワが自ら開けて出て来た。

瀬川がすぐさま田中と加藤を従え、ペダノワと入れ替わるように部屋の中に踏み込んで行った。

「男が二人、気絶しています」

加藤が部屋から出て来て報告した。

ペダノワが微笑をたたえながら浩志の前に立った。

「外が騒がしいと二人とも浮き足立っていたから、あなたの手を煩《わずら》わすこともないと思って、片付けておいたわ」

「手間が省けた」

浩志は軽く笑った。

「言われた通り、私は信じて待っていた。あなたに抱きついてキスをしたい気分だけど、許可がいるの？」

ペダノワは上目遣いで言った。

「それなら、ワットにするんだな。あいつはおまえのために殺人犯になるところだったからな」

「どこにいるの？」

ペダノワは薄暗い通路をきょろきょろと見渡した。

「浩志、早過ぎるぞ。どうして俺に敵の二、三人でも残しておかないんだ」

エレベーターシャフトを降りて来たワットが二人の部下を従えて現れた。

浩志が顎を振って合図を送ると、小さく頷いたペダノワはワットに近付き、いきなり抱きついて頬にキスをした。

「なっ、なんだ！」

ワットが目を白黒させて驚いている。

「ワット、美女からの祝福だ」

「美女と野獣だ」

仲間の歓声とヤジが飛ぶ中、ペダノワからキスをされたワットは、まるで犬のように首を振った後に猛牛の鳴き声をしてみんなを笑わせた。

ヴォールク

一

〝レイク・ラスベガス〟の湖畔で廃墟と化したホテルに捕われていたエレーナ・ペダノワを、浩志が指揮する〝リベンジャーズ〟は救い出すことに成功した。

三年ほど前にホテルは建設途中で負債《ふさい》を抱えて倒産した。その直後にCIAが破格の値段で買い取り、主にペダノワのような他国の情報員を長期に亘って尋問、拘留する施設として使用していたらしい。だが、浩志らに攻略されたため、閉鎖されることになるだろう。

午前一時半、捕虜にしていたCIAの情報員も麻酔薬で眠らせて作戦を終了させ、浩志らはトヨタのランドクルーザーとフォードの〝エクスペディション〟に分乗し、建設現場から撤収した。

バイクで合流していた加藤はワットの車を回収するため、一人でホームステッド・ロードにある公認売春宿〝ムーン・リバー〟に向かっている。翌日でもいいと思っていたのだが、彼が志願したので頼んだのだ。というのも尾行していた連中も浩志らがいないことに気が付いたらしく、三十分ほど前に現場を離れたと、二台の車を軍事衛星で追跡している友恵から連絡があったからだ。

ランドクルーザーの運転を田中がし、助手席に瀬川が座っている。浩志は後部座席の右にペダノワはその隣に座っている。

「私が閉じ込められていたのが〝レイク・ラスベガス〟の湖畔だったとは思わなかったわ」

ペダノワは湖の南にライトアップされた〝ラベラホテル〟の幻想的な光景にうっとりとした目付きで言った。

「おまえたちが、SKR（FSBの防諜局）本部ビルの地下資料室で見たものは、本当は何だったんだ?」

「えっ……」

浩志の質問にペダノワの顔が強ばった。

「FSBの特殊部隊隊員が非合法な任務に就いた際の証言テープを見たと、殺されたボリーナ・ソトニコワからは聞いている。だが、おまえたちを追う暗殺集団である〝ヴォールク〟の手口があまりにも容赦がない。それがやつらの常套《じょうとう》手段なのかもしれないが、ソトニコワが嘘をついていないのなら、問題はテープの内容だ。いかなる犠牲も厭《いと》わず、おまえたちを皆殺しにしても闇に葬《ほうむ》らなければならない秘密があるはずだ」

テンダーロイン地区のギャングがアジトとしていたビルの爆発でアパート部分に住んでいた百十二人の住人が死亡した。ソトニコワとデルタフォースのゲーリー・マクナイト中佐が乗った米軍のヘリが撃墜され、乗員も含めて六名の命が奪われた。そして、〝ヴォールク〟のアジトと思われる〝ドメニカ・ピザ〟から逃走した敵を追跡した浩志らは、RPG7の攻撃を受け、背後に迫っていた五台のパトカーが巻き添えを食らった。その他にもペダノワの部下や家族なども含めれば、百五十人近い人が犠牲になっている。

「……メドベージェフ大統領の暗殺計画よ」

ペダノワはしばらくの間、逡巡した様子で俯いていたが、観念したのか浩志の目をしっかりと見つめて言った。

「何！」

浩志ばかりか、居合わせた者が同時に声を上げた。

「馬鹿な。FSBの特殊部隊隊員が大統領の暗殺を謀《はか》ったというのか」

「そのビデオを実際に見るまで、私もボリーナからの報告だけでは信じられなかった」

「プーチンも大統領の時は何度も命を狙われている。だが、それは反政府組織や敵対国からだった。だが、ＦＳＢはロシアの情報機関だぞ」

「だけど、本当なの。特殊部隊隊員の名は、ヴィクトル・バルスコフ陸軍少佐。調べてみたけど、五年前に軍歴が抹消されていた。彼の説明によれば、赤の広場で演説する大統領を暗殺し、チェチェン人の仕業に見せかける計画だった」

「決行日はいつだ?」

「ビデオでは、言及されていなかった」

「メドベージェフはまだ生きている。計画は失敗したのか、あるいは中止されたのかもしれないな。そもそもその兵士の精神状態も疑わしい」

浩志はまともな話とは捉えていない。

「いいえ、計画は実行されたの。だけど演説がはじまる直前にバルスコフ少佐は逮捕され、その場で射殺されたらしい。ニュースにもならなかったけど、私たちのように亡命したＦＳＢの仲間から聞いて、改めてビデオの証言は真実だと分かった」

ペダノワは苦い表情で首を振った。

ソトニコワがビデオを見たのは、二〇〇九年だったようだ。また、メドベージェフが大統領に就任したのは、二〇〇八年五月七日である。とすれば就任当初から暗殺計画はすでにあったことになる。

「彼が暗殺されなければいけない理由は何なのだ?」

「メドベージェフはプーチンの傀儡《かいらい》、その政治手法はプーチンとの〝ダンデム体制〟あるいは〝双頭体制〟などと言われている。つまりプーチンに逆《さか》らうようなことが起これば、彼の命はないの」

二〇一一年二月にリビアで勃発《ぼっぱつ》した反政府デモは、武力で押さえ込もうとする政府との闘いになり、それを欧米で構成する多国籍軍が空爆で反政府勢力を支援する事態に発展した。この多国籍軍の動きをプーチン首相は〝十字軍〟と決めつけて激しく非難した。

だが、メドベージェフは三月二十一日の会見で、リビア情勢について「文明の対立を引き起こす〝十字軍〟という表現は許されず、容認できない」と述べ、暗にプーチンを批判した。この発言は次回の大統領選挙に向けて、プーチンが再び大統領に立候補することを警戒したメドベージェフが自らの再選を意識しはじめたために、敵対する言葉をあえて言ったのではないかと見られた。

「つまり、暗殺計画はいつでも発動される状態にあり、メドベージェフの発言を機に進められたというわけか」

「たぶんそれだけじゃないと思うけど、メドベージェフが反プーチン的な発言をしたのは、それが最初で最後。今は以前にも増してプーチンに迎合している。つまり、暗殺は未遂に終わっても充分に効果はあったようね」

「いつでも殺せるぞという警告だったわけだ。形の上で国の最高責任者の暗殺指令を出すことができるのは、一人しかいないからな」

浩志にもようやくビデオの真意が摑めてきた。

「バルスコフ少佐は、命令した人物の名こそ出さなかった。だけどロシアの内情を知っている者であれば、誰にでも分かることよ」

「ビデオテープが公《おおやけ》になれば、確かに政府は困るだろう。だが、それを見たからといって、これほどの被害を出してまで〝ヴォールク〟は動くのか？」

浩志はペダノワをじろりと横目で睨んだ。

「……こうなったら、すべてを話すわ。バルスコフ少佐の証言があまりにも恐ろしいので、私たちも身の安全を図るために、ビデオをダビングしたの」

ペダノワらは証言テープを見たことで陵辱された上で解雇された。だが、彼女らがダビングされたテープを持っていることが当局に知られたことにより、命を狙われるようになったらしい。

「そういうことか」

ようやく納得できた。ロシアの実質的な最高権力者の足下をすくうようなビデオテープがある限り、ペダノワは命を狙われる。

「私たちはビデオをダビングしたことで、かえって多くを失ってしまった。だけど私の暗殺命令を直接出している人物は分かっている」

「そいつはロシアにいるのか」

「あなたが、私をロシアに送ってくれれば、後は自分で始末する」

ペダノワは真剣な眼差しで見つめて来た。

「いいだろう」

浩志はゆっくりと首を縦に振った。

二

〝ベラージオホテル〟の本館はYの字型をしており、ストリップ通りに面した人工湖に対してYが頭を東に向けて横向きになっている。そのため、ホテルの名物である噴水ショーを直接見ることができるのは、Yの上部に面した東向きの部屋で、さらに十階から十五階までの中央エレベーター寄りの眺めがいいらしい。

午前三時五分、浩志は自室のソファーでコーヒーを飲んでいた。目の前には欠伸を嚙み殺しながら、コーヒーを飲むワットが座っている。先に休めと言ったのだが、義理堅く付き合っているのだ。

〝レイク・ラスベガス〟には一時間前に戻っていた。仲間は自分の部屋にいる。休むことも重要だ。おそらくみんな眠っているだろう。救い出したエレーナ・ペダノワは、あきることもなく夜景を見ている。解放された喜びに一人浸《ひた》っているのだろう。

十五階の東側であるレイクビューの部屋のため、景色は抜群にいい。前回ＣＩＡが気を利かせてレイクビューに設定したために、今回は浩志が予約をいれたのだが、ホテル側が気を利かして眺めのいい部屋にしてくれたようだ。

浩志は衛星携帯を取り出し、加藤に電話をかけた。

——まだ起きていらしたのですか。先にお休みになっていてください。今、ベガスのガソリンスタンドで給油しているところです。

加藤はホームステッド・ロードの公認売春宿に置いて来たワットのフォード〝Ｆ一五〇〟を取りに行き、乗って来たバイクを荷台に積んで戻って来たのだ。

「ホテルに着いたら、顔を出してくれ」

——了解。

浩志とワットは酒も飲まずに加藤を待っていた。一人でも行動していたら、本当の意味で作戦が終了したことにはならないからだ。

携帯が振動した。画面を見ると美香からのようだ。

「寝ていたら、ごめんなさい。気になることがあるから連絡したの」

「大丈夫だ。まだ起きている」

「私、友恵さんと交代で車の監視をしているの。それで追跡している車が二台とも、リダ・ジャンクション空港の交差点から二六六号に曲がった。方角的にはサンフランシスコ、あるいはパロアルトという可能性が出て来たわ」

軍事衛星からの情報を友恵のパソコンで見られるようにしてある。美香は付き添ってくれている友恵と代わったのだろう。

「……分かった。逐次《ちくじ》連絡をしてくれ」

車がラスベガスに向かわずに西北に向かっていることは聞いていた。だが、進路を変えたことで胸騒ぎを感じた。

「どうしたんだ？」

眠そうな顔をしていたワットが、身を乗り出して来た。

「追跡している二台の車が、リダ・ジャンクション空港の交差点から二六六号に曲がったらしい」

地理を把握していないために浩志は美香から教えられた通りに言った。

「確かリダ・ジャンクションは、千二百メートルの滑走路があるただの飛行場だったな。その先の一二〇号に抜ければヨセミテ国立公園を越える難所だが、サンフランシスコやパロアルトに向かうには距離的に近いぞ」

さすがにネバダ州のことならワットは詳しい。

浩志はすぐさま自分のパソコンを起動させて、地図サイトで調べた。

「リダ・ジャンクションから、パロアルトまで三百九十六マイル、約六百三十四キロ、六時間半か」

「いや、山道は街灯もない。飛ばしても七時間半はかかる。ラスベガスからは五百四十マイル、約八百六十四キロだが、高速を飛ばせば七時間は切ることができる」

尾行していた二台の車の目的地がパロアルトとしてワットの計算通りなら、到着予定時刻はおよそ午前十時半ということになる。

美香には黒川と中條が護衛に就いている。気がかりなのは、彼女の移植手術が午後に控えていることだ。

「…………」

連中の目的は分からない。少なくとも今なら、時間的な差はなくパロアルトに帰ることができる。

「帰るぞ、浩志。もし、美香さんに万が一のことがあったらどうするんだ」

「分かっている。加藤が戻って来たら、車は借りる。後は頼んだぞ」

浩志はコーヒーカップをテーブルに置き、立ち上がった。

「何を言っているんだ。相手が〝ヴォールク〟だったらどうするんだ。チーム全員で迎撃するべきだろう」

ワットも立ち上がった。

「いいか、ペダノワもいるんだぞ。敵が〝ヴォールク〟だったら、どうする。なおさら彼女を連れて行けない。俺一人で充分だ」

「確かに、そうだが……」

　ペダノワのことを忘れていたらしく、ワットは口ごもった。

「相手が〝ヴォールク〟なら、私も連れて行って」

　窓際にいたペダノワが、振り返って言った。

「馬鹿な。わざわざ危険に飛び込む必要はない」

「私はもう逃げない。死ぬのなら兵士として闘って死にたい。出発まで十分待って。準備するから」

　ペダノワは自分の荷物を入れた買い物袋を持って、洗面所に入って行った。ホテルに戻る前に途中のコンビニで彼女は身の回りの品を買っていた。

「ひげでも剃《そ》るのか？」

　呆気にとられていたワットは、肩を竦めてみせた。

　結局、ワットが他の仲間を起こして事情を話したために全員で行くことになった。

　加藤もホテルに戻り、浩志とワットは荷物をスーツケースにまとめた。持参した武器や装備は辰也と宮坂が担当となり、ゴルフバッグやスーツケースに収納する作業は終わっている。

ペダノワは浴室に入ったまま出て来ない。シャワーでも浴びているのだろうか。

ドアがノックされて開けると、大きなスーツケースとバックパックを担いだ瀬川と田中が立っていた。ペダノワを連れて歩く時は、四人で行動することと、浩志が決めたのだ。

「全員の準備が終わり、フロント前に集合しています。チェックアウトも終わらせました」

形の上では代理店のコマンドスタッフなので、会計はすべて瀬川に任せてある。

浴室の前で苛立ち気味に立っていたワットが、ノックをしようと拳を振り上げた途端、ドアが開いた。

「なっ！」

口をあんぐりと開けているワットを押しのけるようにペダノワが出て来た。ジーンズにTシャツ、髪型は男のようにベリーショートになっている。浩志が着ている麻のジャケットを脱がし、勝手に羽織った。

浩志は仕方なくスーツケースから綿のジャケットを出して着た。脇のガンホルダーをさらすわけにいかない。

「これで、どう？」

ペダノワはジャケットの袖を捲ってサイズを合わせ、腰に手をやりポーズを決めてみせた。別人に見えなくもない。

「いいだろう。行くぞ」

浩志が部屋の外に出ると、ペダノワはワットの肩を叩いて付いて来た。

「待てよ。俺を置いて行くな」

我に返ったワットは、慌てて自分のスーツケースを手に取った。

三

午前三時二十分にラスベガスを出発した浩志らは、パロアルトに向かっていた。

先頭はトヨタのランドクルーザー。二台目の車はフォードの〝エクスペディション〟、どちらもラスベガスで借りたのだが、作戦継続に伴いそのまま借り続けることにした。

最後尾にはフォードのピックアップ〝F一五〇〟にワットと元部下の二人が乗っており、荷台には、ホンダの〝シャドー七五〇〟を載せている。加藤がラスベガスで借りたものだが、急遽《きゅうきょ》移動することになったために返却できなかったのだ。

アジアのリゾートでは五〇CCから二五〇CCまで、レンタルバイクは手軽に乗れるものが多いが、大陸である米国ではハーレーなど一〇〇〇CC以上のアメリカンが主流となる。エンジン音が大きいだけに尾行するにはもっとも不向きな車種といえよう。ショップで一〇〇〇CC以下は、〝シャドー七五〇〟かハーレーの八八三のどちらかで、選択の余地はなかったようだ。

すでに州間高速道路五号線に入り、距離も四百五十八マイル、およそ七百三十三キロ走破し、時刻は午前八時三十六分と、時間的にも稼いでいる。パロアルトまで、百三十一キロ、一時間半もあれば着けるだろう。尾行していた二台の車は、ワットの予想通り、ヨセミテ国立公園を越え、高速の手前の田舎町を走っているようだ。彼らの到着予想時刻は十時半、このまま進めば待ち伏せすることも可能だ。もっとも米国の高速道路は基本的に無料だが、窪《くぼ》みや亀裂など至る所にあり、路面の状態は日本では考えられないほど悪い。そのためスピードを出すほど危険になるため、思ったように速度は上げられない。

順調に進んでいたが、五号線から五八〇号線に入った途端、渋滞にはまった。

「まいったなあ」

運転をしている田中が大きな溜息をついた。

およそ三百メートル先に数十台の車が停車しているのが見える。その先に二十メートルはあるコンボトレーラーが横転して中央分離帯と三車線ある道を完全に塞ぎ、なおかつ路上に漏れたガソリンに引火したのか貨物部分から煙が出ている。残すところ、百十五キロ、時刻は午前九時二十分になっていた。

携帯が鳴った。友恵からだ。

「大変です。ターゲット1、ターゲット2とも二〇五号線から五八〇号線に入りました」

「何！　抜かされたのか」

五八〇号線は浩志たちがいる場所から二十二キロ先で二〇五号線と交わる。

「藤堂さん、中央分離帯を走りましょう」

「行ってくれ」

田中は浩志の返事よりも早く車を分離帯に乗り入れていた。分離帯と言っても対向車線との間にある幅二十メートルの雑草が生い茂るただの荒れ地だ。四駆なら問題なく越えられる。後続の辰也が運転する〃エクスペディション〃もワットの〃F一五〇〃も分離帯に入って来た。

だが、まずいことに三台の車が掟《おきて》破りの走りを見せたため、前方で渋滞している車の中から真似をする連中が出て来た。四駆ならまだしも普通乗用車までも我先に分離帯に入り込んだ。案の定、窪地にタイヤを取られて抜け出せない車が続出し、中央分離帯まで渋滞してしまった。米国は車社会だが、驚くほど未熟な運転手が多いというのが現実だ。田中は新たに障害物となった車を避け、反対車線から事故現場を抜けて元の車道に戻った。

浩志は車を停めさせ、ワットの車に駆け寄り、荷台に飛び乗った。

「ワット、俺はバイクで先に行く、指揮は頼んだぞ」

浩志は〃シャドー七五〇〃を固定してあるロープを外しながら言った。友恵から二十九キロ先で別の事故による渋滞があると新たに情報を得ていたのだ。また、先に事態を収拾し、ペダノワを敵に近づけさせないという計算も働いた。

「任せろ」

状況を察知したワットは、力強く返事をしてバイクを降ろすためのラダーレールを荷台に固定し、バイクを降ろすのを手伝ってくれた。

浩志は加藤から受け取ったフルフェイスのヘルメットを被ると〝シャドー七五〇〟に股がり、エンジンをかけた。ハーレーほどではないが低いエンジン音が腹に響く。

「俺のを持って行け」

ワットはスタングレネードを投げて寄越し、笑いながら見送ってくれた。

低速で発進し、エンジン音を確かめた後、アクセルを開け、一〇〇キロまで一気に加速させた。はじめて乗ったバイクだが、低速からの伸びがある。さらにスピードを一四〇キロまで上げた。風圧がすごい。こればかりはアメリカンスタイルなので如何《いかん》ともしがたい。エンジンにはまだ余裕がありそうだが、これが限界かもしれない。

あっという間に二〇五号線と交わり五八〇号線は四車線になる。だが、友恵から聞いていたように渋滞していた。五キロ先で乗用車の玉突き事故があったようだ。追っているターゲットは事故現場から先に進んでいる。

五八〇号線からサンフランシスコ湾の北側を通るニミッツ・フリーウェイを通り、パロアルトの対岸から八四号線に右折する。するとグリーンの色鮮やかな広大な塩田を抜ける。サンフランシスコ湾では百年ほど前から雨が少ないカリフォルニアの気候を利用した塩田がはじまった。海水の乾き具合により、微生物やエビの働きで赤や茶色、グリーンと様々な色に変化する。

塩田を抜けると、ダンバートン橋で湾を横断し、イースト・パロアルトに入る。

——こちらモッキンバード。リベンジャー応答願います。

友恵からの無線だ。ヘッドギアは常に付けている。通信可能領域に入ったようだ。

「リベンジャーだ」

——病院に移動したのですが、なぜかターゲットもこちらに向かっています。

「病院の警備員にも危険を知らせろ。俺もすぐに駆けつける」

——了解しました。でも早く来てください。お願いします。

友恵の言った言葉に不安をかき立てられた。浩志は市の中心部へと急いだ。

午前十時二十分、〝ヘリテージ・メディカルセンター〟に到着した。駐車場にはフォードの〝レンジャー〟とホンダのシビックが停められている。浩志は駐車場の端に停めてヘルメットをミラーに載せると、病院の裏口に向かった。向かって旧館は右手に、新館病棟は左手にある。

「むっ！」

新館病棟から銃声がした。

浩志は脇のホルスターからグロック一九を抜いて、新館の裏口から入った。すぐ近くに黒人の警備員が二人倒れている。廊下には患者や事務員が震えながら踞《うずくま》っていた。反対側のエントランスホールにも警備員が二人倒れているのが見える。

二階から銃声が聞こえて来た。浩志は近くの階段から二階へと急いだ。目出し帽で顔を隠した二人の男が背を向けて銃を撃っている。廊下の反対側にある二十メートル先の部屋から黒川が反撃していた。迷わず目の前の男たちの頭部を撃ち抜き、死体を乗り越えて前進した。

「美香さんには中條と友恵が付いています。エレベーターで上の階に逃げました」

敵を引き付けるために黒川は二階に留まったようだ。

激しい銃声が三階から聞こえて来た。二人はエレベーターの隣にある階段を駆け上がった。

三階の廊下の端にはエレベーターホールがあり、その前はコーヒーの自動販売機とソファーが置かれた広いスペースになっている。中條が廊下の反対側から銃撃してくる敵に応戦していた。

浩志が階段から顔を出すと、中條の背中を守る形で構えていた友恵が銃を向けたが、今にも泣き出しそうな顔で銃を下ろした。車椅子に座っている美香はソファーの後ろにいたが、浩志に満面の笑みで頷いてみせた。

浩志はスタングレネードの安全リングと起爆クリップを外し、左手で廊下を滑らせるように反対側に投げた。

爆発音とともに飛び出し、廊下を駆けた。反対側の階段付近に目出し帽を被った二人の男が尻餅をついて呆然と座っている。浩志は男たちの頭部に蹴りを入れて気絶させ、銃を奪った。

背後に銃声音。

「しまった！」

浩志は急いで廊下を走って戻った。エレベーターホールをちらりと見て美香たちの安全を確認し、奪った銃を中條に投げ渡して階段に出た。二階の踊り場にうつ伏せで倒れている男の側に黒川がいた。

すぐさま階段を駆け下りて黒川の横を通り過ぎて、二階の廊下を確認すると、目出し帽の男が一人死んでいた。さらに敵を求めて一階まで降り、駐車場まで出てみたが、犯人たちの車は二台ともなくなっていた。

「くそっ！」

逃げられたものの、味方に死傷者が出なかったことを喜ぶべきだと諦めた。

浩志は銃をホルスターに仕舞い、新館病棟に戻った。二階の踊り場まで階段を上ると、黒川がまだそこにいた。倒れていた男の救護をしていたようだ。

「一色！」

男は自衛官の一色徹で、仰向けに寝かされていた。腹から血を流している。

「私を庇《かば》って、撃たれてしまいました」

黒川の背中を狙った敵を一色が助けたようだ。

「医者と看護師を呼んで来るんだ！」

黒川はすぐさま階段を駆け下りて行った。

「上司に謝罪してきました。……藤堂さんと一緒に働くためと正直に言って、退官届を出しました」

一色は苦しそうにしゃべった。腹に二発も喰らっている。出血も酷い。

「後で話は聞く。今は何も言うな」

「なんとか……受理されました。……仲間に入れてください。お願いです」

必死に一色は右手を伸ばしてきた。

「こっちです！」

黒川が階段を駆け上がって来た。その後に三人の看護師と医師も続いている。

「ゆっくりだ。ゆっくり動かせ！」

一色の身体を持ち上げようとする看護師に注意した。浩志と黒川も手伝い、二階の廊下に置かれているストレッチャーに一色を乗せた。

「おまえは仲間だ。いつでも戦場に連れて行ってやるぞ」

浩志は一色の耳元で言った。

一色は涙を流しながら頷いた。

四

パロアルトの平和がまたかき乱された。

美香が入院した〝ヘリテージ・メディカルセンター〟に数人の賊が侵入し、二人の警備員を殺害し、別の二人の警備員と一人の看護師に重軽傷を負わせた。患者は銃声を聞いていち早く病室内に逃れたために怪我人は出なかったようだ。

得てしてこんな凶悪事件が起きた時、警察の到着は遅いものだ。犯人が逃げてしまった後、ようやくサイレンの音が響いて来た。関係者がパニック状態で通報が遅れたためだろう。

浩志は気絶させた二人の男たちを拘束するために、廊下に散乱していた包帯を持って三階に向かった。男たちは口から血を流し、だらしなく寝転がっている。もっとも容赦なく蹴ったので、顎の骨が砕けているかもしれない。

念のために手足を包帯で縛り、目出し帽を剝ぎ取った。

「こいつは……?」

二人とも白人だが、どこかで見たような気がする。浩志は二人の顔を携帯で撮影し、警察が来る前に二階で最初に撃ち殺した二人と一色が撃ち殺した男の顔も撮った。

二階にある美香の病室に向かった。途中で慌ただしく走り回る医師や看護師とすれ違う。恐怖のどん底に陥った患者たちをなだめるのに忙しいのだろう。

中條が病室の外に立ち、警戒していた。黒川は怪我をした一色に付き添っている。一色はERで緊急手術を受けているはずだ。

浩志は中條の肩を叩き、病室に入った。

「藤堂さん!」

友恵が声を上げた。まだ動揺しているのだろう。美香の車椅子のグリップを握っている手が微かに震えている。

「お疲れさま」

美香は硬い表情で浩志を労った。

「おまえの手術はどうなっている?」

「先ほど担当の先生がみえて、関係者に被害はなかったから、予定より二時間遅れではじめるらしいわ。手術のスケジュールを変えるのはかえって大変みたい」

美香は落ち着いた声音で答えた。

浩志はほっと胸を撫で下ろした。賊は美香の殺害か拉致を目的としていたのだろうが、しばらくは警察の目が光っているはずだ。手術は早い方がいい。

「私のことより、一色さんが心配だわ」

「これから、ＥＲに行ってみる」

戦場で同じような怪我をした者が助かったのを見たことがない。だが、幸いにもすぐに緊急手術を受けているため、希望は持てた。

「軍事衛星でロックオンしていたターゲットはまだ追えるのか？」

美香の背後に立っている友恵に尋ねてみた。

「えっ！」

友恵は両目を見開いて口元を押さえ、慌てて自分のバッグからパソコンを取り出して起動させた。だが、軍事衛星を操作する画面を開けた彼女はがっくりと肩を落とした。

「二台の車を市内の監視カメラの映像から追跡してくれ」

答えは聞くまでもないと思い、新たな指令を出した。予期せぬ銃撃戦に遭遇した彼女が、作業を中断させたとしても仕様がないことだった。

「了解しました」

友恵は明るく返事をした。

「そうだ。犯人の写真を撮って来た。ついでに素性を調べてくれ」

浩志は部屋から出る寸前で思い出し、友恵に写真を見せて携帯ごと渡した。

一階の中ほどにＥＲの手術室がある。その前にある長椅子に黒川が座っていた。

「一色さんは大丈夫ですよね」

黒川は情けない声で尋ねてきた。

「分からない。戦場では勇敢《ゆうかん》なやつほど先に死んで行く。俺は臆病者だから生き残った。人間は死ぬ時は蚊に刺されても死ぬし、銃で撃たれても死なない時もある」

昨年中国で浩志は銃で撃たれ、瀕死《ひんし》の重傷を負った。だが記憶を失ったもののなんとか生きながらえることはできた。

「一色さんは、背後から迫った敵に銃弾を浴びせながら私の盾になってくれました」

「戦場では一番先に死ぬタイプだ。だが、どういうわけだか俺のチームはそんなやつしかいない。チームの一員だということを一色は身を以《もっ》て証明したようなものだ」

「本当にそうですね」

黒川は浩志の言葉に大きく頷いた。

手術を待つ間、警察からも簡単な尋問を受けた。浩志の活躍を誰も見ていなかったのは幸いだった。いつもつきまとっていた刑事のザック・ブロクストンの姿がない。あの男がいれば、浩志を疑ったかもしれないが、警察も凶悪な賊を撃退した男がまさか病院にいるとは思っていないようだ。

病院の周囲はパトカーで封鎖され、関係者以外の立ち入りを禁止しているらしい。そのため遅れて到着した仲間は中に入れないと連絡が入った。やはり渋滞のために車ではとても間に合わなかったようだ。

一色が手術室に入って三時間が経過した。

友恵が足音を忍ばせて近付いて来た。

「藤堂さん、間もなく美香さんの手術がはじまります」

「分かっている。友恵、よろしく頼む」

この場を離れるつもりはなかった。

「冷たいなあ。もっとも美香さんも呼ばなくていいって言っていたけど」

美香は状況をよく分かっている。

「それから」

友恵が何かを言いかけた途端、手術室のドアが開き、背の高い医師が手術用マスクを外しながら近付いて来た。浩志と黒川は同時に立ち上がった。

「関係者の方ですか？」

「そうです」

浩志は一歩前に出た。

「難しい手術でしたが成功しました。ただ、出血量が多く、一時は心拍も停止しました。奇跡的に脈は戻りましたが、助かるかどうかはまだ分かりません。ＩＣＵで治療を続けます。おそらく今夜が山場でしょう」

「ありがとうございます」

浩志と黒川は手術室に戻る医師の後ろ姿に頭を下げた。

「藤堂さん」

振り返ると友恵がまだ立っていた。

「どうした？」

「藤堂さんの撮影してきた男の一人の身元が分かりました。死亡していた男性ですが、ウラジミール・アミロフという国際手配されているロシア人だと思われます」

浩志は首を捻った。インターポールの情報を見た記憶はない。だが、気絶させた男たちはどこかで会っているような気がするのだ。米国に来て白人の顔は腐るほど見ている。どこかの街頭で何気なく見ているのかもしれない。あるいはホテルのバーですれ違っている可能性もある。だが、明るい昼間に出会ったような気がしない。

「待てよ。暗闇で会っているのか」

浩志は記憶の糸をたぐり寄せた。

夜中にブレンダ・シールズと名乗っていたペダノワの家を尋ねた際、刑事のブロクストンは感圧起爆方式の爆弾に誤《あやま》って座ってしまった。爆発からブロクストンを救った後、彼の四人の部下が野次馬の整理をしていた。その中の一人に似ているのだ。

浩志はすぐさまパロアルト警察署に電話をしてブロクストンを呼び出した。ところが、欠勤しており、連絡も取れないという答えが返って来た。

「友恵、ザック・ブロクストンを今朝《けさ》見かけたか？」

「そういえば、二、三日見ていないですね。その代わり電話はかかってきましたけど」

「至急、ブロクストンの住所を調べろ」

戸惑い気味に頷いた友恵は廊下を小走りに去って行った。

「美香と一色を頼んだぞ」

黒川の両肩を叩いた浩志は、病院の裏口に向かった。

「どちらに？」

黒川が背中越しに尋ねてきた。

「鬼の首を獲《と》ってくる」

浩志は振り返りもせず答え、病院を出た。駐車場に置いてある〝シャドー七五〇〟に股がり、ミラーに載せておいたヘルメットを被った。

――こちら、モッキンバード。ザック・ブロクストンの住所が分かりました。

さすがに天才ハッカーだ。駐車場に出て来るまでのわずか二分ほどで警察のサーバーをハッキングしたのだろう。

「それから、サンフランシスコ湾を渡る監視カメラの映像でフォードの〝レンジャー〟とホンダのシビックのコンビをチェックしろ」

――了解しました。

浩志は〝シャドー七五〇〟のエンジンをかけ、腹に響く重低音を聞きながら、パトカーの封鎖を抜けて病院の裏道からパロアルトの東西を通るミドルフィールド・ロードに出た。バックミラーにフォード〝F一五〇〟のでかい鼻面が映っている。

――待っていたぜ。俺たちは付いて行けばいいのか？

ワットからの無線連絡に浩志は右手を上げ、ハンドシグナルで前進を示した。

――了解。ペダノワを乗せたランドクルーザーと〝エクスペディション〟も後ろに付いている。

浩志は親指を立てて示した。

すでに戦闘モードに入っている。滑稽《こっけい》に見えようが、言葉は使いたくなかった。

五

パロアルトはシリコンバレーの中でも治安がよく、スタンフォード大学に隣接するという立地条件からも米国経済に影響を受けず不動産価値を落とすこともない。そのため治安が悪いイースト・パロアルトとの境《さかい》であるハイウェイ一〇一周辺まで豪邸が進出している。

パロアルトの北東、ハイウェイ一〇一から三百メートルほど南にあるハミルトン・アベニュー沿いの三メートル近い生垣に囲まれた白壁の屋敷の前で、浩志はバイクを停めた。緑溢れる敷地が少なくとも二、三百坪はありそうな豪邸が建ち並ぶ一角である。

フォード〝F一五〇〟と〝エクスペディション〟がバイクの前後に停まった。瀬川が運転するランドクルーザーはペダノワを乗せているため、少し離れたところに停車した。

浩志が〝シャドー七五〇〟を降りると、〝エクスペディション〟から辰也と宮坂と京介の三人が降りて来て浩志の横に並び、〝F一五〇〟から降りたワットが二人の元部下を引き連れて、白壁の屋敷の裏側に消えた。浩志はハンドシグナルで宮坂と京介を右手にあるガレージに向かわせた。

ヨーロッパの田舎を思わせるレンガの小道は生垣から突き出した白壁の家の玄関に通じている。浩志はジャケットのポケットからいつもの小道具を出し、玄関の鍵を開けて中に入った。後に続いて来た辰也は銃を出したが、浩志は手ぶらで家の奥へと進んだ。

豪奢《ごうしゃ》なリビングを抜け、奥の寝室を覗いた。煙草のヤニの匂いが鼻を突いた。住人は慌てて家を出て行ったのだろう。まるで泥棒が入ったかのようにワードローブが乱れている。

「ここにいたのか。一階には誰もいなかった。それにしても、ここは例の刑事の家なんだろう。実家が資産家じゃないとしたら、こいつも〝ヴォールク〟から金をもらっていたということか」

裏口から侵入して来たワットが寝室に入るなり渋い表情で言った。

「おそらくな。俺たちの行動がなぜか見透かされていた。刑事という肩書きで信用していたブロクストンが敵側の人間だとしたら、これまでの謎は解ける。俺が病院で気絶させた男の一人がブロクストンの部下だった。素性がばれたと思い、慌てて逃げ出したんだろう」

浩志はワードローブを調べながら答えた。

「しかし、あいつは爆弾が仕掛けられた椅子に座ったよな。爆弾をセットしたのは、〝ヴォールク〟じゃなかったのか？　間違って座ったとしたら、ただの間抜けじゃないか」

ワットは腑《ふ》に落ちないらしい。

「答えは簡単です。俺は見抜けませんでしたが、無線のスイッチで起爆装置を切り替えることができたのでしょう。標的が椅子に座って何時間も動きそうにない時は時限装置に切り替えるようにしたに違いありません。ひょっとすると、起爆装置自体も止めることもできたのかもしれませんね」

傍《かたわ》らで会話を聞いていた辰也が答えた。

「とすると爆発寸前まで浩志を引き付けておいて、部屋を抜け出すつもりだった。それを浩志が見つけてしまったので、あんな猿芝居をしたのか」

「だが、被害者になったことで俺はこれまで疑わなかった。風采《ふうさい》の上がらない刑事というのもおそらく偽装だろう。緻密な計算があったに違いない。俺は迂闊にも捜査情報を漏らしていた」

浩志の言葉にワットと辰也は深く頷いた。

――こちら〝ロメオ28〟、リベンジャーどうぞ。

ワットの元部下であるスパニッシュ系のアンディー・ロドリゲスからの連絡だ。コードネームがいかにも現役のデルタフォースの隊員らしい。ちなみに黒人のマリアノ・ウイリアムスは〝ロメオ34〟ということからも、彼らは同じ部隊かチームにいることが分かる。

「リベンジャーだ」

ワットを介せず浩志に連絡をしてきたのは、ロドリゲスが浩志の指揮下に入っていることを認識しているからだ。軍人としての規律とマナーがよく分かっている。

――キッチンで地下室を見つけました。来ていただけますか。

「了解」

浩志はさっそくワットとキッチンに向かった。

キッチンの中央に大きな冷蔵庫が移動させてあり、その横にロドリゲスとウイリアムスが立っていた。冷蔵庫があったと思われる部屋の片隅に地下室に通じる階段が見える。

「床の音が微妙におかしいので調べてみました。それに冷蔵庫が意外に軽いんですよ」

ロドリゲスが手振りを交えて説明してくれた。デルタフォースは対テロの厳しい訓練を受けている。アジトに踏み込み、隠れ部屋や脱出口を見つけることなどお手の物だ。

階段を下りると、換気がされているらしく空気に淀みはない。広さは十六畳近くある。階段の反対側の壁にAK101アサルトライフルやRPG7ばかりか携帯式地対空ミサイルである〝イグラS〟まで掛けられていた。しかもどれも中国製の粗悪コピーでない純正のロシア製だ。

階段下には作業用の机が置かれている。銃器の手入れをするためのものだろう。

「こいつはすげえなあ」

後から降りて来たワットは階段下に置いてある木箱から全長五百ミリもない機関銃を取り出した。

「ほお、〝PP19 ビゾン〟か」

ロシアのイズマッシュ社製で、六十四発のマガジンが装填された短機関銃だ。アサルトライフルのAKシリーズの構造を踏襲《とうしゅう》しており、信頼性が高い。浩志もお目にかかるのははじめてだ。その他にも数えきれないほどの武器がある。ブロクストンは〝ヴォールク〟の協力者というような存在ではなく、エージェントなのだろう。

「ブロクストンの野郎、ブラックホーク撃墜にも関わっているようだな」

壁の〝イグラＳ〟をワットは忌々しげに見つめながら言った。

「うん？」

浩志は階段下の机のデスクライトを点けた。壁に何枚かの写真が貼られている。ブロクストンの若い頃の写真らしく、軍服姿で仲間と一緒に撮ったようだ。

「コマンド１、車をガレージに入れて彼女をキッチン下まで連れて来てくれ」

ペダノワの護衛も兼ねて外で待機している瀬川に連絡をした。車庫が空《から》だということは宮坂らが確認している。ペダノワにコードネームがないために彼女と呼んだ。

――コマンド１。了解しました。

待つこともなく瀬川がペダノワを伴って現れた。

「この写真を見てくれ」

浩志が指差した壁の写真を見て、ペダノワの顔色が変わった。

「説明してくれ」

「真ん中の四人が写っている写真だけ分かる。おそらく十二、三年前に撮られたものだと思うけど、右端から、連邦会議議員のニコライ・コレシェフ元少佐、二番目が、ＦＳＢの防諜局（ＳＫＲ）の現軍事防諜部副部長エフゲニー・ボロシネフ中佐、三番目は知らない。多分特殊部隊隊員だと思う。四番目は軍需会社モスブルタフの社長でビクトル・グラスコフ元少佐、全員FSB出身者よ」

ペダノワはすらすらと名前を言った。

「三番目の男は、今はザック・ブロクストンと名乗り、パロアルトの警官だ」

「パロアルトの警官！」

青ざめていたペダノワの顔が赤く変化し、憤怒の表情になった。

浩志は友恵に連絡し、現時点で分かっている情報を聞いた。

「ブロクストンはニューヨーク市警から今年の三月に二人の部下とともに赴任《ふにん》して来たらしい。交流という名目だが、裏で政治家が動いたようだ。だが三人とも偽者だ。ニューヨーク市警に残っている顔写真と違っているようだ。本物を殺してすり替わったのだろう」

「我々を追っていた〝ヴォールク〟のエージェントが警察官に成り済ましたんだわ」

ペダノワは唇を嚙んだ。

――こちらモッキンバード。ターゲットを発見しました。

ペダノワに手伝わせて地下室を調べていると、友恵から連絡が入った。

「リベンジャーだ。どこだ？」

――カークィネス橋の監視カメラです。時間が経過しているのでパロアルトに近い橋では見つけられないと思い、思い切って遠方の橋の監視をしていたら、見つけられました。

友恵が珍しく興奮している。もっともそれだけの価値がある働きを彼女はした。

「ヴァレーホに向かっているに違いない。連中が港に着いたら、小型船舶に注意してくれ」

浩志と瀬川はサンフランシスコの〝ドメニカ・ピザ〟から逃走した犯人をヴァレーホの港で見失っている。友恵もそれを思い出して監視カメラを調べたのだろう。

「撤収するか？」

無線をモニターしていたワットが尋ねてきた。

「ここの武器をもらったらな」

「俺もそれを提案しようと思っていた。戦争するには必要だからな」

浩志が答えると、ワットはうれしそうに答えた。

六

西海岸のサンフランシスコ湾の北側にはサンパブロ湾が広がり、その東にはカークィネス海峡を経てサスーン湾へと続く。

サスーン湾の沖には退役したタンカーや軍用艦が五十隻ほど係留されている。地元では〝幽霊艦隊〟などと言われているが、これは運輸省によって運営されている国防予備船隊と呼ばれるもので、戦争などの緊急時に軍事物資を運ぶ目的で船の備蓄がされているのだ。そのため戦艦を集めて備蓄されている海軍予備艦隊とは趣旨《しゆし》が異なる。

友恵がカークィネス橋の監視カメラで捉《とら》えたフォードの〝レンジャー〟とホンダのシビックは、浩志の予測通りにヴァレーホの港の駐車場に停められた。二台の車から四人の男が降りて、そこから小型プレジャーボートに乗り、サスーン湾の沖に係留されている貨物船に最終的に辿り着いた。

〝ヴォールク〟は検閲《けんえつ》が厳しい港を避けて、ロシアの密輸船を沖合に停め、ボートで〝幽霊艦隊〟である輸送船に荷物を下ろして倉庫代わりに使っているに違いない。海に囲まれているため、交通の便は悪いが、人目を避けるには都合がいいはずだ。船は運輸省や海上パトロール隊が乗り込むことができるようにラダーが常に降ろしてある。見つかれば処罰されるが、誰でも乗り込むことができる。〝ヴォールク〟は勝手に使っているために使用料もかからない。少なくとも予備船隊の縮小に伴い二〇一七年に解体されるまでは使うことが可能だろう。

午後十時五十分、カークィネス海峡に面したヴァレーホ南端にあるコンビナートに浩志らは潜入した。警備が緩く無人の門の鍵を壊し、入ることができた。広い敷地を横切り海峡に出ると砂利運搬船用の桟橋がある。二艘のインフレータブルボートに電動ポンプで空気を入れて桟橋に舫《もや》い、黒い戦闘服に重武装した〝リベンジャーズ〟は乗り込んだ。

今回はイレギュラーなチーム分けをした。浩志率いるイーグルチームは、瀬川、加藤、京介の四人とし、パンサーチームはワットが指揮を執る。メンバーは辰也に宮坂、それにウイリアムスにロドリゲスの五人だ。

田中はペダノワと緊急時のサポートをさせるため、戦闘チームから外した。ペダノワは戦闘に加わりたいと言って来たが、彼女の戦闘経験と技術を知らないために問題外と一《いっ》蹴《しゅう》し、田中に預けた。

サンフランシスコの傭兵代理店が所有するジェットヘリ、〝ベル四一二ＥＰ〟をリースし、操縦のプロである田中がコンビナートの駐車場に着陸させて待機している。最大十五名まで乗り込めるため、いざという時に頼りになる。

湾の数百メートル沖合に係留してある国防予備船隊は、十隻前後の大きさの似通ったタンカーや貨物船を船縁で接するようにロープでつなぎ合わせてある。二〇一一年現在で湾に沿って南から北まで七つの船のブロックがあった。〝ヴォールク〟がアジトとしているのは、南から二つ目のブロックの一番沖合の貨物船である。出発した桟橋からはおよそ二千二百メートルの距離がある。

作戦上ターゲットの貨物船を〝ザ・ロック〟と呼ぶことにした。サンフランシスコ湾に浮かぶアルカトラズ島にかつてあった連邦刑務所の別名である。

今回は小型の二馬力４ストロークエンジンで千メートル進み、後はオールで近付く。国防予備船隊の沿岸は海から三百メートルほどの湿地帯が帯状に続き、その周りは工業地帯になっているため、夜ともなるとおそろしく静かになる。

——こちらヘリボーイ。リベンジャー応答願います。

「リベンジャーだ。どうした？」

すでに五百メートル進み、カークィネス橋の六キロ東にあるベニシア－マルティネス橋を潜《くぐ》るところまで進んでいた。

——目を離した隙に彼女に逃げられてしまいました。予備に持って来たビゾンを持ち出したようです。本当に、すみません。

ヘリボーイが頭を下げながら連絡しているのが目に浮かぶ。

「分かった。気にするな。脱出の準備に専念してくれ」

浩志は苦笑を漏らした。ペダノワを拘束するなら手錠でもかけるべきだった。

ベニシア－マルティネス橋を越え、さらに二百メートル前進した。小型の船外機はパワーがなく思ったほど進まない。

背後から小型船舶のエンジン音が聞こえてくる。夜釣りでもするプレジャーボートかもしれない。海上は闇に包まれているが、銃で武装しているところを見られたら、通報されてしまう。ボートのエンジンを切り、浩志らは目立たないように身体を折り曲げた。

星明かりに照らされて白い船体が闇に浮かんだ。三十フィートクラスのプレジャーボートがエンジンを切り、惰性《だせい》で近付いて来た。

「どちらにお出かけ？」

運転していたのは、ペダノワだった。ヴァレーホ港でボートを盗んで来たのだろう。肩から〝PP19ビゾン〟をかけている。

「馬鹿野郎、何しに来た！」

ペダノワのボートの係留ロープを摑んだワットは怒鳴った。

「一緒に闘うために決まっているじゃない。そんな船外機じゃだめよ。私がロープで引っ張って行くわ。それともこの船に乗らない？」

「ふざけるな！　帰れ」

ワットは声を押し殺しながらも本気で怒っている。

「第二ブロックは六隻の船が固定されている。端から端まで百五十メートルあるのよ。反対側の船から潜入すれば」

「黙れ！」

浩志は一喝《いっかつ》した。

「こっちのボートに乗れ」

騒がれても困るので浩志は自分のボートにペダノワを乗せた。

「足を引っ張るな。今度勝手な真似をしたら撃ち殺すぞ」

「分かった」

ペダノワはバランスを取るためにボートの真ん中に踞った。

無人になったプレジャーボートを引いて、船外機は使わずオールで漕ぎ進んだ。第一ブロックの岸に近い船に到着した。第二ブロックとは五百メートル近い距離がある。浩志とワットが同時にナイトビジョンで目的の船を観察してみたが、錆が浮いた船体が見えるだけで特に怪しい様子はない。とはいえ、甲板は海上から十メートル以上の高さがある。完璧に確認することは不可能だ。

プレジャーボートを近くの船のラダーに舫い、予定通り、〝ザ・ロック〟を目指して進むことにする。第二ブロックは全長百五十メートルから百八十メートルの二万トンクラスの船を集めてある。目的の貨物船は船首を北に向け、船尾を浩志らの方に向けている。

二百五十メートルほど進んだ。

「むっ！」

右サイドに位置する〝ザ・ロック〟の船尾甲板から赤い光線が放たれ、踞っているペダノワの頭上に五ミリほどの赤い光の点が一瞬過《よぎ》った。

「ドットサイト！」

追跡されている可能性を踏まえ、ナイトビジョンで監視し、ドットサイトを装着した狙撃銃で待ち構えていたようだ。

「第一ブロックまで退却！」

ボートを反転させた途端、銃撃を受けた。赤い点が追ってくる。その後を弾幕が水しぶきを上げて近付いて来た。連射モードにしているようだ。

「逃げろ！」

ペダノワを抱きかかえて海に飛び込んだ。装備の重みで身体が浮かない。必死に泳いでペダノワをボートの縁《へり》に摑まらせ、浩志も摑まったが、ボートは銃弾を受けて沈みかけている。

ターゲットを見失った赤い光は消え、銃撃は止んだ。後続のワットはいち早くボートを移動させて後退していた。

「リベンジャーだ。全員無事か」

――コマンド1、大丈夫です。

――トレーサーマン、大丈夫です。

――クレイジーモンキー、大丈夫です。

点呼に全員応えて来た。

――こちらピッカリだ。今から船外機を付けてそっちに向かう。

「だめだ。パワーがなさ過ぎる。ボートに摑まり、自力で後方に下がる。その間に第一ブロックに係留させてあるプレジャーボートを使うんだ」

——分かった。溺《おぼ》れるなよ。

「全員なるべく頭を出さないようにボートに摑まって第一ブロックまで戻るんだ」

——了解。

ボートが不意に動き出した。命令するまでもなく瀬川らは潜りながら、ボートに摑まっていたようだ。

五十メートルほど後退した。するとプレジャーボートが近付いて来た。船内からウイリアムスの長い腕が伸びて来て、浩志らのボートの係留ロープを摑んだ。

〝ザ・ロック〟からまた赤い光が放たれた。だが、赤い点が近くをうろつく前にプレジャーボートがスピードを上げて浩志らをボートごと連れ去った。

第一ブロックの船の陰に辿り着くとようやく浩志らは真っ黒い海水から解放され、プレジャーボートに乗り込んだ。全員で乗り込んでもまだ余裕があった。

「プレジャーボートを使って乗り込む」

全身から海水を滴らせながら、浩志は即断した。逃げ足の速い敵に対して、出直しは利かない。

「藤堂さん、狙撃兵を俺に任せてもらえませんか」

宮坂が肩の銃を指差して言った。ブロクストンの家の地下室からナイトビジョンのスコープを取り付けた〝ＡＫ１０１〟を持って来ていたのだ。ＡＫ１００シリーズは、ＡＫシリーズの輸出型モデルで101は五・五六ミリNATO弾が使用できる。有効射程は五百メートルあるが、揺れる船上からの狙撃は難しい。不可能と言ってもいいくらいだ。

「分かった。ボートを残しておく、すぐに合流してくれ。京介、カバーしろ」

敵の射撃の腕は確認済みだ。三百メートル離れたら、正確に狙うことはできない。

宮坂と京介はラダーを上り、船上に消えた。

――こちら針の穴、位置に就きました。

宮坂の連絡を待って船から離れた。操舵する瀬川は八十メートル進み、エンジンを停めて惰性で進んだ。〝ザ・ロック〟からドットサイトの赤いレーザーがすぐにプレジャーボートに向けられたが、波間を漂うボートを捉えることはできないようだ。

「うん?」

赤い光線が二本に増えた。応援が現れたようだ。

後方で銃声がした。赤いレーザーが一本消えた。続けて二発目の銃声とともに赤い光は消滅し、暗闇は静寂を取り戻した。

「行くぞ!」

浩志は瀬川の肩を叩いた。

七

午後十一時四十分、ようやく空に浮かび上がった半月が海面を照らしている。

敵の狙撃兵を倒した浩志らは第二ブロックの岸に近いタンカーにプレジャーボートを寄せた。

「ワット、俺たちは敵のボートを破壊し、敵船の隣の船から乗り込む。カバーを頼む」

浩志は船尾から降ろされているラダーが遊ばないように押さえながら言った。

「分かった。俺たちに敵を残しておけよ」

ワットは親指を立てると、先頭でラダーを上って行った。浩志と瀬川は船上に向かってMP5SD1を構えて、ラダーに取り付いた四人の援護をした。しんがりの辰也は背中に〝PP19 ビゾン〟とRPG7を担いでいる。

四人が船上に消えると、瀬川に北回りで反対側の〝ザ・ロック〟までボートを出させた。浩志らが乗っているのとほぼ同じ大きさの三十フィートクラスのプレジャーボートが、船首から垂れているラダーに係留してある。手榴弾で破壊するつもりだったが、音を立てることは避けたい。

「瀬川、係留ロープを解いて、この船に繋いでくれ」

「了解しました」

瀬川はデッキから飛び移り手早く敵船の係留ロープをラダーから外すと、身軽に戻って船尾のクリート（係留金具）に結びつけた。

浩志は操縦席に立ち、ボートを前進させた。作業をしている間、ペダノワをさりげなく観察したが、命令するまでもなく〝ＰＰ１９　ビゾン〟を構え、船上からの攻撃に備えていた。銃の扱いにも慣れており、動きに無駄がない。

二百メートル離れたところで、敵船の係留ロープを外し、ハンドルを左に切って貨物船の北側に回る。遠心力を加えられた敵のプレジャーボートは惰性で沖へ流れて行った。

船上で銃撃音が響いて来た。

——こちらピッカリ。リベンジャーどうぞ。

「リベンジャーだ」

——敵が貨物船から十人ほど出て来た。四つ目のタンカーに移ろうと思ったら攻撃された。タンカーの甲板《かんぱん》に障害物がないために身動きがとれない。

「了解。敵の位置は？」

——〝ザ・ロック〟の手前の貨物船の船首に三人、中央の艦橋に四人、船尾に三人だ。

——針の穴です。〝ザ・ロック〟の南百メートルにいます。ご指示ください。

ワットの無線に割り込むように宮坂からの連絡が入った。

「我々は〝ザ・ロック〟の船首から潜入する。針の穴とクレイジーモンキーは船尾から潜入しろ」

——了解。

浩志はUターンさせて船首のラダーにボートを付けた。

「自分が先に行きます」

瀬川はラダーに取り付いた。

「ペダノワ、援護しろ！」

自らMP5SD1を構えて命令したが、ペダノワは突如瀬川の背中を踏み台にしてラダーに飛び移ると、凄まじいスピードで上りはじめた。

「馬鹿野郎！　瀬川、追え！」

「はい！」

瀬川は慌ててラダーを上りはじめた。苛立つ思いで船上に銃を向けて援護し、瀬川が甲板に上がったところで浩志はラダーに手をかけ、ボートを足で蹴って沖に押し出した。

〝ザ・ロック〟は貨物をばら積で運搬する〝バルクキャリア（ばら積貨物船）〟である。艦橋が船尾に近い場所にあり、船首から艦橋にかけての上甲板に船倉の大きなハッチカバーが四つあった。また、港で荷役できるようにデッキクレーンを装備していた。

ラダーを上り切って甲板に上がると、中央にあるハッチカバーの横を走る瀬川の背中が見えた。浩志は全神経を集中させて追った。前方から銃撃音が聞こえる。敵がパンサーチームに銃撃を加えているのだ。

瀬川が隣の貨物船に飛び乗った。旧式で艦橋が船の中央にあるタイプだ。甲板の高さも一メートル以上低い。ペダノワは艦橋の上部に上っている敵目がけて銃撃をはじめた。

「いかん！」

左手の船尾の敵が彼女に気が付いた。浩志は甲板を左に走り、膝撃ちで二人を倒し、一段低い貨物船に飛び移り、デッキクレーンの陰から飛び出した敵を撃った。

ペダノワは狂ったように艦橋の敵に撃っているが位置が悪いために敵には当たらない。だが、全弾を撃ち尽くしてマガジンを捨てると、新たに六十四発のマガジンをセットした。その間瀬川は船首の敵に対して応戦している。

敵の弾丸がペダノワをかすめるように飛んで行く。浩志は走り寄って彼女の肩を掴み、足をかけて倒し銃を取り上げた。

「くっ！」

船首の敵に右太腿を撃たれて、浩志は倒れた。

「馬鹿野郎、いい加減にしろ！」

彼女に覆いかぶさるようになり、耳元で怒鳴った。

「どうして、私は死ねないの！」

ペダノワはぼそりと言った。

――こちら爆弾グマ。艦橋をRPGで吹き飛ばします。許可願います。

「十秒待て」

浩志は瀬川の肩を叩き、呆然としているペダノワを抱き起こして船尾に走った。右足に激痛が走った。

前方四十メートルの暗闇に破裂音と炎が一瞬上がり、白い煙から突き抜けて来た流弾が艦橋の上部を破壊した。

艦橋が燃え上がる炎で太腿の怪我を確かめた。弾丸は貫通しており、骨や脈に異常はない。バンダナで太腿をきつく縛ると痛みも消えた。

「行くぞ!」

ペダノワに〝PP19 ビゾン〟を投げ渡し、浩志と瀬川は船首に向かって走った。

敵も必死に抵抗して来たが、浩志と瀬川に加え、側面からワットらの攻撃も加わり、あっという間に勝負は決した。

――針の穴です。甲板に上がりましたが、終わっちゃいました?

「針の穴とクレイジーモンキーは、その場で待機。敵はまだいるぞ。油断するな」

ザック・ブロクストンに化けたエージェントがまだ見つかっていない。その他にも敵は潜んでいる可能性はある。

〝ザ・ロック〟に移動した浩志らはパンサーチームと手分けをして甲板と艦橋を捜索したが、何も見つけることはできなかった。残るは船倉だけだ。

浩志と瀬川と京介、それに落ち着きを取り戻したペダノワは船尾に近い階段から、ワットのパンサーチームは船首の階段から、船倉に向かった。

船倉は真の闇に包まれていた。湿度が高く、汗腺から絞り出された汗が滲《にじ》んでくる。

「んっ！」

煙草のヤニの匂いが、機械油の匂いに混じって鼻腔を刺激した。やつだ。ブロクストンが潜んでいる。ハンドライトを点けたいが、今点ければ餌食《えじき》になるだけだ。

右前方の空気が動いた。

「伏せろ！」

咄嗟にしゃがんで銃を構えた瞬間、背後にいたペダノワが右前方を銃撃した。それに合わせて、左前方からマズルフラッシュ。浩志は反射的に左の敵に向かって反撃した。船倉は元の音のない世界に戻った。

浩志はハンドライトを点けた。

「藤堂さん、ペダノワが撃たれました」

瀬川がペダノワの右胸を止血のために押さえている。

「京介、田中をすぐに呼ぶんだ！」

ペダノワの傍らに跪いた。

「私……やっと、死ねるのかな」

仲間を大勢死なせてしまった彼女は、死にたがっていたのだ。一人でよくがんばって来た。彼女の気持ちは痛いほどよく分かった。

「死ぬにはまだ早い。俺がロシアに連れて行ってやる」

「……こんな嘘つき女のために命が惜しくないの？」

肺を弾丸が貫通しているようだ。ペダノワは咳き込んで口から血を吐き出した。

「俺は不器用なんだ。嘘がつけない」

「……ありがとう」

ペダノワは大きな瞳から涙をこぼした。

「瀬川、京介とペダノワを甲板に運び、田中の救援を待つんだ」

浩志は立ち上がり、十メートルほど先に座り込んでいるブロクストンを見下ろした。浩志の銃撃で、三発腹に命中している。

「おまえがホテルでナタリア・マカロワを殺し、ブラックホークを撃墜させたのか？」

「命令は私が出した。手を下したのは部下だ」

「フォックスと名乗り、ギャングのビルを破壊したのもおまえか？」

「フォックスは私のお気に入りの名前だ。マカロワを殺した部下も爆弾を設置した部下もおまえが病院で撃ち殺した」

どうやらこの男がリーダーだったようだ。

「名前を聞いておこうか」

「私の名を胸に刻《きざ》んでおこうというのか。我が国を心底怒らせた男、浩志、藤堂」

ブロクストンは苦笑を漏らしてポケットからマルボロを取り出し、ジッポで火を点けた。

「俺は悪と闘って来ただけだ」

「それは見方の問題だな。……私は、セルゲイ・クラコフだ」

「おまえは〝ヴォールク〟のエージェントか?」

「……そうだ。というかそうとも言える。私は今もロシアのＦＳＢの特殊部隊に属している。〝ヴォールク〟は下部組織でもあるが、特殊部隊と組織が一部重複するんだ」

「なぜ、そんな秘密を話す?」

死に際とは言え、簡単に情報を漏らすクラコフに疑問を持った。

「誇り高きロシア軍人として死にたい。それに、君ももうすぐ死ぬんだ。聞きたいことがあったら、なんでも教えてやるぞ」

クラコフは不敵に笑った。

「何を企んでいるんだ?」

浩志はハンドライトでクラコフの周囲を照らした。よく見ると、クラコフが背にもたれている木箱には高性能爆薬ＲＤＸ（ヘキソーゲン）と書かれている。しかも木箱はうずたかく積まれていた。

「慌てるな。プレゼントがある」

弱り切っていたはずのクラコフがいきなり浩志の右手を掴んで来た。

「何！」

右手に手錠をかけられ、しかももう片方はクラコフの右手にかけられていた。引っ張り上げると、クラコフはがくりと首を垂れて床に崩れた。

「くそっ！」

クラコフは時限装置に寄りかかっていたのだ。しかも残り、四分三十秒しかない。

「全員に告ぐ、直ちにこの船から離れろ！　四分後に船は爆発する」

――コマンド１です。リベンジャー早く甲板に上がってください。ヘリが到着しました。

「命令だ。すぐに船を離れろ！」

浩志はクラコフの死体を担いでみたが、重量で太腿の傷が痛み、とても歩ける状態ではない。ポケットを探ったがいつもの小道具はなかった。

「藤堂さん！」

瀬川が走り寄って来た。

「馬鹿野郎！　すぐ逃げろ！」

「何を言っているんですか」

瀬川はすぐ状況判断すると、サバイバルナイフを抜いた。

「腕を動かさないでください」

大きく振りかぶり、ナイフを振り下ろした。鈍い音を立てクラコフの右手首が切断され、手錠が外れた。

「行きましょう！」

瀬川に促され、浩志は走った。階段を駆け上がる途中で右太腿の感覚がなくなった。甲板に出た。残り三十秒もない。信じられないことにワットが立っていた。

「浩志、早く来い！」

走ろうとしたが、右足に力が入らない。瀬川に肩を担がれて走り出すと、ワットに抱きかかえられた。身体が、ふいに浮いた。上空を見ると、ヘリのライトが見える。ワットは救助用のワイヤーで吊り下がっていたのだ。瀬川はワットの背中に摑まり、浩志は太い首にぶら下がった。

三十メートルほど上昇した途端、眼下の船が大爆発した。

爆発の風圧で押し上げられるようにヘリは急上昇した。

零時一二分、すべての作戦は終了し、燃えさかる貨物船を後に〝リベンジャーズ〟は帰途についた。

この作品はフィクションであり、登場する人物および
団体はすべて実在するものといっさい関係ありません。

殺戮の残香

一〇〇字書評

切・り・取・り・線

購買動機（新聞、雑誌名を記入するか、あるいは○をつけてください）

□（　　　　　　　　　　　　　　　）の広告を見て
□（　　　　　　　　　　　　　　　）の書評を見て
□ 知人のすすめで　　　　　　　□ タイトルに惹かれて
□ カバーが良かったから　　　　□ 内容が面白そうだから
□ 好きな作家だから　　　　　　□ 好きな分野の本だから

・最近、最も感銘を受けた作品名をお書き下さい

・あなたのお好きな作家名をお書き下さい

・その他、ご要望がありましたらお書き下さい

住所	〒				
氏名		職業		年齢	
Eメール	※携帯には配信できません		新刊情報等のメール配信を 希望する・しない		

この本の感想を、編集部までお寄せいただけたらありがたく存じます。今後の企画の参考にさせていただきます。Eメールでも結構です。

いただいた「一〇〇字書評」は、新聞・雑誌等に紹介させていただくことがあります。その場合はお礼として特製図書カードを差し上げます。

前ページの原稿用紙に書評をお書きの上、切り取り、左記までお送り下さい。宛先の住所は不要です。

なお、ご記入いただいたお名前、ご住所等は、書評紹介の事前了解、謝礼のお届けのためだけに利用し、そのほかの目的のために利用することはありません。

〒一〇一 - 八七〇一
祥伝社文庫編集長　坂口芳和
電話　〇三（三二六五）二〇八〇

祥伝社ホームページの「ブックレビュー」からも、書き込めます。
http://www.shodensha.co.jp/bookreview/

祥伝社文庫

殺戮《さつりく》の残香《ざんこう》　傭兵代理店《ようへいだいりてん》

平成23年10月20日　初版第1刷発行

著　者　渡辺裕之《わたなべひろゆき》

発行者　竹内和芳

発行所　祥伝社《しょうでんしゃ》
東京都千代田区神田神保町3-3
〒101-8701
電話　03（3265）2081（販売部）
電話　03（3265）2080（編集部）
電話　03（3265）3622（業務部）
http://www.shodensha.co.jp/

印刷所　萩原印刷
製本所　ナショナル製本
カバーフォーマットデザイン　芥 陽子

Printed in Japan ©2011, Hiroyuki Watanabe ISBN978-4-396-33713-1 C0193

祥伝社文庫の好評既刊

渡辺裕之
傭兵代理店
「映像化されたら、必ず出演したい。比類なきアクション大作である」同姓同名の俳優・渡辺裕之氏も激賞！

渡辺裕之
悪魔の旅団《デビルズブリゲード》 傭兵代理店
大戦下、ドイツ軍を恐怖に陥れたという伝説の軍団再来か？　孤高の傭兵・藤堂浩志が立ち向かう！

渡辺裕之
復讐者たち 傭兵代理店
イラク戦争で生まれた狂気が日本を襲う！　藤堂浩志率いる傭兵部隊が米陸軍最強部隊を迎え撃つ。

渡辺裕之
継承者の印 傭兵代理店
ミャンマー軍、国際犯罪組織が関わるかつてない規模の戦いに、藤堂浩志率いる傭兵部隊が挑む！

渡辺裕之
謀略の海域 傭兵代理店
海賊対策としてソマリアに派遣された藤堂浩志。渦中のソマリアを舞台に、大国の謀略が錯綜する！

渡辺裕之
死線の魔物 傭兵代理店
「死線の魔物を止めてくれ」。悉く殺される関係者。近づく韓国大統領の訪日。死線の魔物の狙いとは!?

祥伝社文庫の好評既刊

渡辺裕之
万死の追跡　傭兵代理店
米の最高軍事機密である最新鋭戦闘機を巡り、ミャンマーから中国奥地へと、緊迫の争奪戦が始まる！

渡辺裕之
聖域の亡者　傭兵代理店
チベット自治区で解放の狼煙を上げる反政府組織に、傭兵・藤堂浩志の影が⁉ そしてチベットを巡る謀略が明らかに！

岡崎大五
アジアン・ルーレット
混沌のアジアで欲望のルーレットが回り出す！　交錯する野心家たちの陰謀と裏切り…果たして最後に笑うのは？

岡崎大五
アフリカ・アンダーグラウンド
ニッポンの常識は通用しない‼　自由と100万ユーロのダイヤを賭けて、国境なきサバイバル・レースが始まる！

柴田哲孝
TENGU
凄絶なミステリー。類い希な恋愛小説。群馬県の寒村を襲った連続殺人事件は、いったい何者の仕業だったのか？

柴田哲孝
渇いた夏
伯父の死の真相を追う私立探偵・神山健介が辿り着く、「暴いてはならない」過去の亡霊とは⁉　極上ハード・ボイルド長編。